桂林山水名胜与传说

周剑江 著

远方出版社

图书在版编目（CIP）数据

桂林山水名胜与传说 / 周剑江著. -- 呼和浩特：
远方出版社，2020.12
ISBN 978-7-5555-1476-3

Ⅰ.①桂… Ⅱ.①周… Ⅲ.①民间故事－作品集－桂
林 Ⅳ.①I277.3

中国版本图书馆 CIP 数据核字（2020）第 138001 号

桂林山水名胜与传说
GUILIN SHANSHUI MINGSHENG YU CHUANSHUO

著　　者	周剑江
责任编辑	刘洪洋
责任校对	刘洪洋
装帧设计	秦　勇
出版发行	远方出版社
社　　址	呼和浩特市乌兰察布东路 666 号　邮编 010010
电　　话	（0471）2236473 总编室　2236460 发行部
经　　销	新华书店
印　　刷	广西广大印务有限责任公司
开　　本	880mm×1240mm　1/32
字　　数	280 千
印　　张	10.75
版　　次	2020 年 12 月第 1 版
印　　次	2020 年 12 月第 1 次印刷
标准书号	ISBN 978-7-5555-1476-3
定　　价	45.00 元

山水桂林（序）

世界上有许许多多美丽的城市，但像桂林这样山水相依的城市却是绝无仅有的。美丽的桂林可以用"山青、水秀、洞奇、石美"八个字来概括。

从空中俯瞰漓江，你会为公元八世纪中国唐代大诗人韩愈的"江作清罗带，山如碧玉簪"这一千古绝句，找到最好的注释。也许，你早就向往桂林；也许，你一直梦恋着漓江，那是怎样的一方山水啊！

桂林，就像远方一位天姿绝色的女神，让人心动，让人神往。

高山上一滴水，曲折萦回，便汇成了一条美丽的漓江；大海中一片石，升降沉浮，便造就了这片奇景。

桂林的山，犹如身着绿裙的少女，婀娜多姿，亭亭玉立。

桂林的山既突兀峭拔，又相互毗连，有的似大象，有的像骆驼，有的像擎天巨柱。可以说，在桂林，没有一座山峰是相同的，它们就像造物主有意在此陈列的大自然石雕展览。你可以凭自己的想象，任意给它们起一个贴切的名字。

漓江的水，清澈明净，如流动的诗，如美丽的画。

水，是桂林城的魂。有道是："山得水而活，水因山而媚。"桂林城的水，人称"两江四湖"，如今"两江四湖"已融会贯通，互为一体，从而真正实现了桂林城"千峰环野立，一水抱城流"的山水城市格局。入夜的"两江四湖"更是美不胜收，碧水清波、亭台楼阁、花草树木、桨声灯影，犹如仙境，令人如痴如醉，流连忘返。

漓江是桂林山水的精华。相比世界上许多名山大川，漓江显得是那样单薄、纤弱。但是，她的美丽却是无与伦比的。你只要见过一次漓江，便会永远记在心间，烙在心里。

泛舟漓江，可以说是人生一大享受。一座座青山扑面而来，一道道秀水缓缓而去。满目青山、满目画卷，你真不知是人在景中，还是景在人中，一切仿佛都在梦幻之中。

看着这条明净得让你想要捧起来、抱起来的漓江，汩汩地流淌在桂林奇特秀丽的群山之中，这时候，你才真正欣赏和领略到桂林山水的精妙。"分明看见青山顶，船在青山顶上行。"此情此景，你或许真想将自己化成漓江里的一条鱼，忘情地投进漓江的怀抱。

漓江的景致，绝没有相同的地方。

晴天，清澈的漓江犹如一条飘落在山间的缎带，群峰倒映在如镜的江水中，漓江便有了"群峰倒映山浮水，无水无山不入神"的境界。

雨天，漓江被一层如翼的薄雾轻轻地笼住。春风如梳，细雨如丝，朦朦胧胧，亦真亦幻，漓江便有了中国水墨画的韵味。

清晨，如剪的竹筏划开宁静的江面，太阳悄悄掀开如梦的薄雾，这时的漓江便有了亲切的微笑。

黄昏，归舟如织，波光如火，漓江的黄昏容易使人产生激动的心绪，因为这时的漓江里流动的绝不仅仅是普通的水，而是梦、是诗、是画、是情！

漓江渔火是漓江一天中最后、也是最壮观的景致。入夜，当太阳最后一抹余晖从山头消失，一只只灵巧的竹筏便从江湾处划出。远处山影如黛，近处渔火摇曳，涛声和着桨声、吆喝声从江心传来，仿佛一曲恢宏的旋律，这是生命的搏击、生命的歌唱。

入夜，是漓江欢庆的时刻。

方圆两平方千米的漓江水域，七八座背景山峰，广袤无际的苍穹，构成了天地间最宏大的山水舞台。以中国著名导演张艺谋为总编导的大型桂林山水实景演出《印象·刘三姐》震撼登场。山峰、竹林、渔火、红绸、竹筏、牧歌……演绎着一个民族流传久远的美好传说。还有，由两大上市企业宋城演艺和桂林旅股联手，在阳朔打造的大型歌舞《桂林千古情》，也是桂林"文化＋旅游"相互融合的力作，是广西旅游的一张金名片。呈现给游客观众一个美的桂林，美的漓江，美的享受，美的记忆。

在漓江之夜，尽情歌舞吧！在漓江之夜，不醉不归。

桂林无山不洞，无洞不奇。桂林的溶洞是山水桂林另一个美丽的世界，有人说这是因为漓江的太阳落进了桂林的溶洞中，它们才会如此美丽辉煌。这些琳琅满目的石钟乳就像大自然精心雕琢的石雕博物馆，它们有的像瓜果，有的像雄狮，有的像蚊帐，有的像老人……令人目不暇接，美不胜收。在桂林，像这样美丽的岩洞究竟还有多少，谁也说不清。或许，有一天，在这些大山的肚子里，就会冒出一个更加美丽辉煌的岩洞。

桂林，漓江。这辈子你或许还会游历许多美丽的地方，但你绝不会忘记桂林，忘记漓江。

桂林确实很美。桂林之美在山，桂林之美在水。山和水相依，水与山做伴，山环水绕，水绕山环，山和水构筑了桂林这座美丽的城市，她的美令世人所折服，她的美让世界所倾倒。

桂林是一个具有2000多年历史的文化古城，不但素以山青、水秀、洞奇、石美称著于世，而且围绕山川风物、历史人物、土特产品等方面，在民间流传着大量的神话故事和种种传说，成为桂林丰富的文化遗产的一部分。这些传说故事具有浓郁的山水地域特色、民族特色和朴素的艺术风格，绝大部分保留着口头文学的特点。它们不仅是民间文学的瑰宝，还是桂林历史、文化、风俗、人情的重要体现与组成部分。现在，桂林民俗专家周剑江先生，积几十年的探访与收集整理，写成《桂林山水名胜与传说》一书，就是对桂林甲天下山水的一个诠释、一个解说和一个宣传，的确是做了一件很好很有意义的工作，值得称道。

是为序。

钟毅

2019年8月8日

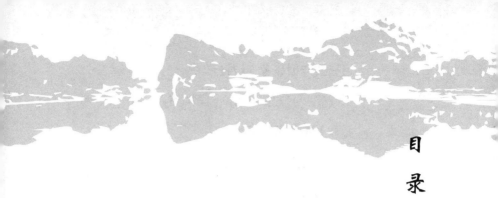

目录

桂林市区甲天下的山水名胜

桂林各县山水名胜

灌阳县

全州县

永福县

桂林山水传说

民间传奇故事

桂林话的板路

后记

桂林市区甲天下的山水名胜

百里漓江千幅画
桂林山水甲天下

象鼻山 三三

有道是："百里漓江千幅画，桂林山水甲天下。"桂林漓江风景区是个总的名称，总揽了甲天下的桂林山水的方方面面。其游览胜地繁多，最主要和最具代表性的景点包括一江（漓江）、两洞（七星岩与芦笛岩）、三山（叠彩山、伏波山与独秀峰），这些堪称桂林山水的精华所在。

漓江属珠江水系，起点为桂江源头越城岭的猫儿山，猫儿山在兴安县境内。就现代水文定义来说，漓江起点为兴安县溶江镇灵渠口，终点为平乐三江口。漓江上游河段为大溶江，下游河段则用传统名称——桂江。灵渠河口为桂江大溶江段和漓江段的分界点，荔浦河、恭城河口为漓江段和桂江段的分界点。漓江段全长164千米。沿江河床多为卵石，泥沙量小，河水清澈，两岸多为奇峰石山。猫儿山是风景名胜佳妙处，主峰高2 142米，有华南第一高峰之称，距桂林市区仅81千米。猫儿山有华山之险、泰山之雄、庐山之幽，不但山水风光逶迤，而且山上的珍稀动植物种类繁多，是览胜、探险、猎奇、度假、避暑的胜地。

有人形象地将桂林的旅游比喻为"一根扁担两个筐","一根扁担"指漓江;"两个筐"一指阳朔,一指兴安。阳朔之美,在奇山秀水;兴安之美,在人文古迹经典。漓江黄金水道这两头的美好景致是相辅相成、缺一不可的。所以,由猫儿山览胜下来,在兴安县城下车,一定要游览兴安古风古韵的古灵渠。灵渠,古称秦凿渠、零渠、陡河,又叫兴安运河、湘桂运河,是在2 200多年前的秦代开凿的。在当时杰出的水利专家史禄的领导下,秦朝军士和当地人民一起,付出了艰苦劳动,劈山削崖,筑堤开渠,把湘水引入漓江,最终修成了灵渠,成为沟通中国南北水路交通的要道。灵渠全长36.4千米,宽约5米,流向由东向西,将兴安县东面的海阳河(湘江源头)和西面的大溶江(漓江源头)相连,沟通了长江水系与珠江水系,也是周边农业生产的主要水源,目前灌溉面积为6万亩,惠及近6万人口。灵渠是当今世界上最古老、保存最完整的人工运河,与都江堰、郑国渠(2016年入选世界遗产名录)并称中国秦代三大水利工程。2018年8月14日,灵渠与都江堰(四川)、姜席堰(浙江龙游县)、长渠(湖北襄阳)同时成功入选2018年(第五批)世界灌溉工程遗产名录,是广西首个入选的古代灌溉工程。

　　灵渠有用大石块筑成的分水铧嘴和大、小天平。铧嘴类似都江堰的鱼嘴。灵渠选址在湘江和漓江相距很近的地段,这里水位相差不大,河路迂回,水势平缓,便于行船。灵渠的设计和布局都很科学,在世界航运史上占有重要地位。灵渠公园里的主要景点,除了灵渠,还有秦堤、飞来石、陡门、四贤寺、古树吞碑、三将军墓等。秦堤在兴安灵渠的南渠与湘江故道之间,因筑于秦朝,故名。其作用在于防止南渠水泄入湘江故道,保护南渠不受洪水冲击。秦堤从分水塘至大湾陡,全长3 150米。堤下1米多处开了渠眼,丰水期可排洪，枯水季节则溢出细流以灌溉农田。堤上古木成荫，构成七里长堤风光。

飞来石在秦堤之上，石高4米，周长20米，近正方形，平坦如台，有石级可登。其突兀傲立于湘江故道与南渠二水之间，让游客不由得对它的来历产生无限遐思。飞来石上有宋代以来的诗文题刻11件，有"砥柱石"、"虬如"、"夜月潭辉"、《重修灵渠记》等。陡门是建筑在灵渠的南北渠中的一种通航设施，其作用类似于现代的船闸，操作简便灵活。灵渠的陡门是世界上最古老的船闸，也是最早的通航设施，堪称世界古代水利建筑的明珠。

四贤祠内祭祀着对修建灵渠有功的秦监御史禄，汉伏波将军马援、唐桂管观察使李渤、防御使鱼孟威。四贤祠元代以前就存在，那时叫灵济庙。清代太平军攻占兴安时，战火延至四贤祠，祠庙被火焚毁。现在的四贤祠是1985年重建的。在四贤寺院内，古树吞碑景观实为天下一大奇观。这棵古树为重阳木，属一级古树，高22米，胸径为136.94厘米，冠幅26米。这棵已有800余年的重阳古树，现在正张开大嘴吞食着树下方的一块乾隆十二年（1747年）的古碑，而且至今重阳树还在以每3年1厘米的速度在继续吞食着。现在已吞掉这个古碑的三分之一，也许几百年以后，就再也见不到这块古碑了。三将军墓在灵渠南岸，是明朝时封张、刘、李三个石匠为镇国将军的神墓。乾隆五十六年（1791年）春立墓，碑上刻文为："三将军墓由来久矣。其遗事记未详载，相传筑堤有功，敕封镇国将军，卒于吾邑，合葬东北山阳，三公一冢。则是生为当时良佐，死为后世福神。"道光十三年（1833年），兴安知县张运昭砌以石，并立碑记。墓为圆形，高约2米，直径为4米。

从灵渠公园出来，就可游一游有名的兴安水街了。水街景区是指灵渠穿过兴安县城中心一段两岸的街区，是国家 AAAA 景区，俗称水街，长约1千米。整个水街景区由秦汉建筑文化、古桥文化、古雕塑文化、灵渠历史文化、岭南市井风俗文化五大部分组成。具体景点有秦文流觞景区、娘娘桥、万里桥、马嘶桥、古戏台、金钟街、湖广会馆、水街亭台廊榭、百米雕塑长廊、古石雕群、民俗风情区等。"秦文流觞"是兴安县城古北门的所在地，也是水街的入口，由此进入水街，让人顿生秦时古风的历史感。清朝著名诗人苏宗经曾这样描绘兴安水街："径缘桥底入，舟向市中穿；桨脚挥波易，篷窗买酒便。"兴安水街以它独特的历史文化，让来自四面八方的游客在此感受舒适的休闲方式。

由兴安县回到桂林城区，第二天就可乘船沿江游览从桂林中心城区到阳朔县共83千米水程的绝妙山水风光了。其间，漓江清秀之水像蜿蜒的玉带，缠绕在苍翠的奇峰之中。乘舟泛游漓江，观赏奇峰倒影、象山水月、净瓶清音、龙门古榕，饱览绣山如锦、鲤鱼挂壁、磨盘浪石、九马画山，细品一江烟雨、田园人家、牧童悠歌、渔翁垂钓等景点。这一游览水道，由于山水风光绝顶上乘，被誉为桂林旅游的黄金水道。沿江美景众多，具有代表性的名胜是象山景区，主要景点有象山、水月洞、象眼岩、普贤塔、爱情岛、云峰寺太平天国遗址陈列馆等。象山是桂林市的城徽，其不但外形佳美、风光迤逦，是桂林最美的风景名胜之一，而且腹有喷香的美酒。原来，象山腹中大部分是岩洞，面积在3 000平方米左右，一年四季保持恒温19摄氏度，很适合窖藏酒类。所以，从宋代开始，就成为官窖储酒处。一旦走近储酒的洞口，那醇醇的酒香飘溢而出，真要叫嗜酒者陶醉其中。为此，明代应天府通判张鸣凤（桂林人）赋诗《见牡丹再开喜索酒》："可知六十三年老，肯对芳樽惜病躯。"可见其为李白式的酒仙。他极为乐呵呵地称象山为"醉乡"。晚年辞官告老还乡桂林后，他就在象山脚下结庐而居，与酒为邻为伴了。而现在，象山岩洞内就窖藏有桂林酒厂醇香馥郁的三花酒近千吨。象山堪称历史悠久的醉乡、醉山了。

訾洲景区。訾洲在象山对岸，是漓江与支流间的一个沙洲。訾洲，古称浮州，位于百里画廊漓江核心区，与对面的象山水月融为一体、交相辉映，是桂林著名的古八景之一。唐朝桂管观察使裴行立在洲上修筑亭台楼阁，名盛一时。大文学家柳宗元应其请而作《訾家洲亭记》，对桂林名山胜水做了生动的描写与赞誉，他写道："伏以境之殊尤者，必待才之绝妙以极其词。今是亭之胜，甲于天下，"这就成了"桂林山水甲于天下"之先声。"訾洲烟雨"便在这山水形胜之间有了文人诗作入神之灵韵。2011年，訾洲公园重新建成，恢复了"訾洲烟雨"和"訾洲红叶桂林秋"的胜景，形成了飞瀑落霞、银杏飘金、幽篁翠竹、丹枫叶红、香樟滴翠、烟雨浮江、碑亭流芳、漓水象山等10个新景观，成为中外游客游览桂林山水、领略桂林文化、赏漓水眺象山的旅游新亮点。同时，訾洲紧靠的漓江城区中心水段，江水清悠平缓，成为无数游人与泳者的天然泳池与夏季的快乐福地。

斗鸡山奇景。在漓江东岸有马伏波神将一箭洞穿的穿山，其山形又如高大的昂首欲斗的巨大斗鸡。穿山对面，有一隔小东江与之对峙的小山，其头顶明代的寿佛古塔，山形如军舰而又小巧玲珑的斗鸡山，与穿山形成极不对称的两鸡相斗之态势。还有漓江西岸的雉山（又名龟山），它既像一只特大的乌龟，又像一只有高高耸起的鸡冠的振翅欲斗的雄鸡，仿佛在时刻准备着，要帮那小个子斗鸡的忙呢！因此，古人将此景统称为斗鸡山之美景。

◇净瓶山美景（何恒光摄）

　　净瓶山美景。净瓶山在漓江右岸，因像观音菩萨手中的净瓶而得名。其倒卧江中，春夏水盛之际，倒映江中，形成一个完整的瓶子，颇有情趣。顺流而下，还有父子岩等众多景点。父子岩在漓江与良丰江汇流处的一座山上，其洞中有块巨石，像光头老人的父亲，洞口一小石好似小孩。传说父子俩不愿为财主造船，躲避洞中生活，他们把洞中的一块巨大的钟乳石凿成一个巨大的花瓶，结果被那财主抢走了。而财主运石瓶的大船在漓江中翻了，财主及打手们都被淹死了，那石瓶就永远留在丽江里了，于是就有了净瓶山。后来那

桂林山水名胜与传说

父子俩也在洞中化为石人了。

卫家渡风光，位于桂林南郊漓江周边。这里风景优美，有一片很大的沙洲，春夏雨水多的时候，沙洲凹处形成了一个个的小水塘，水塘里有不少的鱼虾，水塘边的昆虫也有不少，迁徙中的黑翅长脚鹬都喜欢在此休息，啄食肥美的鱼虾与昆虫。这种鸟身子修长，高约40厘米，一双橘红色的长腿如美人般优雅，在蓝天白云下显得格外美丽迷人。卫家渡的特产以桂林马蹄最为出名。其色红、形扁、蒂短、皮薄、味甜、汁多、无渣，可生吃也可熟吃，营养丰富，远销世界各地。说到马蹄的来历，民间传说中，可是与仙马有关系呢。据说很久以前，有一群仙马偷下凡尘，迷恋上了卫家渡的美丽风光，爱上了卫家渡肥美鲜草，不想回天宫了。结果，有一匹仙马的马蹄被前来催逼的雷神砍了下来。这马蹄入土后生根发芽，于是就有了味美可口的马蹄。

奇峰镇美景，这个景点的特色是青山众多，怪石、奇峰林立，这里的石山有的如春笋，有的似古堡，有的像锐利的剑戟直指苍天……这里的山奇特险峻，山势雄奇，色彩绚丽，有诗赞道："奇峰镇外看奇峰，万点尖峰锁碧空。"在秀美的奇山中，有一座山峰上有一如月之洞，传说是伏波将军射穿的第二个洞府，称作"奇峰挂月"。据当地村民讲，奇峰镇就是因有了如此集各类造型奇异的山峰组合而成山之林美景而得名。在奇峰镇信步漫游，用眼睛、耳朵、心灵去慢慢感受山中的自然乐趣，去聆听村民诉说远古的故事，就是一种美妙的享受。放眼那座座奇峰仙态，饱览那美丽的田园风光，看着那群鹅"白毛浮绿水，红掌拨清波"，怡然自得地在水中快乐嬉戏。还有成群水牛在这大自然的浴池里沐浴，头快乐地轻轻摇晃，大眼睛时开时闭地窥视蓝天，尾巴不时地悠悠摆动。这一切，都是那么可爱迷人，陶醉中，仿佛时间都静止了、澄碧了、透明了。不知不觉中，游船在前移，美景游走到身后了。

接下去的景点有黄牛峡，距桂林市区约30千米。漓江悠悠清秀之水达此，急转90度大弯，水流一分为二，拍击3个洲渚，滚滚南去，此处的9个山峰像9头黄牛，所以得名黄牛峡。当地的民谣唱道："九牛对三洲，河水两边流。五马拦江过，双狮滚绣球。"这里的山峰极险峻，如同雷劈的一般，因此又名雷劈山。有的山峰又像振翅欲飞的蝙蝠，所以又叫蝙蝠山。徐霞客称赞这里"石峰排列而起，横障南天。上分危岫，巫峡，下突轰崖，数逾匡老，于是扼江，而东之江流齿其北流，怒涛翻壁，层岚倒影，赤壁采矶，失其壮丽矣"。这一带江面开阔，莲花状峰丛绵亘数里，船从激流险滩上行，青山倒影压船下，风光无限美，既在奇山险峰上，又在秀水激流中，游人无不迷醉其中。

半边渡风光。在漓江右岸的水边，有一面像高大的屏风一样的石壁，叫半边渡。当地人说半边渡有"三奇"，游人细看之下，颇有让人拍案叫绝处。不是么？请看其一，此处山岩陡峭，险壁如刀砍斧削，游人仰望中，大有泰山压顶之势，显得气势磅礴，雄伟壮观。再看其二，一山阻路，无可攀登，即使同在一岸，也必须乘船从水上过，到对岸的浪洲村又须乘船，形成"一江两岸三码头"的奇妙景观，所以当地人叫它三角渡或半边渡。三看在那光滑的石壁上，色彩斑斓，放眼看去，似可辨出各种飞禽怪兽；还有一处，仿若"张果老倒骑毛驴"，又似"赵云反身护阿斗"，细揉眼睛，越看越像，越思越真，心中惊叹是否神功所为。往上走不远，有个岩洞叫新娘岩，岩口有个新娘庙。这儿有两个传说故事。其一讲，在这个岩洞深处藏有青龙精和白虎精两个妖怪，它们专抢人家的新娘，祸害一方。后被旁边村里一个勇敢的小伙子岩刚和他所爱的姑娘桃秀联手铲除。其二讲，唐代壮族农家女刘三姐在此与小伙子张伟望对山歌成亲，后来杀死了为害地方的妖怪，双双驾白鹤登仙而去。

九马画山奇景。这座山九峰相连，山面如削，石壁上有白、灰、黑等颜色，组合在一起呈现出马的画像，所以叫画山。据说这画山上藏有九匹仙马，因而又名九马画山。在此处细观山壁石纹，可依稀看出群马图，有的如奔跑，有的似嬉戏，有的像跪卧回首，有的像仰天长啸，神态各异，形象逼真。相传它们本是天宫神马，相邀偷下凡尘。后来，为躲避雷神的捉拿，慌乱中撞入石壁，而成此出

◇九马画山奇景（何恒光摄）

神入化之佳景。对此景，阳朔一带流传着这样的民间歌谣："看马郎，看马郎，问你神马几多双？看出七匹中榜眼，能看九匹状元郎。"据导游讲，一般人能看出3匹马，能看出9匹马的，就不一般了，就能考中头名状元了。据说当年周恩来总理和陈毅元帅来此处游玩，在游船停歇中，周总理用3分钟就看出了9匹马，而陈毅用了5分钟看到了7匹马。

象山，又名象鼻山。其山形酷似一只站在漓江边伸长鼻子饱饮江水的巨象，而且妙的是，在半山处正好有一个对穿的岩洞，恰似象的眼睛，叫象眼岩，象山因此而得名。明代进士，曾任广西按察使，后升任左布政使的孔镛，写了一首著名的《象鼻山》诗，对其做了生动形象的描绘："象鼻分明饮玉河，西风一吸水应波。青山自是饶奇骨，白日相看不厌多。"象山坐落在桂林市漓江与桃花江的汇流处，位于市中心稍偏南的漓江边，站在解放桥上便清晰可见。由于身居闹市，加之山水风光旖旎，象山早在唐代就已经是游览胜地，拥有近千年的开发游览历史。象山以其独特的山形、悠久的旅游历史和特殊的地理位置，而今已成为桂林的城徽标志。

象山山形呈东北走向，长约180米，宽约100米，相对高度50米，海拔约200米，为桂林地标。象山在古代原名漓山。唐朝会昌年间（841—846年），诗人、桂管观察使元晦以漓山之名与陕西临潼的骊山音同，为避误会，又取风景宜人之意，更名为宜山。因在古文中"宜"与"仪"相通，音也一样，其后也有人写为仪山。唐代莫休符

◇象鼻山

在《桂林风土记》中说："漓山，一名沉水山，以其在水中，遂名之。"所以，沉水山也是象山在古代曾用过的名字。

象山之所以自古有名，不仅在于山水的风光美，还在于象鼻与象身之间的水月洞之美。水月洞在古代是桂林的一处老码头，讲起掌故来是挺有趣的。据说，那时，每到科考时节，各州县的考生都会汇集到桂林来赶考，时人称为"考相公"。当时的考生，没钱的走路，有钱的骑马，而更多的人选择坐船。所以每年8月科考时节，漓江上的象山水域到处都是大大小小的船泊。夜幕下，江面上，渔火点点，书声琅琅。一天，一位相公在水月洞内读书，有一艄公出了一副对联来试他的才学，老人朗然道："神象望穿江底月。"那相公脱口而出："鲤鱼惊破水中天。"艄公听后大加赞叹道："相公此行一定能高中榜首。"果然，这位相公进京后考中了头名状元，据说他就是清代桂林的才子刘福姚。后人为了纪念他，便在水月洞内留题了"读书处"三字榜书。这个水月洞不仅有美丽的故事，还有美丽的风景。它那半圆的透明之洞在漓江清秀之水中的倒影，宛如一轮初生的满月，美轮美奂，令人叫绝，自古有"象山水月"的赞誉。这个象山水月如何美法？早在宋代，有一位饱学的蓟北处士在象山看到水月洞美景时，惊奇有加，顿时诗兴大发，挥笔写诗赞叹道："水底有明月，水上明月浮。水流月不去，月去水还流。"看，这首古诗把水月洞的奇美写得多么妙绝！不仅有如此佳妙之诗的题刻在水月洞

◇桂林城徽：象山

的岩壁上，其岩壁上还留存有其他珍贵的历代摩崖石刻50余件，最早的石刻是唐代元结的"水月洞"题字。唐代著名诗人韩愈的名句"江作青罗带，山如碧玉簪"也镌刻在洞中石壁上。而洞内最有趣的石刻当数宋代张孝祥和范成大的题诗。1165年，南宋著名诗人张孝祥到桂林任广西经略安抚使兼静江知府，在桂林任职两年。他将水月洞旁的风景亭命名为朝阳亭，将水月洞也改名为朝阳洞，并为此写了《朝阳亭记》和两首诗题刻于水月洞的象鼻一侧。6年后，范成大到桂林任广西经略安抚使兼静江知府，他认为水月洞之名自古流传，而且在桂林的隐山早已有朝阳洞和朝阳亭了，不应重复，还认为张孝祥这样随便改名的做法很不妥，便将洞名又改回水月洞，并写了《复水月洞铭》题刻于洞中。从此水月洞之名一直保留至今。如今，象山水月洞石刻也和桂林其他的历代石刻一样，已成为国家重点文物保护单位。

象山还有一美，就是在山顶上建有明代的供奉普贤菩萨的普贤宝塔，又叫宝瓶塔。这座古塔是喇嘛型实心砖塔，高13.6米，距今已有400多年。塔身正北面嵌有一尊青石线刻的南无普贤菩萨像。古代建此塔，有镇水保平安之意。另外，这个大象托宝瓶，还寓意吉祥美好。在象山脚下南侧，有座大有名气的云峰寺。其有名，是因为清咸丰二年（1852年）四月，太平天国围攻桂林城，将南路前线指挥部设在云峰寺内。洪秀全率兵攻打桂林时，看中了象山山顶的平整，适合放置武器弹药，便以象鼻山作为主攻阵地，在山顶普贤塔的四周布阵，攻打桂林长达34天。后因桂林城久攻不下，太平军乘夜色撤围。亥时，在普贤塔四周扎草人，用山羊击鼓作响、引燃长短不齐的火绳依次鸣炮等计谋掩护太平军安全撤离。第二天的早上，清军才发现中计上当。现在，云峰寺成了太平天国在桂林战事活动的历史陈列馆。其内展出有太平军使用过的武器、炮弹、战旗及有关文字、图标等。

为进一步保护和开发象山的美景，1986年成立象山景区，这是一个集山青、水秀、洞奇、石美于一体的多元化国际精品旅游景区。2003年，象山景区被列为"世界旅游组织推荐游览景区"。2013年、2014年，象山连续两次获得央视新闻频道网络评选的"中国最美赏月地"称号。2014年央视马年春晚，匈牙利Attraction舞团在创意舞蹈《符号中国》中展示象山，这是第一次由外国演艺团体利用特殊舞蹈形式来表现象山之美。2017年，象山水域还成为鸡年央视春晚南方分会场举办地。这年11月9日，象山景区携手"两江四湖"，被授予国家AAAAA级旅游景区牌。如今，美丽的象山不仅是桂林城徽，还成为中国山水中人与自然和谐的标志符号，得到了世界性的赞誉。

两江四湖 水上美景

　　两江，就是桂林漓江市区段和桃花江市区段；四湖，指市中心的杉湖、榕湖、桂湖、木龙湖。把桂林市中心区的漓江、桃花江、杉湖、榕湖、桂湖、木龙湖贯通，形成环城游览水系，即"两江四湖"工程，建成后曰两江四湖景区。1998年9月18日，中共桂林市委、市政府提出了建设桂林市环城水系的构想。工程自1999年8月23日正式启动，2002年5月2日，通水并试航成功。两江四湖景色很美，坐船沿途可以欣赏到不少的桂林山水精华。尤其是夜游两江四湖，更是美上加美。游客乘船不仅可游览三大各具特色的主景区，即中国古典园林式的榕湖、杉湖景区，美妙的生态园林桂湖景区，还可饱览宋代历史文化园木龙湖景区，欣赏景区内新建成的名桥博览园，名花名树名草博览园、亭台楼阁博览园和雕塑博览园。可以品味到人在船上坐、青山秀水脚下走的旅游大餐。桂林市的经典名山胜景，象山、伏波山、叠彩山、尧山、宝积山、老人山等先后扑入眼帘，让游客陶醉在美妙的山水胜景中。在两江四湖中舒心畅意地游览，与跋山涉水游是大不相同的。两江四湖环城水系游突出了

　　　　　　　　　　　　　　　　桂林山水名胜与传说

桂林作为中国著名历史文化名城所具有的深厚的历史积淀与文化内涵。通过如此坐游，悠悠闲闲中，一大批重要文物古迹，如唐代的舍利塔、宋代的城墙、民国名人李济深将军的故居、新四军军长叶挺将军被囚处等，虽然有的已淹入水下，但是通过导游的精当讲述，都一一进入游者的记忆，进入游客的心之眼，岂不妙乎？如此一游，让游客深深品味到桂林深厚的历史文化、优美的自然山水、良好的生态环境在两江四湖环城水系中完美、和谐的统一。

◇巍巍老人山

游两江四湖，还可以看到很多座造型优美、工艺细腻，与周边景致融合的景观桥。这些桥梁中，位于桂林市区的丽君路东段跨丽泽湖的丽泽桥，是我国第一座自锚式柔性悬索桥。丽泽桥桥面平直，两座主塔竖直耸立，主塔间有钢丝相连作为承接和装饰用，塔身和整体都呈红色，故又名红桥。其夜景尤为俏丽，灯光装饰着主塔和整个桥身，给人以异国之感。

位于榕湖、杉湖景区的古榕双桥，是结合榕湖造景而建成的双桥形式的玉带双桥，在国内城市景观建设中也是绝无仅有的。宝积山下，铁佛塘与西清湖交界处的宝积桥，桥身采用中国古代城墙形式设计建造，体现了桂林作为历史文化名城所具有的深厚人文底蕴。北斗桥位于榕湖，东连湖心岛，西连古南门，桥形布局走向按北斗七星分布，故名北斗桥。桥面栏杆全部用房山高级汉白玉打制，桥形美观，工艺精致，堪称广西目前最长最美的汉白玉桥。玻璃桥位于榕湖东北侧，桥体采用工艺复杂、造型考究的水晶玻璃制品为建筑构件，集中体现了现代玻璃工艺的水平，是目前为止我国最早采用特种水晶玻璃承重体系的实用性桥梁。桥型美观大方，桥体晶莹剔透。特别是夜晚，通过高科技夜景灯光映衬，更加显得七彩斑斓、绚烂夺目。过玻璃桥往东数十米，就是桂林旧城中心的阳桥了。阳桥，宋代叫青带桥，又曰永济桥，位于桂林秀峰区、象山区相衔的榕湖、杉湖接合处，是桂林中山路上的重要交通桥之一。经扩建后，为三跨连续曲梁桥，主体为钢筋混凝土，外辅花岗岩和大理石，将世界桥梁文化与桂林历史及周围的环境融合。桥外观采用了意大利罗马城梵蒂冈大教堂的维她桥造型，桥下的浮雕总面积为 1 000 多平方米，讲述了桂林城建的变迁与发展历程，讲述了桂林各历史时期的名人与传说，成为桂林城市一道别致的风景线。可以说，这桥是

◇桂林日月双塔

文化，这文化也是桥，融合中外，岂不美乎?

日月双塔坐落在杉湖中。日塔为铜塔，位于湖中心，高41米，共9层。铜塔所有构件，如塔什、瓦面、翘角、门拱、门窗、柱梁、天面、地面等均由铜材铸锻而成，并以精美的铜壁画装饰。整座铜塔共耗铜350吨，同时创下了三项世界之最：世界最高的电梯铜塔，世界最高的铜制建筑物，世界最高的水中塔。月塔为琉璃塔，高35米，共7层，外表用琉璃装修，庄重典雅；内部雕梁画栋，门窗浮雕彩绘。双塔均飞檐斗拱，回廊高刹，庄重宏伟。夜色灯光中，日塔金碧辉煌、月塔银光闪闪，故曰金塔、银塔，日月双塔也就成为两江四湖重要的景色之一。两塔之间以18米长的水下水族馆通道相连。通过拱形的玻璃，可以欣赏头顶上和两侧游来游去的色彩斑斓的鱼儿。从日塔底部乘坐电梯，可以很轻松愉悦地到达日塔顶层。从塔顶俯瞰，桂林甲天下的山水美景尽收眼底，形象逼真的象山，一斗千万年的穿山、斗鸡山，清波荡漾、蜿蜒南下的漓江，都一一呈现在眼前。

日月塔旁有园林小路、涌泉、溪流、古树名木，构成"高山流水觅知音"的优美意境。此处立有由中央美术学院王克庆教授创作的我国南宋诗人、第一个赞誉"桂林山水甲天下"的诗作者王正功的铜像。榕湖畔还有王鹏运的铜像，其左手背在后面，右手持一黄色扇纸，面带微笑，风度潇洒翩翩，造型栩栩如生。王鹏运（1849—1904），桂林人，字佑遐，中年自号半塘老人，又号鹜翁，晚年号半塘僧鹜。晚清官员，是著名词人，平生词作甚多，号称"七稿九集"，约600首。他与况周颐、朱孝臧、郑文焯合称"清末四大家"。

七
星
岩
与
骆
驼
山
美
景

　　在桂林七星景区里，有四大胜景最为迷人，一个是"桂海碑林"，一个是古老而又焕然一新的花桥，一个是七星岩洞内神奇的钟乳石美景，再一个就是奇妙的骆驼山。这里重点讲讲后二者及两处新景点。先讲七星岩洞内的神奇钟乳石。七星岩早在五六世纪就有了文字记载，古时名为栖霞洞、仙李洞、碧虚岩，在1 300年前的隋唐时代就已成为游览胜地，堪称桂林溶洞的代表景观。七星岩内外的石壁上，留下的古今题刻多达120多件。大旅行家徐霞客曾于明崇祯年间两次来这里探察。1998年，时任美国总统克林顿也饶有兴致地游览了七星岩。老一辈革命家叶剑英游览后写下"海洋冲刷山川洞，石乳冰凝玉塑山。幽窟千年供避难，今游人乐尧舜天"的赞美诗句。七星岩的生成至今已有100万年的历史，洞内有许多石钟乳、石笋、石柱、石幔，千姿百态，像千古画廊，大自然的鬼斧神工蔚为奇观，令人击节赞叹。

　　七星岩洞分为上、中、下三层，供人们游览的是中层。洞内恒温20℃左右，凉爽宜人。游程约814米，最高处27米，最宽处49米，

◇七星岩与徐霞客塑像

显得宽阔宏大。如今，洞内引入了激光、光导、多媒体等高新技术，虚实相间、动静结合，展现出一幅幅美妙迷人的洞内奇观。那些钟乳石既神奇妙曼，又栩栩如生，处处迷醉游客。整个岩洞雄奇深邃，如童话世界般瑰丽多姿，被誉为"神仙洞府"。洞内游程分为6大洞天，有35处要点景观，主要景点有石索悬锦鲤、大象卷鼻、狮子戏球、仙人晒网、海水浴金山、南天门、银河鹊桥、女娲殿等。第一洞天里如宽阔的会客厅，敞口向天，明亮凉爽。此处的"第一洞天"四字大榜书，意思是说七星岩是名山洞府中最好的。题书者是桂林人张文熙，他是明代进士。其旁的《迎送神曲》石刻，是福建莆田人柯梦得的隶书手笔。从第二洞天开始，进入洞内欣赏钟乳石景观。第二洞天里，洞室开阔，在彩灯照射下，各色钟乳石璀璨夺目，美不胜收。主要景点有"珍珠玛瑙""稻粱麦黍""须弥山""巨石锁蛇""盘龙玉柱"等。第三洞天有"刘三姐歌台""花果山""唐僧晒袈裟""九龙戏水""龙宫水府"等美景。第四洞天有"田园水榭"以及有如秦宫汉苑、玉宇琼楼似的仙宫般的景致。第五、第六洞天有"明月当空""女娲殿""金银山""高山深谷""石林幽境"等令人陶醉的佳妙之境。

欣赏罢了七星岩洞里的钟乳石美景，从后岩出来，就可以沿着月牙山南麓漫步前行，不多久，就能看到该处于2017年新增的景点：全新的"桂城遗痕——桂林古代大型石刻展"陈列项目。在这个园内路边石刻展中，将博物馆收藏的石碑、石雕和石作文物精品进行了集中展示，把那些散珠碎玉似的古代石刻、石制品，经过匠心独具的手法，串成了面目一新、观赏性强的桂林古文化珍珠链。

"桂城遗痕"陈列展，主要包括碑廊展示、石人石马等石像展示、牌坊展示、建筑艺术构件展示等。其中包括4组（25件）明清石像、3组清代牌坊、11尊清代及民国的石狮、37件明代至民国的碑刻、39件宋代至民国的柱础、8件清代石作、8件明代至民国的井圈、35件其他杂项石雕石刻及建筑构件等，共169件大型石刻，汇聚成约180米的长廊。所体现的古代名人有4位：明朝嘉靖二十九年（1550年）榜眼及第的吕调阳（1516—1580年），桂林人，官至少傅兼太子太傅、吏部尚书、建极殿大学士；明靖江王府的宗室朱赞亿，是第一代靖江王朱守谦的第九子，封辅国将军，宣德年间去世；清代办团练起家的岑毓英（1829—1889年），广西西林人，历任云南、福建巡抚，云贵总督，曾两次入台，对开发台湾做出过较大贡献；清咸丰二年（1852年）进士陆仁恺，桂林人，历任吏部员外郎、贵州学政、山东运河兵备道。

　　从"桂城遗痕"陈列展走过后，就到了大有名气的桂海碑林。其为第五批全国重点文物保护单位，共有石刻220余方，内容涉及政治、经济、军事、文件、民族关系等，形式有诗词、曲赋、铭文、对联、图像等，书体有楷、草、隶、篆等。这些石刻中，有唐昭宗乾宁元年（894年）张浚、刘崇龟的《杜鹃花唱和诗》；有宋碑130多

◇龙隐岩与桂海碑林

方，最著名的是《元祐党籍》碑，反映北宋末年统治阶级的内部斗争史实，是国内唯一完整的一块，史料价值很高；有《平蛮三将题名》碑，记录了宋代狄青、余靖平定侬智高反抗朝廷的史实；有梅挚的《龙图梅公瘴说》，尖锐地指出当时"民怨神怒"之源和在仕宦群中普遍存在的"五瘴"，进而感叹"仕者或不自知，乃归咎于土瘴，不亦谬乎"。

清代王静山在龙隐岩刻了一个高70厘米、宽82厘米的"佛"字草书。远看，如同一个梳着发髻的老太婆，双手擎香，虔诚地跪着烧香拜佛，似乎可见烟气缭绕。近瞧，却是一个四笔挥就的"佛"字。这些都是上等石刻珍品。

与"桂城遗痕"陈列展并排，近在咫尺，却为围墙隔开，地处七星景区外的龙隐路北侧有一个2018年新建成的特色景点，叫作龙隐路石刻文化街。该景点以桂林历史相关人物为主线，以石刻和雕塑为特色，融合桂林山水诗词和摩崖石刻文化，与桂海碑林和七星公园相呼应，别具风格。这个街边景点是由40块仿制桂林精品摩崖石刻组成的路边石刻展，并配以文字说明和桂林历史旧事等文案进行介绍，集中体现了桂林古文化的浓郁魅力。桂林现存摩崖碑碣约2 000件。其年代上起南朝，下至当代，其形式有题名、题记、诗词、曲赋、铭文、佛经、诰封、告示、禁约、墓志、地券、对联、榜书及捐资列名等。内容涉及桂林社会1 700多年的政治、经济、军事、文化、民族关系等，是研究桂林历史的珍贵资料。其中，仿制的《舜庙碑》是唐代建中元年（780年），桂州刺史李昌夔修缮原已破败的舜庙时，将记述重修经过的《舜庙碑》镌刻。碑文由"以文辞独行于中朝"的韩云卿撰文、隶书名家韩择木之子韩秀实笔书、"秦汉后篆书第一手"李阳冰篆额，因此被称作"三绝碑"。还有仿制的南宋方信孺题名石刻。方信孺在桂林留下的题刻作品最多，有23件，被后人称为"桂林石刻第一人"。方信孺9岁能文，被当时的学者、诗人周必大和杨万里视为天才。其尤工诗词，诗作颇丰，著有《南海百咏集》《好庵游戏》《南冠萃稿》《观我轩集》等。方信孺幼时曾随父来桂林住过。嘉定六年（1213年），方信孺任广西提点刑狱和转运判官，再次来到桂林。在桂6年，他为官勤政清廉。辖郡中有数十年未判决的积案和因一事株连数十家的冤案，方信孺逐一分析案情，申报朝廷，于是很快结案，为人称道。宋代静江府城池图石刻在世界上也是很少见的。原型石刻在鹦鹉山山腹，高3.38米，宽3.24米。据刻于图上方的记文所载，考定为南宋修筑城池时刻绘，并于咸淳八年（1272年）刻成。

明代吕调阳大学士牌坊，原坐落于今民主路上文昌桥的南端。整座牌坊石刻镂空，有人物、花果、珍禽异兽各种浮雕，被认为是桂林历代牌坊中建造得最精美的牌坊。仿制的广西字径最大的"带"字，原型石刻位于阳朔漓江边碧莲峰上，是瑰宝中的瑰宝。有人说内含"一带山河，少年努力"八个字。字的右侧刻有"大清道光申午仲春王元仁书"，王元仁时为阳朔知县。"愿作桂林人，不愿作神仙"的仿制石刻，原型石刻位于叠彩山风洞南壁，是陈毅元帅于1963年2月所作。

骆驼山是桂林的名山之一，享有桂林第二城徽的美誉（象山为第一城徽）。骆驼山原名酒壶山，前人因其形状酷似一巨大的酒壶，有壶身、壶嘴，壶嘴下有块石头，恰似酒杯，而名之酒壶山，又名壶山。在山南的壶嘴上，古人刻有"壶山""擎天"二词，其下镌刻有"雷酒人之墓"五个字。雷酒人原名雷鸣春，号亮工，明末江南名士，曾与靖江王府宗室过从甚密。明亡以后，他不愿在清朝做

◇骆驼山（何恒光提供）

官，流落到了桂林，结庐隐居壶山下。他著有《大文参》《桂林田澥志》等作品，叙述了明宗室内讧及清兵入桂烧杀淫掠之事，后被清朝列为禁书，其在清康熙年间病逝。据说，雷酒人逝后，其家人就近将其葬于山下，并在酒壶山的壶嘴岩石上刻下"雷酒人之墓"五字，算是以山体为墓碑。这在全国，无论古今，恐怕是极为少见的了。多年后，其后裔雷擎天葬于此山下的土堆中，大概是来陪伴他的先祖吧！据悉，"雷酒人之墓"这五个字，是清朝文林郎、知广东临高县宰、加一级樊庶于康熙五年（1713年）题写的。此人是江苏扬州人，号虞叩山人，曾两游桂林，还造访过桂林七星岩下的栖霞寺。

雷酒人生前为人侠肝义胆，恃才傲物，不阿权贵，豪爽放旷又乐于助人。他还是一个医术高明的民间郎中，经常行医积善，治病救人，对极穷之人不收任何费用，但是对富人收费则多多益善，大有劫富济贫之意。其尤善诗文，极好嗜酒，每饮必醉，时人呼之为"雷酒人"。他住到酒壶山下后，因为特别喜欢桃花，所以就在山下遍栽桃树。每当春暖花开时节，桃花烂漫，江霞紫雾，分外妖娆。朝阳中，酒壶山四周有如片片绯红的彩霞，景致极为迷人。夕阳西下，霞光映耀山石，色泽斑斓，艳丽山色与人面桃花交相辉映，景色颇为壮观，使游人为之倾倒。故时人有"壶山赤霞"之赞誉，为桂林古八景之一。

在今人看来，酒壶山特别像伏地骆驼。据悉，新中国成立初期，有北方来的南下干部见了此山之后，大为惊奇，直呼："这就是骆驼呀！"足见其形象多么的逼真。从此以后，"骆驼山"一名取代了"酒壶山"之名，成为被今人一致认可的称呼。

如今，骆驼山南侧有个盆景艺苑，苑内有近2 000盆的各类盆景，都是珍品，各有神韵，意趣天成。苑内还有鱼池、叠石、平桥、曲廊、水榭、亭台，曲折清幽。入内游览，让人有如入仙境之感。1998年7月，美国总统克林顿在山旁的盆景艺苑内与我国民间人士举行环保座谈会后，在骆驼山前的草坪上发表了环保演说，还一边手摇一把桂林的折扇，一边饶有风趣地说，这就是最环保的"节能空调"。2017—2018年初，景区方面对骆驼山下的景点大加建设和改造，增设了阶梯水池，注入了来自骆驼山下岩洞中清秀凉爽的地下河水。还给雷酒人塑了个坐着举杯喝酒的铜像，置于骆驼山前。同时增置于骆驼山前的，还有一块形象似狗的自然山石，平添了不少情趣，引得不少游客纷纷拍照留念。

芦笛仙宫
洞中景

芦笛景区的核心景点就是芦笛岩，其位于是光明山腹中。原始的芦笛岩原来在半山腰只有一个小洞口，仅容一人进出。光明山山坡上及芦笛岩洞口都长有许多芦荻草，当地人用它做成简便的笛子，吹出的声音还是蛮悦耳动听的。芦笛岩之所以得名，是因为用这些绿油油而又茂盛生长的可爱的芦荻草做成的芦笛小乐器。

多少年来，貌不惊人又地处乡村的芦笛岩，可以说是养在深闺人未识。但是，从开发后发现的芦笛岩内保存的大量唐末以来用毛笔书写的壁书来看，这里早有前人的足迹了。那洞壁书写的"一洞""二洞""三洞""四洞""六洞""入洞""洞腹"等字样，说明前人已对洞内景区进行了一定的划分。此外，还有之前的游览者给洞内景物的命名题字，如"塔""龙池""笋"等等。据统计，最早的壁书是唐贞元八年（792年）的。洞内83则壁书题字，多为不同历史时期的各地游览者的游记。可见，游人浏览芦笛岩的历史已长达1 200多年了。而后来的秘而不宣，据当地人讲，可能是因战乱引起的，芦笛岩在很长一个时期里，实际上成了村民们的藏身洞。别的历史时期不讲，单就日寇侵占桂林的一年时间来看，芦笛岩之类的岩洞，真的是桂林人民的藏身密室呢！

当然，从现代旅游的角度讲，芦笛岩是1959年重新发现并大力开发利用的，使其成了桂林山水胜景中的一颗灿烂明珠。就地理方位讲，其位于桂林城区西北的桃花江畔，距市中心仅6千米。芦笛岩是一个以游览岩洞为主，观赏山水田园风光为辅的风景名胜区，是1982年11月国务院颁布的第一批国家重点风景名胜区。芦笛岩的游览洞府，进口与出口相邻，进洞处是天然洞口，出洞处是新开凿的洞口，洞内游程呈马蹄形，这在桂林所有的岩洞中也是算奇特的了。芦笛岩洞深240米，总长约500米。据有关专家测定，此岩洞是70余万年前，地下水沿着岩石的破碎带流动、溶蚀而形成的。洞中大量美丽的石钟乳、石笋、石花、石柱与石幔，是在岩洞形成以后，含有碳酸盐类的地下水顺着岩石裂隙流出，碳酸盐类经过亿万年沉淀结晶，逐渐堆积而成。然后慢慢形成"狮岭朝霞""红罗宝帐""盘龙宝塔""原始森林""水晶宫""花果山"等美丽景观，被誉为"大自然的艺术之宫"。

洞内景点颇奇特，诱人眼目。第一景"狮岭朝霞"，主要是由石柱和石笋组成的"参天古树林"，显出峰峦层叠的山林景色。有的石笋形似雄狮和幼狮，迎着朝阳，或嬉或跃，朝气蓬勃。此景右边为盾状钟乳石形成的"圆顶红罗宝帐"，流苏下坠长近2米，有折皱线条，半撩半掩，远望又似"昭君出塞"，华盖迎风，挺好看的。接着就是"冬天雪景图"，那些银白色的碳酸钙形成的石钟乳飘洒落在一片石松的树枝上，形成一幅雪压青松的亮丽图景。其旁是满山雪景，有雪人，有雪山，雪野茫苍，大地一片银光，似真似幻，随人想象。再向前，看到的是春光烂漫、满园瓜果，显现出一派农家田园风光。

随后还有"灵芝""人参"等景致形成锦绣河山，加上那些方解石，晶亮闪烁，绚丽多彩。更有"雕龙舞凤"，龙头张口，吞云喷雾；凤爪伸展，展翅欲飞。不亦美乎？

一路前行，就是"云台揽景"，景美而缥缈，由云台凭栏下瞰，下界如花园，细细嗅闻，恍惚还真有芬芳的香气呢！向东远望，可见一片荷池，荷叶荷花似在随风摇曳。又似见鱼腾虾跃，若闻流水潺潺，一派仙境般的田园佳景。"云台揽景"是芦笛岩洞穴跨度最大处。过了此景，就到"原始森林"。这儿有成片的石柱、石笋，或高或矮，或粗或细，形成一派密密麻麻、郁郁葱葱的原始森林风光，富有神秘感。再向前，是"双柱擎天"。但见一石柱如巨臂擎天，颇为威武；还有一石笋正节节拔高，也欲直顶穹庐。芦笛岩里还有很薄很薄的石幔与薄层状钟乳石组成的景点，叫"帝外云山"。这些石幔，细敲铿锵然，声音清脆悦耳，故有"石琴"美名。

洞内"水晶宫"景点，犹如一处辉煌的大厅，晶亮的钟乳石四悬，如盏盏宫灯，晶莹美丽。若细细看去，会见到有的石笋如"鲤鱼跃水"，鱼尾和鱼鳞活灵活现。"水晶宫"里还有尖尖的石笋倒映在水中，如万剑刺空，精美绝伦。离开此景向前行，再回头遥望时，只见"水晶宫"内灯火璀璨，又似美艳的晚霞，在穹庐下的江水中，渔火点点，若渔船暮归，美不胜收。到了出口处，有一中华雄狮昂首挺立，翘首中国梦，气宇不凡，让人顿生民族自豪感。

穿山与斗鸡山

漓江在桂林七星城区有一条支流，叫小东江。小东江南段的东西两岸有两座很奇特的石山，一座叫穿山，一座叫斗鸡山（塔山）。位于东岸的穿山，是因为它近山顶处有一个通明剔透而圆圆的大洞而得名。这个南北对穿的岩洞叫月岩，在此题刻"月岩"二字的是南宋嘉定年间广南西路经略安抚使胡伯圆。此洞高9米，长31米，宽13.3米，面积412平方米，宛若天然厅堂。其内刻有南宋诗人胡仲威题刻的"空明山"三个字，所以穿山又名空明山。炎夏时节，凉风习习，在月岩内一边乘凉，一边欣赏石壁上题刻的古诗，好不惬意舒爽，真有胡公"飘然欲御长风去"的逍遥意境。如果在远处遥望此岩洞，好似一轮明月高悬，真个是美不胜收，呼之欲出。在桂林民间传说中，讲到这个岩洞的来历，是蛮有趣的，说这个洞是东汉名将伏波将军马援为震慑敌将而发神力，一箭射穿的。

穿山不但有这个神奇的月岩，而且在山腹中还有大小30多个岩洞，其中最美的要数穿山岩。它原来是个封闭岩洞，是1979年开挖战备防空洞时意外发现的。它是桂林市继七星岩、芦笛岩之后的又一大型风景溶洞。岩洞总长1 531米，其中主洞长349米，宽一般3~5米，最宽处有30米，洞高一般2~7米，最高处达30多米。洞内温度保持在摄氏22度左右，冬暖夏凉。洞内的石钟乳、石幔、石盾、石笋琳琅满目，美不胜收。特别是那些卷曲的石枝、晶莹透亮的鹅管、雪白透明的水晶石、石头开花长毛等，形成了穿山岩独有的四大特色，具有很高的观赏和科研价值。那些形状各异的钟乳石，在各色灯光的映照下，闪烁着神奇的光芒，宛若仙宫，又似高山飞瀑而下，顿时飞花溅玉；有的好似银河落九天，晶亮的瀑流繁星闪烁，似动非动，迷醉游人。还有的石钟乳像石柱、石树，树上有串串花果，桃子、苹果、香蕉……应有尽有，如世外桃源一般。这儿还有"水帘洞"奇景，简直就是美猴王孙大圣的花果山了。在洞内移步换景，只见有的石钟乳长在洞底，有的悬挂在洞顶，有的附在岩壁上，美景变幻奇异。有的地面有金黄的大石笋，还有槟榔果树，有白玉般的小石笋。那些石笋有的像慈母抱婴儿，有的垂挂如刀似剑。更有节节相连的石藕、长条丝瓜……穿山岩啊，真是"世界罕见的神奇水晶宝洞"！

出得洞来，若是远眺，穿山还有一个令人赞叹的外形特点，就是它那相连的5座山峰酷似昂首挺立的大雄鸡。穿山的中锋高耸如鸡背，南、北峰是两翼，西峰昂首如鸡头，东峰则为鸡尾，那美丽的月岩大洞就是圆溜溜的鸡眼了。

位于小东江西岸的小石山叫塔山，海拔194米，相对高度才44米，面积仅有27 500平方米。这座小石山是因为其山顶有一座古塔而得名。这塔建于明代，外形为六角形，有7层，属实心塔，砖结构，高13.3米，北面嵌佛像，被称为寿佛塔。因此山外形有点儿像军舰，所以又名军舰山。明代大旅行家徐霞客游览此山后，兴致勃勃地描

◇塔山照镜小东江

　　　　　　　　　　　　　　桂林山水名胜与传说

写道:"竖石下剖,直抵山根,亭亭独立。山固以脆薄灵雀见奇,名为荷叶山。"可见,明朝时此山叫荷叶山。

为什么又叫它斗鸡山呢?一是因为在这座山的岩壁上留有古人雕刻的"斗鸡山"三个字。二是因为1932年出版的《广西一览》,在介绍此山时写道:"山在桂林东门外漓水下游,雉山之东,距城五里,两山各据左右,状若振羽相斗,故名斗鸡山。上有塔,标竦云烟,南溪之水出其下。游桂者,望见斗鸡山,则知去城不远矣。"如此看来,叫它斗鸡山是大有依据的。还有人说,斗鸡山是一组山,由穿山、塔山和南溪山或雉山组合而成。有人认为,此说显得有些庞杂,似乎不可取。第三种说法是讲,漓江西岸的雉山(又名龟山),它有高高耸起的"鸡冠",极像一只昂冠振翅欲斗的雄鸡。船过净瓶山,到漓江大桥附近往北看,漓江东岸的穿山与雉山昂头向对,极像是两只巨大的隔江欲斗的雄公鸡。因此这穿山与雉山合称为斗鸡山。此说亦存疑。雉山又名龟山,它更像龟,而不像欲斗之鸡啊!但据此,前人就讲此景是桂林古代漓江两岸的十大奇观之一,历来都引起人们无限的遐想。这真叫"你打你的鼓,我敲我的锣",各有看法不相同啊!明朝广西按察使孔镛曾写诗赞道:"巧石如鸡欲斗时,昂冠相距水东西。红罗缠颈何曾见,老杀青山不敢啼。"这首诗虽然没有明确何为斗鸡山,但是读了这首诗,不得不佩服作者的想象丰富、神思泉涌。还有呢,据说清代曾有一秀才游览雉山时,心有所感,随口吟出了一巧妙上联:"斗鸡山上山鸡斗。"不久,这位秀才的老师游览月牙山下的龙隐洞,出来后立即对出下联:"龙隐洞中洞隐龙。"这里,撇开斗鸡山的归属不谈,单看对联,应该是特有趣的,对得也是够快够贴切,师生双杰,文思都挺敏捷的。

　　叠彩山在桂林市区东北部，位于秀美的漓江西岸。叠彩山与城中的独秀峰、漓江畔的伏波山鼎足而立，同为城内的游览胜地。叠彩山因其山石层层横断，如彩绸锦缎相叠而得名。古代因山上有许多桂花树而称为桂山。又由于山腰有个四季生风的大岩洞曰风洞，

◇叠彩朝辉（何恒光摄）

所以又叫它风洞山。叠彩山山体颇大，占地面积约2平方千米，由于越山、四望山、明月峰与仙鹤峰4座山峰组成，最高的仙鹤峰海拔253.6米。叠彩山山貌奇特，翠覆重峦，佳景多多，是市区风景荟萃之地，有叠彩亭、于越阁、木龙阁、碧霞洞、瞿张二公成仁碑、仰止堂、风洞、庭湖、叠彩楼、望江亭、拿云亭等名胜，自古有"江山会景处"之美称。叠彩山景区作为"两江四湖·象山景区"的重要核心景区之一，在2016年末与伏波景区、象山景区、两江四湖景区联合申报国家级AAAAA景区。2017年2月，中国国家旅游局授予"两江四湖·象山景区"AAAAA级景区荣誉称号。

"江山会景处"石刻，在叠彩山叠彩亭旁。摩崖高233厘米，宽77厘米，楷书，字径43厘米，年月名款字径13厘米。据明嘉靖十八年（1539年）田汝成《游广西诸山征》所载，这里的叠彩亭，明代称为聚景亭。"江山会景处"石刻是为该处风景点而作，乃羽卿于明万历三十三年（1605年）留在叠彩山的第三件石刻作品。石刻字形端庄，严谨苍劲，雄浑有力。

在叠彩山风洞南洞口右前方的平台上，原有景风阁，是唐代元晦建于会昌年间（841—846年），历代有人修葺。据清代画家张宝《泛槎图》可见，景风阁为重檐、坡顶、长方形建筑。清庆保《景风阁记》说阁："居四望、于越之间，前接广野，倚大江，廓然翕受，窈而多风。其东小阁数椽，故为游人憩望地，每盛夏熏灼，于此解烦焉。"景风阁名噪一时，留有历代名人诗刻。惜阁已久废，数十件珍贵诗刻也同毁于日寇侵桂战火。这就是日寇毁我华夏文明之罪行。

明月峰有抬手可揽月之意。明朝人杨芳诗云："引手欲探天上月，俯躬疑碍日边云。"极言夸赞峰高可揽月。1963年，已77岁高龄的朱德元帅与87岁高龄的徐特立老人一起健步登上明月峰，在明月峰

◇叠彩山与漓江

上留有草书题词"明月峰"三个字，还赋诗云："登高不用杖，脱帽喜东风。"

　　叠彩山与历史名人皆有缘。一踏进叠彩门，迎面便可见到一块巨大石碑，其上刻着"常熟瞿忠宣、江陵张忠烈二公成仁处"，落款为"道光庚子抚粤使者梁章钜立石"。其东侧为供人瞻仰的仰止堂，正中石壁上刻有瞿、张二公的画像及郭沫若的赞诗。两侧石壁还有瞿、张二公的传略与狱中诗《浩气吟》。

　　清代变法维新的风云人物康有为和近代百岁爱国老先生马相伯

先后在此居住过。康有为在叠彩山风洞北口石壁上题刻："光绪甲午之腊，南海康长素以著书被议，游于桂山，居风洞月余。"而在风洞内，现在还留存有马相伯先生的石刻像。马相伯是民国时期德高望重的著名爱国人士、教育家、社会活动家。其一生横跨道光、咸丰、同治、光绪、宣统和中华民国，早年曾在李鸿章手下办过洋务，曾任驻朝政府赞仪、驻日公使参赞、神户领事等职。民国时出任南京都督府外交司司长、代理都督，还是第一任南京市长、国民政府委员。他30岁即成为中国第一位神学博士，是我国近代高等教育改革的开拓者。他创办了复旦大学并担任校长，曾代理北京大学校长。在抗战时期，他以九十高龄之躯，为救亡呼号奔走，发表《为日祸告国人书》，主张"立息内争，共御外侮"。其手书"耻莫大于亡国，战虽死亦犹生"联语，极大地鼓舞了中国人民的抗日决心。1939年11月4日，百岁老人马相伯先生在谅山溘然长逝。当时，举国哀悼，毛泽东、朱德、彭德怀等联名发出唁电："惊悉相伯先生于本月四日遽归道山，老人星暗，薄海同悲。遗憾尚多，倭寇未殄。后死有责，誓复同仇……"马相伯逝世后，时任国民政府审计院院长、监察院院长的于右任（马相伯弟子）挥笔敬挽："光荣归上帝，生死护中华。"

伏波山的奇景奇事

有人说，桂林的山很奇特，奇就奇在石山多、石山秀、青山奇美。而这些石山不但外形奇特，而且每一座石山都蕴藏着丰富的内涵，有的石刻文物众多，有如国魂永存；有的见证历史，历历在目；有的富于传奇，情趣盎然。正因为如此，清代陈元龙就感叹道："看山如观画，游山如读史。"位于市中心偏北的繁华地段，与秀美漓江相偎依的伏波山就是甲天下的桂林山水的一个典型代表。它集山美、水深、洞幽、文物石刻、奇石于一身，是极具观赏价值的园林式山水公园。它孤峰突兀，山势陡峭，傲立于漓江西岸。

说到伏波山一名的由来，有人说每当漓江发大水时，汹涌而来的江水到了伏波山下时立刻驯服平和了下来。皆系此山仿若身经百战的勇武将军，横刀立马于漓江边，其胆气雄壮，吼声如雷，降服了北来的激流狂涛。正由于它有"伏波平浪"的大功，故称伏波山。当然，也有人追溯历史，说是因为从唐代至清代，山上曾建有纪念东汉著名的伏波将军马援的新息侯祠，以其名号给山命名。

伏波山景区的主要景点有四：还珠洞、米芾自画像、试剑石、

◇伏波晚霞（何恒光摄）

千人锅及大铁钟。

还珠洞，别名玩珠洞、东岩、伏波岩，位于伏波山脚的山腹中。古时还珠洞只有临江的一面有洞口，要坐船方能进入，后来人们在其西面和南面开了两个口，这才可以从陆地步行入洞。洞高4~6米，宽6~8米，总长120余米，面积600余平方米。

该洞名为"还珠"源于相关的传说。

一个是流传在桂林民间的故事。有一个小孩到此岩洞中玩耍，见到一个头上有角的白胡须老人在一平坦的岩石上呼呼大睡，他的身边放有一颗鸡蛋大小的珠子，熠熠生辉，闪闪发光。小孩觉得有趣，就拿了回家玩。他的母亲见了，就问他怎么得来的。孩子如实相告。其母听了，猜想这珠子有可能是龙珠，怕惹下水淹桂林城的大祸，叫孩子赶快送还。小孩返回岩洞后，知道了那老爷爷果真是龙王，就将龙珠还给了龙王。

另外两个传说故事最早记录在明代著名学者胡直的《还珠洞记》里。其一讲的是："相传昔有渔父，从穴深入，睹物如犬熟寐，旁有一珠，拾归。或谓曰：'此龙珠也！'恐触其怒，戒令还之，故名。"这个故事，与在桂林民间流传的故事大同小异。其二讲的是东汉伏波将军马援率军南征交趾国，得胜班师回朝，用船运载买来的薏苡，准备回中原后作为药用。有人诬告他运的是从合浦搜刮来的珍珠，于是他就当众把薏苡倒入了伏波潭里，以表明自己的心迹，让这些所谓的"珍珠"流还合浦。

讲到这位伏波将军，在此还留下一个神奇的一箭穿三山的民间故事。讲的是当时我国南方的交趾国企图进犯，皇帝派了伏波将军坐镇桂林拒敌。不久，交趾国使者前来拜访，以探虚实。伏波将军为显示国力及自己的神勇，一捋银须，将其带到伏波山下的还珠洞前，拔剑将一根比水桶还要粗得多的接地钟乳石柱，硬生生地砍下一截，形成了今天看到的离地形状，名曰试剑石。接着，他又对那使者说，要在此以一箭定国界。言罢，他开弓搭箭，奋力向南射出。只见那箭如霹雳闪电，连穿三座大石山，最后，刚好落在早已划定的边防国界碑下。伏波将军这两手绝技神功，吓倒了骄狂的敌人，不战而胜，交趾国俯首称臣，再也不敢轻举妄动了。这就是清代光绪十八年（1892年）升授广西巡抚兼诗人的张联桂惊叹"将军真天神"的由来。

还珠洞除了传说故事多，历代石刻文物也很多，是伏波山的精华所在。此外，还珠洞还是唐朝时除西山的庆林寺，桂林又一处佛教圣地。信奉佛教的僧徒们，在洞内雕塑了许多佛像。此处千佛岩中有许多尚未成形的粗凿佛像，历经风化剥蚀，仍可见斧凿痕迹。一般能辨认成形的佛像有239尊，加上尚未成形的400多尊，很有历史的厚重感。

还珠洞中有一幅刻于石壁上的北宋四大书法家之一的米芾自画像，这在全国也属罕见。画像高1.2米，宽50厘米，身着古衣冠，宽袍大袖，右手伸二指，若有所指，迈开右脚，作行走之势，神态自若，风度潇洒。像的上方，刻有宋高宗的御笔像赞："襄阳米芾，得名能书。六朝翰墨，渔猎无余。骨与气劲，妙逐神境。风姿亦然，纵览起予。"像的右边刻有其子米友仁的跋："先南宫戏自作此小像，真迹今归于御府。"南宋嘉定年间（1208—1225年），米芾的曾孙米秀实来临桂做官，带来米芾的画像，由广西转运史方信儒命人刻于还珠洞中。

还珠洞洞口临江处有一倒悬巨石，离地寸许。有人说是伏波将军试剑留下的痕迹，故名试剑石。又相传"岩石连，出状元"，若岩石不断地生长，就不断地出状元，因而此石又叫状元石。又由于试剑石的形状似大象的鼻子，又名象鼻石。这块岩石如果有水溶解碳酸盐继续作用的话，是能生长相连的。但是它现今已没有水的溶解作用，无法继续分解碳酸盐而产生新的沉淀作用，失去了生长、发育的条件和环境，不可能与地面相接了，而且将永远这样，离地一线，成为富有悬念、引人观赏的奇石。

关于状元石的奇事，有必要多说几句。有人说，是因为桂林有甲天下的山水，有神奇的状元石，所以桂林历史上出了6名状元（另有1名武状元），真是状元辈出。

◇桂林状元石、试剑石

◇伏波山远眺老人山

桂林山水名胜与传说

据说，桂林伏波山的还珠洞下，那个圆锥状的倒垂石柱，锥尖离地约有两寸。相传此石柱可伸可缩，每当其下延与地面接触一次，桂林就会出现一位状元。所以，桂林就有民间谚语说道："岩石连，出状元。"明正德二年（1507年），时任云南按察使、年届古稀的桂林临桂籍诗人包裕回桂林期间，遍游甲天下的家乡名胜。在游览还珠洞时，他见到洞内悬垂的钟乳石将及地面，联想到家乡民谚的说法，顿时诗兴来袭，挥笔题诗一首，大胆预言百年后必有桂林才子金榜题名，夺得独占鳌头的状元。这首题刻在洞壁上的七律是："岩中石柱状元徵，此语分明自昔闻。巢凤山钟王世则，飞鸾峰毓赵观文。应知奎聚开昌运，会见驴传现庆云。天子圣神贤哲出，庙郎继步策华勋。"该预测奇诗第三、第四句提到的赵观文、王世则，是桂林明代前有名的状元。赵观文是桂林西北郊飞鸾村人，其村后有飞鸾峰，他于唐昭宗乾宁二年（895年）中了状元。

王世则是桂林永福县人，广西唯一的残疾人（腿有残疾）状元。王世则出身贫寒，幼时上山砍柴时从山上滚下，导致一条腿伤残，成了瘸子。但他自小羡慕读书人，常在放牛时溜进学馆偷听，居然很有长进。他的才学得到先生的赞赏，往后便免费教他读书。宋太宗太平兴国八年（983年），22岁的王世则拖着跛脚，一路乞讨，长途跋涉到京城，连续两次殿试都中状元，人称"连科状元"，成为中国科举史上第一个残疾人状元。为官期间，他直言不讳，享有"铁面王"之称。北宋时，永福县出现了一文一武两名状元，文状元是王世则，武状元是李珙。官至桂州督抚副元帅、邕州团练使的李珙，于公元1126年，率军抵抗金兵南侵，壮烈殉国。

包裕的预言，到了清代终于成了现实。清朝时桂林临桂共出了4名状元。陈继昌是雍正和乾隆两朝著名重臣、进士陈宏谋的玄孙，于嘉庆二十五年（1820年）中状元。他是中国古代科举史上的最后一名"三元及第"状元。龙启瑞是清代音韵学家、文字学家、文学家、目录学家，也是广西桐城派五大古文家之一。他于道光二十一年（1841年）中状元，授翰林院修撰。张建勋工诗文，尤善书，他的祖父、曾祖父都是清朝广西有著述、有影响的诗人，他自幼受到诗书影响。光绪十五年（1889年），光绪帝钦点张建勋为状元，授翰林院修撰。刘福姚于光绪八年（1882年）成为举人，光绪十五年（1889年）任内阁中书，光绪十八年（1892年），殿试为一甲第一名，成为广西最后一名状元。

伏波山的回廊中存放着直径1米多、高近1米，重约1 000千克的千人锅。还珠洞西口的钟亭存放着铸造于康熙八年（1669年）的大铁钟，重2 524千克。这两件文物原为定粤寺遗物。清初孔有德平定了粤西，被封为定南王，一批阿谀奉承的官僚于顺治八年（1651年）修建了定粤寺。孔有德死后，康熙六年（1667年），他的女儿孔四贞及女婿孙延龄重修定粤寺时，铸造了这口大铁钟和千人锅。定粤寺原址在叠彩山下，抗战期间寺毁，千人锅也被日寇炸坏底部，成了日寇侵我中华，狂轰滥炸桂林的又一铁证。1959年修回廊时，将千人锅保护在回廊内。1984年修钟亭，将铁钟更好地保护了起来。

  虞山公园位于桂林城北的叠彩区，因园内挺拔傲立的虞山和名声远扬的虞帝庙而得名。虞山公园风光迤逦，庙宇巍峨，文物古迹众多，且山奇洞幽，是桂林最美、最大的仿古园林，也是桂林山水游览的开山地和桂林历史的渊源地。其内的虞山如擎天巨柱突兀矗立天地间，山上林木苍翠，山顶塑有虞帝像，山林间环境清幽，凉风习习，空气清新，是登山游览的佳妙处。山的西麓有一大洞贯穿南北，其内香风悠悠，与近处皇泽湾的淙淙流水和洞口的阵阵林涛交织成韵，如闻古韵韶乐，令人陶醉流连，故称韶音洞，形成"舜洞薰风"，是为桂林著名的"老八景"之一。虞山公园主要景点不仅有名山、奇洞、灵庙，还有古色古香的怡沁园、三绝碑、五福塔、闻韶楼、九重天、美泉宫等亭阁。一句话，虞山历史悠久，人文景观众多，历史文化积淀丰厚。相传4 000多年前，华夏文明始祖之一的虞帝南巡曾到这里，后秦人特立碑为之纪念，延续至今已有2 000多年历史。

  虞帝庙是桂林最早的庙宇，古往今来祭祀虞帝者络绎不绝，被视为桂林的福地，历代香火鼎盛。虞山公园里的古代石刻不但多，而且有上等极品。虞山现存古代碑刻65件，其中以山崖上的唐建中元年（773年），朝议郎守尚书礼部郎中上柱国韩云卿、朝议郎守梁州都督府长史武阳县开国男翰林待诏韩秀实、京兆尹人李阳冰合璧的《舜庙碑并序》最为珍贵，此为记述舜庙最早的一方石刻，被誉为"三绝碑"。南宋淳熙年间（1174—1189年），宣教郎主管台州崇道观朱熹作《舜帝庙碑》云："虞帝祠在城东北五里，而近虞山之下，皇泽之湾，盖莫详其始所自立，而有唐石刻辞在焉。淳熙二年春二月，今直秘阁张栻始行府事，奉奠进谒，仰视栋宇倾垫弗支，图像错陈造已淫厉。"于是"命撤而新之"。这是有记载的第一次修葺。此后，修葺之事历代均有。南宋淳熙三年（1176年）刻制的《静江府新作虞帝庙碑》，记载南宋著名理学家张栻任静江知府时重修虞帝庙的经过，其由朱熹撰文，吕胜已隶书，方士繇篆额，俗称为"四夫子碑"，与上述"三绝碑"同样珍贵。韶音洞内张栻的《韶音洞记》、方信儒的《古相思曲》等石刻亦属珍品。

就整体布局而言，虞山公园有南、北两园，造园手法新颖，传统与现代结合，东方与西方审美观兼容，精巧雅致，小中见大，风格独树一帜。北园景区，流泉飞瀑，绿草茵茵，花团锦簇，充满现代气息。南园景区内在原址上恢复新建的虞帝庙，气势恢宏。以中国传统吉语"五福临门"命名的五福塔，金碧辉煌，塔内有祈福国泰民安的平安钟。由三块大理石雕琢的瑞云祥纹卷拱构成颇有意境的"九重天"给人以平步青云之感；怡沁园的假山叠石，巧夺天工，栩栩如生；还有回音壁、两人世界、智者、南薰亭等众多景点景物，皆美不胜收，令人流连忘返。在虞山东麓崖上镌刻的一座距今已1400多年的男观音像，古老神奇，更是给虞山公园增添了神秘色彩。

说到这古老的男观音像，的确神奇。其发现既属偶然，又大有神秘意味。据说是在30多年前，虞山公园准备在虞山东面的山岩上建一画廊。有一位施工作业者由于不小心，从20米高的脚手架上滑落下来。在滑落的瞬间，那位工人想，下面是水泥地面，完了，必死无疑。于是，他痛苦地闭上了眼睛，等待阎王的召唤。谁知，随着一阵树叶哗哗乱响，他感觉自己落在了茂密的树叶枝丫上，周身竟没有半点儿疼痛。他大为惊奇，睁开眼一看，原来自己落在了一棵生长在山岩上的茂密的大榕树上，被托护得好好的。真是大难不死啊！惊奇之下，他扒开树叶东瞧西望了好一阵子，竟然发现身边岩石上有一尊观音菩萨像。惊喜之下，他再一细看，哇，那不是女观音，竟是一座男观音像！他拜谢了观音菩萨的救命之恩，安全下了树，落到了地上。之后，这位工人将突发之事及男观音像的事告诉了工友们及公园管理人员。就这样，男观音像显神灵救人的事不胫而走，很快就为不少桂林市民知道了。这之后，就有不少的市民及外地的游客前来观赏男观音像，还有人虔诚地专门跑来烧香礼拜，请求菩萨保佑平安。同时，虞山公园也加强了对这尊千年男观音像的保护。

　　瞧，这就是虞山公园，美丽、古老、清幽、迷人而又神奇。

桂林东西巷

位于桂林老城中心的东西巷，都紧挨靖江王城墙脚。在两个巷子之间，是向北直达王城南大门的正阳路。这里的建筑属于明清古风貌民居。明朝时候，东西巷曾为皇家祠庙，专门用以供奉天地先祖。到了清代，这里成为百姓心目中的宝地，个个都想在此沾些皇家的福禄之气。加之明清时期桂林主要的交通方式是水路河运，正阳东西巷又紧靠漓江，以巷子作为中轴，成为经商行贾之路的核心部位，一度聚集了大批商人。他们南来北往，辛勤买卖，给东西巷带来了人气和财气。古老的东西巷在清朝和民国时期一度达到了鼎盛，极为繁华。然而，这两条有着悠久历史的巷子，在1944年秋日军进犯桂林时饱受劫难。巷子里的房屋、宅院都被烧毁，成为一片废墟焦土。1945年秋，抗战胜利了，人们又回到了东西巷，自力更生，或用砖瓦，或用柱子木板，辛辛苦苦地重建家园，却没法重现昔日的繁华，只是巷中的两口古井倒保存完好。可惜的是，后来，西巷的白龙古井没有保护好，消失了，只有东巷的仁寿巷里的古井仁寿井一直保存到了现在。

◇桂林东西巷

2013年重建前的东西巷，房屋低矮破旧，形同贫民窟，不仅毫无观赏性，还存在安全问题。为再现东西巷的繁华，为了重现明清风貌建筑群，也为了该处居民的居住安全与舒适，正阳东巷历史文化街区在2013年8月1日开工建设，于2016年4月全面竣工。对龙氏故居、岑氏公保弟旧址、马启邦旧居、谢氏故居、熊同和药铺旧址等古建筑和"老字号"进行了保护重建与恢复。如今，东西巷成了桂林又一处新的名片与古色古香的游览佳妙处。

东西巷经历了历史的沧桑，是个很有历史厚重感、很有故事的古老巷子。一天天气凉爽，笔者去拜访了相熟的东巷老居民莫德均老伯。莫老伯年近八旬了，身体健朗，为人热情善谈。听说笔者要了解一下东西巷的古迹，立刻表示非常乐意当义务向导和讲解员。莫老伯首先给介绍了他所住仁寿巷。他说，仁寿巷最早的建筑，可追溯到明代，距今已有600多年的历史了。可惜的是，在抗战时，被日寇飞机炸毁及大火焚毁了不少。但始建于清代的仁寿巷的砖砌拱门侥幸地逃过了当年日寇飞机的狂轰滥炸，至今仍耸立着。抗战胜利后，一些在桂林从事金器打造的江西商人，积极筹钱重建仁寿巷，恢复了江西会馆，并把这儿作为江西人在桂林经商人士的聚居点。

在莫老伯的引领下，笔者踏着古老的凹凸不平的石板巷道一一细加观赏。随着他的指点，可以看到，这里的房屋大多为青砖条石与木质建筑，下面是竖起的长条石墙角边，上面是斗拱挑檐与青色小瓦，显得那么古色古香。莫老伯说，东巷里每条较大的巷子口都有个半圆形的拱门，而其巷子的特点是巷中有巷，大巷套小巷，小巷套小小的巷。

接着，莫老伯带笔者参观巷内有名的古井——仁寿井。通往仁寿井的路，果然是小巷套更小的巷。这里的小小巷道，最窄处约60厘米宽，仅能容一个人通过。莫老伯感叹道："这里原是东巷的主要通道，当初和巷口一样有三四米宽，可现在，唉，由于一些工厂及私人乱扩建，才导致了这里的巷道越来越窄，越来越崎岖难走，真叫人既气愤又无奈。"在这羊肠小巷道中走了几分钟，就看到了一个白色的高出地面约1米的圆柱形水井，井口盖有一个铁板盖。"这就是仁寿井了。"莫老伯说，"在20世纪80年代安装自来水之前，我们东巷人就一直是吃用这里的水，好清凉的。""那为什么要把井口盖上呢？现在能不能打开看看？"笔者想看看井里现在还有没有清凉的水，于是问道。莫老伯说："这井盖是不准打开的，当初把它给封住，一是防止有人朝井里扔石头、倒垃圾，二是担心小把爷（小孩）不注意掉下去。说到根本，就是为了保护这口古井。"接着，莫老伯讲道，他们这里的居民，绝大多数都很关心爱护仁寿井，连井台石与旁边凿成的石槽都保护得好好的，既不容许私人建房侵占，又不许乱在石上敲打。他还告诉我们，市领导也很关心这口古井，有市委书记等领导来视察过，他们都强调要保护好古井。说到这里，莫老伯不无叹息地摇头："有些人就是不知道保护文物古迹的重要性啊，对面西巷的白龙古井就没有保护好。有个单位建大楼时，那些无知者竟然捣毁井圈、井石，拿来下了基脚，数百年历史的白龙古井就这么消失了，他们这样简直是犯罪，令人痛心啊！"

看着眼前的仁寿古井，笔者感叹："真不容易啊！这古井的完好保存，就见证了这里的绝大多数居民对古迹的爱护，他们是值得称赞的。"

说到这里的人文历史，莫老伯讲，在东西巷住过的名人，值得一提的有清代大名鼎鼎的两广总督岑春煊，"兄弟翰林"的龙朝言、龙朝翊两兄弟，还有清末秀才、新中国成立后曾任桂林市副市长的魏继昌，以及谢和赓父子、兄弟。另外，孙中山和他的同盟会员都到过这里，有的还在这里住过、开过会。莫老伯特别谈到了谢和赓父子、兄弟的事。他说，谢和赓的爸爸谢顺慈是当时中国有名的大书法家，那时桂林很多商铺的招牌都是他写的。独秀峰下孙中山纪念塔上的"中山不死"四个字就是他的手笔。谢和赓于1912年12月出生，他受二哥谢铁民（中共党员）的影响很深。1927年，谢铁民不幸被捕就义后，他不怕死，毅然决然地于1933年3月加入了共产党。1933—1942年，谢和赓曾担任过吉鸿昌将军、国民党军副参谋总长白崇禧、蒋介石大本营国防会议、国民党中央军委、第五战区司令长官李宗仁等人和单位的秘书。但自始至终，他都是一名坚定的共产党员，为革命事业做出了很大的贡献，是著名的红色间谍。新中国成立后，身在美国的谢和庚、王莹夫妇，做好随时回国的准备。但美国麦卡锡主义的泛滥使他们不仅难于离境，还受到监视、审问，后双双被捕入狱。1954年冬，夫妇二人终于被"驱逐出境"。归国后，董必武副主席告诉他们，中国以14名美国战俘换回了包括他们在内的14名中国留学生。

莫老伯还讲道，那时桂林很多有名的"老字号"都是从这里起步的，如味道鲜美的"鸿庆隆"月饼与"又益轩"米粉，字号响当当的"熊同和"药店和"张永发"染布，以及"黄昌典"毛笔、"友信"商行、"巨丰泰"商行等，这些都是当年桂林老少皆知的著名商标商品。

东西巷居民与莫老伯一样，大多都同意并支持政府重建东西巷，认为再不抓紧时间重建，老朽的东西巷要不多久时间，就会在历史的长河中自然残破衰败，要不就会被现代建筑慢慢地蚕食和替代。同时他们建议，东西巷重修应该尊重历史，应在它们的新生中科学地复古，不要搞成洋不洋古不古的"四不像"。他们还认为，一定要原汁原味地恢复白龙井，要继续保护好仁寿井，让这对王城脚下的龙珠姊妹井永存，为桂林的美锦上添花。

逍遥楼与创建者李靖将军

东巷东侧的逍遥楼始建于唐武德四年（621年），由桂州大总管李靖最早修建。逍遥楼一名，来自庄子的著作《逍遥游》。唐代逍遥楼遗址在今市区滨江路北段解放桥与伏波山之间，是唐代桂州城的东城楼，上置颜真卿所书"逍遥楼"石刻碑一方。颜真卿（709—785年），字清臣，今陕西西安人，唐玄宗开元年间进士，曾做过殿中侍御史、平原（今属山东）太守，后官至太子太师，封鲁郡公，世称"颜鲁公"。他的书法凝重实沉、雄健有力，独创一体，谓之"颜体"。唐之后，逍遥楼多次损毁，宋、元、明、清历代对逍遥楼都有过多次重修。宋崇宁元年（1102年）重建时，因桂林位于湘江之南，是"居五岭之表，控两越之郊"的西南重镇，所以改名为湘南楼。现存"逍遥楼"碑阴的《湘南楼记》记载了修楼经过。历史上的逍遥楼是达官贵人与文人骚客来桂林游览的必到之处。登上逍遥楼，近可观漓江美景、清清流水，远可眺青峰座座，"桂林老八景"中的"訾洲烟雨""东渡春澜""尧山冬雪"尽收眼底。从唐代宋之问到宋代范成大、张栻、刘克庄、李彦弼、李曾伯、方孚若，再到元代吴伯寅、明代杨芳等都为逍遥楼书写过诗篇。唐代著名诗人宋之问于唐景云二年（711年）被流放到桂林时，挥笔写下《登逍遥楼》："逍遥楼上望乡关，绿水泓澄云雾间。北去衡阳二千里，无因雁足系书还。"这是现存最早吟咏逍遥楼的唐诗。

元代诗人、政治家伯笃鲁丁曾在《逍遥楼》中写道："身世云霄上，飘然思不穷。晴山排翠阔，暮霭閟琳宫。牧笛残云外，渔歌落照中。蓬莱凝望眼，隐隐海霞红。"可见，当年站在逍遥楼之上所见景色多么美丽迷人。明万历二十六年（1598年），兵部右侍郎兼都察院右副都御史杨芳出任广西巡抚时，曾做《春日逍遥楼同王将军小集》刻于桂林虞山南麓石壁之上，诗中赞叹："逍遥楼上赋逍遥，极目韶光好景饶。"逍遥楼如此深厚的文化底蕴，四周又有甲天下的名山胜水，堪与黄鹤楼、岳阳楼等著名人文地理坐标齐名。

逍遥楼的消失时间其实不太久。清道光二十一年（1841年），重建逍遥楼工程又一次启动。遗憾的是，新逍遥楼刚刚在漓江边立起，桂林城便突发一场大火，一群封建遗老纷纷把矛头指向逍遥楼，认为是这座新建成的楼坏了桂林的风水。于是，不问青红皂白，把建成刚一年的逍遥楼拆除了。从此，历经历史烽烟的逍

唐颜真卿书"逍遥楼"（何恒光摄）

◇朝晖逍遥楼

遥楼彻底与桂林告别。

现存史料对逍遥楼遗址的最后记录，见于民国三十一年（1942年）的《桂林市指南》："逍遥楼，原在行春门城上，轩盈重叠，俯视山川，唐颜真卿书三大字于石，清末楼废存石碑。民国廿九年（1940年）因拆城建中正桥，石碑移置于普陀山山麓。"还有一种说法是讲在抗战时期，逍遥楼遗址被日本飞机投弹炸毁。楼前颜真卿题字的石碑被移到七星景区普陀山下的山门里，建亭进行专门保护。此千古名碑，一直到现今逍遥楼重建后，才又移到该处安置，算是回归本位了。

为了重现体现唐朝古色古香建筑风格的名楼逍遥楼，展示桂林深厚的文化底蕴，逍遥楼于2015年1月正式动工重建，经过1年零4个月的加紧建设，在2016年1月30日进行了亮灯展示。4月26日晚，开放迎宾。逍遥楼项目定位为有适度历史文化展示、旅游观景中的历史景观建筑，建筑风格为唐宋风格。项目主体为钢筋混凝土结构，外部装饰采用硬木，力求还原古建筑特色风貌。整个建筑高23.6米，长宽各22米，建筑面积630平方米，为建造在1.5米台基上的二层三檐阁楼式建筑。其下的滨水生态广场一二层之间的侧墙装饰为唐宋城墙，以还原逍遥楼立足城墙之上的景象。如今，重现的古色古香的逍遥楼与崭新的东西古巷连成一气，相互映衬，相互呼应，成为桂林市民及游客又一新增的名胜景观，同时又是观赏漓江城区段风光的最佳观景点。

说到古逍遥楼的来历，就得讲讲它的最早修建者，唐初的桂州大总管李靖将军。李靖青少年时才华不凡。他出生于官宦之家，是隋朝名将韩擒虎的外甥。祖父李崇义曾任殷州刺史，封永康公；父李诠官至赵郡太守。李靖不但长得仪表魁伟，而且从小就有文武才略，又有奋进之心，他曾对父亲说："大丈夫如果遇到圣明的君主和时代，应当建立功业，求取富贵。"他的舅父韩擒虎常与李靖谈论兵事，称赞李靖说："可与之讨论孙、吴之术的人，只有你啊！"李靖在隋朝官职虽然卑微，但其才干却闻名于隋朝公卿之中。吏部尚书牛弘称赞他有"王佐之才"。隋朝大军事家、权臣杨素也拍着坐床对他说："你终当坐到这个位置！"

隋炀帝南巡江都，杨素留守西京。大权在握的杨素一贯骄狂，对大臣往往倨傲无礼。每有公卿入府，他都是坐在床上接见，并叫美女侍婢围站四周，以显其熏天权势。

有一次，职微但年轻气盛的李靖拜见杨素，杨素仍旧坐在床上不起身。李靖向前作揖后，朗然道："天下方乱，英雄竞起。公是帝室重臣，应以交纳豪杰为上，不应在床上见宾客。"杨素早就知道李靖是个大有奇才的不凡人物，顿时敛容站起，向李靖道歉。当时，在场的美妓红拂极为钦慕李靖，暗中打听到了李靖的住址。半夜里，红拂赶到李靖所在旅舍，向李靖表明道："妾侍奉杨素多年，见过的人不少，今日得见君，姿表绝伦，丝萝不能独生，愿托乔木，因此深夜来奔。"李靖听了，立马拒绝，认为这是惹祸。经红拂女的一再坦诚表白，李靖终于爱上了有胆识、有才情又长得天仙般美丽的红拂女，于是与她结成了夫妻。此后，红拂对李靖的人生事业大有佐助。

李靖本是隋朝官员，而且早就看出李渊有反隋异志与动向，并要向隋炀帝举报。后来他又为何加入了唐军呢？原来李靖闯了个九死一生的鬼门关呢。举报之事虽未得逞，却因此大大得罪了唐高宗李渊，所以李靖被唐军俘虏后，李渊就要杀他。李靖满腹经纶，壮志未酬，在临刑前大声疾呼："您（李渊）兴起义兵，本是为了天下除去暴乱，怎么不欲完成大事，而以私人恩怨斩杀壮士呢？"李渊欣赏他的言谈举止，李世民爱他的才识和胆气，给予赦免。不久，李靖被李世民召入幕府，做了三卫。

唐高祖武德元年（618年），萧铣在南方称帝，战功卓著的李靖奉命南下剿灭。能征惯战的常胜将军李靖在围剿萧铣时，巧用瞒天过海的疑兵之计，将缴获的众多船只放流江中，让前来增援萧铣的10万南方大军统领大为疑惑，不敢前进。李靖得以从容进攻，最后活捉萧铣。随后，李靖采用不杀敌军众将、优待俘虏的恩威并重措施，极大地动摇了南方的援军将士，最后主动投降，李靖不战而获大胜。不久，李靖获得了高祖李渊授予的岭南抚慰大使、检校桂州总管之职，奉命立即进军岭南。武德四年（621年）十一月，李靖以岭南道抚慰大使身份和平进入桂林城。当时的桂林王李袭志以归顺将领身份，率岭南诸郡特使及百越各路酋帅，敞开桂州城北大门，恭恭敬敬地将李靖所部迎入桂林城中。当日，两位李将军在独秀峰前把酒言欢，桂林城内外百姓安然无恙地由隋代和平进入唐代，到处一派祥和景象。

李靖上马管军、下马管民，他初到桂州时，以为桂州及以南的州县乃偏僻之地，距朝廷遥远，隋末大乱以来，未受朝廷恩惠，若"不遵以礼乐，兼示兵威，无以变其风俗"。李靖带着这种偏见与移风易俗的心情，由部将江齐贤陪同，率领一帮随从，自桂林漓江乘船南下，沿江美丽的山水风光让李靖及部下将士大饱眼福。戎马倥偬的李靖，从来没有如此有闲情欣赏过这么美好的山水景观，这让他的心情格外舒畅愉悦。当然，李靖此行的目的并不在于游山玩水，而在于对沿途人文府治情况进行全面而详尽的考察。凡经过之处，李靖深怀爱民之情，亲自"存抚耆老，问其疾苦"，让当地人大为感动与佩服。到了荔、漓交汇之处，江岸边上站着很多当地百姓，他们都是闻知李靖是个爱民将军后，特地赶来欢迎的。这让李靖深感意外。他想不这里的民风如此厚道、纯朴。于是，李靖放下偏见，赶紧离船上岸，带领部属不断向沿岸的父老乡亲作揖致谢。不多日，李靖一行来到了隋朝旧县城平乐，看到这里的城建及民房都很残破，心情顿时沉重起来。他即刻召集江齐贤等部属，当下表示：一要提升平乐的行政级别，重建行政办公场所；二要加强水上运输管理，发展商贸，扶持农业，厚待百姓。他宣布将平乐县改为乐州，并让江齐贤主管此事，要使平乐成为老百姓的快乐州府之地。经唐高祖

桂林山水名胜与传说

批准，武德四年，"分始安郡（桂林）置乐州，领平乐、沙亭等四县"。从唐武德四年至唐武德六年八月，李靖任桂州大总管期间，江齐贤这个勇猛的战将转为地方长官，大显行政管理才干，他不负厚望，高效办事，勤政为民，两年不到就把乐州府大城建好了，同时改善了民生，获得了平乐民众的拥戴。

据史料记载，李靖主政桂林期间，一面派江齐贤负责首建乐州城，一面亲自首创桂州城，让桂州、乐州城面貌焕然一新。新建的桂州城后称子城，亦称衙城。此城周长三里有余，城高一丈二，设静江、东江、腾仙、顺庆四门。同时修建了庆林寺与榕树门，还在子城东面临漓江的城楼上首建逍遥楼等。

李靖及部将们辛勤治理桂林，施行了一系列为民谋福祉的得当措施，由此李靖得到桂州人民及治下各级官员的心悦诚服的拥护，于是桂州一带社会大为安定，人民生活大为改善。桂州由破败而逐渐美丽，由贫穷而逐渐富有，并有了"小长安"之称。唐代诗人张叔卿的《流桂州诗》写道："莫问苍梧远，而今世路难。胡尘不到处，即是小长安！"

在李靖的努力下，江南的局势大为安定，但是北方的形势又紧张起来。隋末唐初，东突厥势力强大，李渊太原起兵时，曾向东突厥始毕可汗称臣，以换取北方的相对安定。唐朝建立后，东突厥一方面支持薛举、刘武周等割据势力，与唐朝分庭抗礼；另一方面，又自恃兵强马壮，不断举兵南下侵扰。在平定江南中功勋卓著的李靖，于武德六年（623年）八月被调到北方，厉兵秣马，随时准备反击东突厥的入侵。武德八年（625年）八月，东突厥颉利可汗率十余万兵马越过石岭，大举进犯太原，李靖以行军总管之职，率军抗击东突厥。贞观四年（630年）正月，朔风凛冽，李靖率领3 000精锐骑兵，勇猛进击，生擒颉利可汗，东突厥宣告灭亡。李靖等将领率军灭了东突厥，不但解除了唐朝西北边境的祸患，而且洗刷了唐高祖与太宗向东突厥屈尊的耻辱。

贞观八年（634年）十月，担任宰相职务刚满4年的李靖即以足疾恳切辞任，意在急流勇退。唐太宗明白他的心意，也十分欣赏他的这一举动，尊李靖为一代楷模。不久，特赐李靖一条灵寿杖，以助他疗养足疾。贞观二十三年（649年），李靖病情恶化，唐太宗亲临病榻慰问。他涕泪俱下地对李靖说："公乃朕生平故人，于国有劳。今疾若此，为公忧之。"这年四月二十三日，李靖溘然长逝，享年79岁。

李靖戎马一生，南平萧铣、辅公祐，北灭东突厥，西破吐谷浑，为唐王朝立下赫赫战功。他不但英勇善战，是常胜将军，被誉为"战神"，而且根据自己一生的战斗实践经验，写出了不朽的军事著作。《旧唐书·经籍志》《新唐书·艺文志》著录的有《六军镜》3卷、《阴符机》1卷、《玉帐经》1卷、《霸国箴》1卷，《宋史·艺文志》著录的还有《韬钤秘书》1卷、《韬钤总要》3卷、《卫国公手记》1卷、《兵钤新书》1卷、《弓诀》等，可惜都失传了。今见的《唐太宗李卫公问对》虽疑为宋人冒名所撰，但亦可参考。从杜佑编的《通典·兵典》及《太平御览·兵部》中的《卫公兵法》中也能见李靖在治军、行军作战、扎营等方面非凡的军事才干。

因为李靖战功显赫，被誉为"战神"，民间传说他死后经常显灵，为百姓救危解厄，所以不少地方的百姓为李靖建庙供奉。到晚唐时候，李靖更是被神化了，甚至得了"托塔李天王"的神号。开元十九年（731年），唐玄宗为表彰和祭祀历代名将，特别设置武庙，其以周朝开国丞相、军师吕尚（姜子牙）为主祭，以汉朝留侯张良为配享，并以历代名将10人从之，卫国公李靖便是其中之一；同时被列入"武庙十哲"的，在唐代只有他与名将李勣二人。到了北宋宣和五年（1123年），宋朝依照唐朝惯例，为古代名将设武庙，72名将中也包括李靖，可见其战神之威名与声望历久不衰。

李靖将军是唐代第一任桂林的大总管，用今天的话来说，就是广西第一任军区司令员、自治区政府主席兼桂林市第一任市长。李靖主政桂林期间，勤政爱民，政绩多多，将破败的穷桂林变成了富有的"小长安"。桂林人民感恩于李靖的德政，在桂林城东的普陀山（七星山）北麓对面地方（现在的张曙墓地），早在唐代晚期就为祭祀李靖而建了一座李卫国公庙。据悉，如今的六合圩，就是源自唐宋以来，桂林众多百姓自发前往李卫国公庙祭祀，由于来往人多热闹，在其庙附近一带有了买卖摊点铺面而形成的。另外，桂林平乐县三江口的令公庙，传说也是当地百姓为感念李靖及其部将江齐贤的德政而兴建的，至今香火旺盛。

五代十国时后晋天福二年（937年），后晋王朝不但继续维护李卫国公庙，而且加封李靖将军为灵显王（有古石刻为凭证）。为何要加封李靖为灵显王呢？据当地老人讲，是说东灵庙（即李公庙）很灵验，去求拜的事往往能实现。据说凡遇到天干旱久了，附近的农民就去东灵庙门口烧香、焚雨帽、放鞭炮求拜。求拜后，往往会下一场蛮大的透雨，缓解旱情。此事由州官上报朝廷，于是，李靖就被后晋高祖加封为灵显王了。到了北宋宣和六年（1124年），当时以军事、书法俱佳闻名于世的武经郎、东南第十三将周元辅，以刚劲有力的正楷笔书21个字（落款在外），叫石匠刻石于普陀山北麓高约20米的山岩上（在音乐家张曙墓隔灵剑溪对面），以示对李靖的推崇与尊敬。该石刻全文为："唐桂州都总管使李卫国公庙　天福二年加封

灵显王　有宋宣和甲辰武经郎东南第十三将周元辅谨书。"后来，李卫国公庙慢慢演变成了东灵庙。直到20世纪70年代，抗日音乐家张曙墓地前的菜地，还被六合路七星四组的老年菜农喊成东灵庙地呢。

　　现今，在重修的逍遥楼东面，秀美漓江市区河段的解放桥西侧繁华热闹的滨江道旁，竖了一尊李靖将军的塑像，这是今人对他的肯定与纪念。李靖主政桂林的时间虽不长（从唐武德四年十一月到武德六年八月，2年不到），却多多地为百姓谋福祉，为桂林长远发展勤政谋划，立有大功，所以被后世代代纪念，这也是应该的。

　　　　　　　　　　　　　　　　　桂林山水名胜与传说

王城景区与独秀峰奇山、奇洞、奇人

"独秀峰·王城"景区位于桂林市中心，是以有桂林"众山之王"之称的独秀峰为中心，明代靖江王府为范围的精品旅游景区。其位于漓江之畔，自古以来就有"城中城"的称誉。景区内自然山水风光与历史人文景观交相辉映，景区涵盖了桂林三大历史文化体系，是桂林历史文化的典型代表，走进景区就等于走进了桂林历史文化之门。1996年，景区被列为全国重点文物保护单位，现为国家

◇王者独秀峰

◇靖江王府

AAAAA 级景区。

　　世间传"北有北京故宫，南有桂林王城"，桂林王城是我国目前保存最为完好的明代藩王府第，占地 197 800 平方米，至今已有 630 多年的历史，比北京故宫建成的时间还早些。明太祖朱元璋封侄孙朱守谦为靖江王。朱守谦及其子弟在明洪武五年（1372 年）开始建王府，历时 20 年才完工。王城有承运门、承运殿、寝宫，左建宗庙，右筑社坛，亭台阁轩，堂室楼榭，红墙黄瓦，云阶玉壁，辉煌壮观。王城开有东、南、西、北四门，分别命名为体仁（东华门）、端礼（正阳门）、遵义（西华门）、广智（后贡门）。城墙坚固高大，周围是 1.5

千米长的城垣，内外以方块青石修砌。王城南北纵距557.5米，东西横距336米，城墙高7.92米，厚5.5米。明时，王城警卫森严，一般老百姓不得进入。王城后来被清定南王孔有德占有，改称定南王府。南明军李定国攻克桂林后，孔有德纵火自焚，使有250多年历史的王城顿时化为焦土。惜哉！幸运的是城墙基本完好，承运门、承运殿的台基、石栏和云阶玉陛等基本保持原貌。

顺治十四年（1657年），改定南王府为贡院。端礼门的三拱门改为单拱门，其上重建门楼，称景幅楼。宣统年间，贡院东侧改作初级师范学堂，西侧改作模范小学堂。同时，在独秀峰下设咨议局，并于城内东南角增建广西图书馆。民国十年（1921年），孙中山北伐，督师桂林，设总统行辕于王府，指挥北伐。他在这里检阅了北伐军，确立了青天白日旗为中华民国国旗，并于1922年元旦，在王城举行了首次升旗仪式。孙中山去世后，桂林人民为纪念孙中山，将王城辟为中山公园。王城内现存孙中山驻跸处遗址碑和"中山不死"纪念塔。纪念塔呈三角形，筑五级台阶，喻孙中山先生三民主义之精神和五权宪法。塔的三面分别有谢顺慈的题词"中山不死"、张猛题写的"总理遗嘱"和莫乃群题写的"主义常新"。塔附建有仰止亭，楹联由谭延闿书写。亭西有石碑，上书"中山常在"，为廖承志先生的墨宝。

自古以来，王城被奉为桂林的风水宝地，也是桂林城市的发祥地。这里曾经走出了2位皇帝、11代14位靖江王。清代，这里是广西贡院，共举行了100场乡试。清代广西中进士第的有585人（其中有298名桂林人），出了4名状元（全是桂林人），考取的状元数居全国第五位，其中更有科举史上最后一位"三元及第"获得者陈继昌，一扫所谓"南蛮"之象。所以，在王城的3处门楼上，有3块标示科举成绩不凡的石牌坊。城南正阳（端礼）门的门楼上有一块碑匾，上书"三元及第"四个大字，是时任太子少保，兵部尚书，都察院右都御史，总督广东、广西地方军务的阮元为陈继昌而书、而建的。何谓"三元及第"？这是科举时代乡试、会试、殿试一路过关斩将，连中解元、会元、状元的士子的最高荣誉。在王城东华门上，有"状元及第"坊，是道光二十一年（1841年）为新科状元龙启瑞而建。此后，张建勋、刘福姚分别于光绪十五年（1889年）、十八年（1892年）登上殿试第一甲榜首。继唐代赵观文和清代陈继昌、龙启瑞之后，桂林一连出两名状元，当时震惊了全国。"一县八进士，三科两状元"一时传为佳话。"榜眼及第"坊位于王城西华门上，同治四年（1865年）为于建章而立。榜眼就是第一甲的第二名。

民国时期，这里是广西省政府驻地，成为广西政治、文化的中心，李宗仁、白崇禧、黄旭初都曾在此办公。1944年秋，日寇进犯，桂林沦陷，贡院的建筑同整个城市一样化为焦土。1949年底，桂林解放，王府成为人民解放军第二十四步兵学校。1952年，改为广西师范学院（后称广西师范大学）。桂林王城于1996年被国务院公布为全国重点文物保护单位。

独秀峰位于王城内，是王城景区不可分割的部分。独秀峰有"南天一柱"的美誉，史称"桂林第一峰"。山峰突兀而起，形

◇独秀峰：南天一柱

◇王城"状元及第"牌匾

如刀削斧砍，周围众山环绕，孤峰傲立，有如帝王之尊，峰顶是鸟瞰桂林城全景的最佳观景台。独秀峰上建有玄武阁、观音堂、三客庙、三神祠等，山下有月牙池等景观。山的东麓还有南朝刘宋时文学家颜延元读书岩，为桂林最古老的名人胜迹。颜延元曾写下"未若独秀者，峨峨郛吧间"的佳句，独秀峰也就因此而得名。唐代诗人张固慨叹独秀峰："孤峰不与众山俦，直上青云势未休。"清代诗人袁枚也赞美独秀峰："来龙去脉绝无有，突然一峰插南斗。桂林山形奇八九，独秀峰尤冠其首。"在灿烂朝阳下，独秀峰有如紫袍金带的王者鸟瞰桂林美景。清道光二十五年（1845年），时为广西布政使、书画俱佳的张祥河见此胜景，大为惊叹，挥笔写下"紫袍金带"四字大榜书，叫匠人刻在独秀峰东崖岩石上。于是，独秀峰又有了一个美名，曰紫金山。

独秀峰下的太平岩洞内有堪称世界文化奇观的"太岁"摩崖石刻。太平岩是独秀峰西麓的天然洞穴，原名西岩，高2.9米，宽4.25米，长31.5米，面积约140平方米，是明靖江王拜仙修炼之处。这千年古岩神秘莫测，洞中刻有明恭惠王朱邦宁绘制的刘海蟾像，所以俗称刘海洞。明嘉靖年间（1522—1566年）重新开发时，挖出一枚太平通宝钱币，靖江王认为"此惟兆哉，山灵告予"，"遂以太平名岩"。如今洞内仍保存有供奉玄武帝及六十甲子保护神的石刻像，个个仙风袅娜，其中六十甲子保护神像（即太岁）摩崖石刻当称世界之最。

独秀峰山壁摩崖石刻星罗棋布，都是文物珍品。特别值得一提的是1983年两位年轻的桂林文物工作者在整理独秀峰崖壁石刻时，他们轻轻地掀开腐殖层，意外地发现了一块保存完好的石刻作品。这就是被历史的尘埃封存了差不多800年的千古名句"桂林山水甲天下"的真迹题刻。作者就是一生以为官正直清廉而著称，不惧得罪权贵的南宋桂林代理知府王正功。

说到王正功，在历史上可是个为人讲诚信的正直清官。他是浙江宁波人，出身名门望族。曾祖父王说是著名的"庆历五先生"之一，是以教育为主要职业的北宋哲学家。他致力于儒学传播、民生教化，是当时教育界和学术界的中坚。王正功的祖父王珩是王说的第三子，考中了进士，是绍兴年间的"五老会"成员之一，是颇有声望的诗人。王正功的父亲王勋、兄长王正己及他本人都以廉直、忠信、诚实闻名于世。其家乡四明乡绅楼钥在为王正功写的墓志中，称其"开心见诚，吐露情愫，孩孺有问，亦告以实"，甚至"遇机阱险之人，一对以诚，彼自意消"，而"廉洁守家法"。又称王正功，做官做到广西提点刑狱，"清贫自处，质贷以给，奉己至薄，得禄不足以偿逋负，如是者三十年"。这个墓志点明了王正功为人的最大特点就是诚实守信，诚实到了孩孺不欺，甚至是对奸猾之人也以诚相待、以诚感化。他为官的最大特点就是持之以恒的清廉，所得的俸禄甚至不足以供一家人的最低生活开销，以至于不时要靠借贷过日子。

讲到王正功的清廉，还有一事。他在荆湖北路澧阳县任满时，澧阳县有官员为感其恩，送钱300万给他，被他拒绝了。他只接受了县衙依法安排送他及家人回乡的船只送行，这种节操令当地人叹服不已。王正功由于为官清廉耿直，不阿谀奉承，因而为上层的权贵所不喜。所以王正功虽从20余岁便步入官场，为官几十年，清廉而颇有政绩，却始终得不到什么大的提拔，更别提青云直上了。68岁那年，在官场浮沉快50年的王正功终于运气大涨，吉星高照，于南宋宁宗庆元六年（1200年），来到静江府（桂林）做了高官，职务是广南西路提点刑狱兼权知静江府，主管司法刑狱代理静江府。嘉泰元年（1201年）是大比之年，广西考中了11位举人，王正功感到非常高兴。

在州府举行的鹿鸣宴上，兴致所至，微醺的王正功内心的欢欣、信任、祝贺和期望化成了语重心长的两首七律《劝驾诗》："百嶂千峰古桂州，向来任务固难俦。峨冠共应贤能诏，策足谁非道艺流。经济才猷期远器，纵横礼乐对前旒。三君八俊具乡秀，稳步天津最上头。""桂林山水甲天下，玉碧罗青意可参。士气未饶军气振，文场端似战场酣。九关户保看勃敌，万里鲲鹏竚剧谈。老眼摩挲顿增爽，诸君端是斗之南。"诗中，王正功那句千古名句"桂林山水甲天下"，含有希望学子们取功名也应像桂林山水一样秀甲天下之意。这首诗一吟出，满座学子、举子及宾客都欢呼叹服，那些学子、举子们都表示要记住王大人的话，继续努力求学，博取更大功名。其中有个叫张次良的门生乡贡进士，事后就积极张罗，请刻工把这首诗刻在了独秀峰下的读书岩石壁上。为后人留下了这千古佳作，也是值得称道的。

当时，王正功掌管广西辖区内司法、刑狱，审问囚徒的事，负责复查有关文牍，上报朝廷，举劾有关人员，并监察地方官吏。任职期间，王正功忠于职守，勤于政事，秉公执法，不贪不腐。后来，辖下的兴安县发生一桩命案，凶手就是兴安县令的儿子。那是个纨绔少爷，一贯胡作非为、仗势欺人，干了不少违法的事。这次，县衙门的一位小官员不知怎么得罪了这个霸道衙内，竟然被他暴打而死。这个小官的家属告到县衙。那县令贪赃枉法，处处包庇他的宝贝儿子，还指使人制造伪证，为儿子开脱罪行。

这个官司在兴安打不下去了，案子就报到了桂林提点刑狱府，王正功立即将行凶杀人的兴安县令的儿子逮捕，关押于邻县，以示公正执法。那兴安县令赶紧找一些要好的官员来说情，还暗地里将500两银子送到王正功家。这些都被王正功一一回绝。王正功依法办案，惩凶治暴，很得民心。如此，就得罪了那位兴安县令，他联合被王正功弹劾过的一些贪腐官吏和被王正功惩治过的地痞流氓，串通诬告王正功，说他放纵强盗，抢劫、偷盗乡绅富户的钱财，从中捞得好处。正好上面有权贵大官也讨厌王正功的耿直和刚正不阿，趁机添油加醋地弹劾他，于是皇帝恼怒，将王正功罢了官。官虽然被罢免了，但是种种事实表明，王正功的诚实、清廉、守法与无私

　　　　　　　　　　　　　　　桂林山水名胜与传说

执法的人品也堪称是"甲天下"的。品质甲天下的人首创"桂林山水甲天下"的千古名句，这就是王老先生的奇人奇事了。

王正功被罢官后，那个桂林的进士乡贤张次良为防不测，赶紧叫人把刻于岩石上的王正功的那首诗用石灰泥浆覆盖。这样，一是保护了王正功的那首石刻诗，二是为了自己免受牵累，算是一举两得。

后来，王正功被诬告的事情真相大白，他虽然得以平反恢复名誉，但由于年事已高，无法官复原职了，被朝廷派到福建武夷山当了一个庙祝。拿今天的话来说，一位掌管司法的副省级领导被诬告后，虽然平反了，但是成了一个寺庙里管理香火的小人物，的确够冤够屈的了。所以，心情郁闷的王正功当了一年的小庙祝后，以71岁古稀之龄终老于福建武夷山。

尽管王老先生逝世已800多年了，但是由于他是我国历史上难得的廉洁执政、严于执法的好官，更由于他首创了"桂林山水甲天下"的千古名句而有功于桂林，所以桂林人民至今没有忘记他，在市中心的繁华之地的滨江道西侧，风景优美的两江四湖景区的杉湖东面，为他建了一尊挥巨笔的鲜活塑像，还在市中心广场竖石复制了他那首含有"桂林山水甲天下"千古名句的鹿鸣宴上的《劝驾诗》，表明桂林人民永远记住他，永远感谢他。

背靠尧山的靖江王陵

明太祖洪武三年（1370年），朱元璋封其侄孙朱守谦为靖江王，藩据桂林。靖江王共传承了280年，历11代14人，其中11位靖江王葬于桂林东郊的尧山。加上王妃和将军、大臣的墓葬，尧山计有300多座明代古墓。靖江王陵在1963年被列为广西重点文物保护单位，1996年成为国家重点文物保护单位。

早在第一代靖江王还活着的时候，就有官方的术士在桂林周边寻找靖江王身后的安息之地，他们的目光理所当然地聚焦到了尧山。桂林四处石山林立，唯独在东郊有一座土山尧山，还是桂林最高、最大的山，不远处的漓江蜿蜒流过，背山面水，地势开阔，很符合古人风水中的条件，简直好得不能再好，于是尧山脚下就成为靖江王理想的墓葬场所。现在可供游览的是第三代靖江王庄简王朱佐敬与妃子的合葬墓（另外，还有靖江王第九代王康釐王陵的墓葬地宫展出）。陵园占地87亩，分外园和内宫两部分。庄简王朱佐敬（1404—1469年）在位58年，是在位时间最长的一个靖江王，66岁时去世。从庄简王墓向着王陵大门望去，远处左右各耸立着两座石山，左边的称为青龙，右边的称为白虎，在风水里叫作"龙虎砂"，在《葬书》里有"青龙蜿蜒""龙虎抱卫"的说法。此外，尧山上流下来的一条小溪正好在墓前缓缓流过，象征着财源滚滚，永无尽头。最开始是王公贵族享受这块宝地，到了清代，老百姓也来沾光了，就逐步有了民坟。截至2016年底统计，在重点保护范围内有散葬民坟26 700余座。

桂林山与洞的多名趣谈

桂林的山与洞都很美，且形态各异，如同鬼斧神工造就的巨大无比的美妙盆景。这里的山仪态万方，形象各异；洞里琳琅满目、流光溢彩的钟乳石，组成了千姿百态的神奇世界。桂林的奇山异洞与秀美的水，倾倒了世界各地的众多游客，无愧于"山水甲天下"的美誉。桂林的山与洞，有很多都有两个以上的名称，探究其名称的来历与变迁，也是很有趣的。

先讲鼎鼎大名的七星景区的七星山吧。七星山七峰并峙，宛如北斗七星，由天枢、天璇、天玑、天权等北四峰与玉衡、开阳、瑶光等南三峰组成。北四峰像斗魁，称普陀山；南三峰像斗柄，称月牙山。其实，大多数桂林人将北四峰叫七星山，将南三峰称月牙山。究其缘由可能有二：一是普陀山乃舟山群岛中的佛教名山，移来桂林名之虽然美，但佛教毕竟是少数佛教徒的信仰，与一般的老百姓关系不大，所以普陀山一名未能得到当地百姓的普遍接纳而成为桂林民间俗称。其二，七星山7个山头的名称应为古代文人所取，并未普及到百姓中，故一般的当地人就不知道七星山是7座山峰的统称，其包括了月牙山，而在俗称上把七星山与月牙山分开了。

　　位于七星山山腹的七星岩，在隋唐时代称栖霞洞，宋代叫仙李岩、碧虚岩。其中最为有趣的是仙李岩。为何叫仙李岩呢？这与刻在七星岩旁岩石上的传说故事《仙迹记》有关。《仙迹记》的作者是南宋枢密院编修官、文学家尹穑。他还写有《仙李岩铭并序》。尹穑在这篇铭文的序言中记载了宋代任广南西路经略安抚使的李弥大将栖霞洞更名为仙李岩的缘由："昔唐郑冠卿遇日华、月华君于此，具有仙迹。且聃（指老子，姓李名耳，字聃），吾祖也，故相国（指李邦彦）亦其苗裔，而予又爱赏于此，宜以仙李名之。"至于为何称栖霞洞，原因有二：一是隋代高僧昙迁云游到桂林时，在七星岩岩壁上题下"栖霞洞"三字，还留下《栖霞洞题诗》一首："石古苔痕厚，岩深日影悠。参禅因久坐，老佛总无愁。"二是七星岩下，早在唐代就建有栖霞寺，故名其洞。说到七星岩的名称，还有碧虚岩一名，那是因为唐初桂林大总管李靖将军曾在此建庆林观，半山上又有奇石峥嵘、怪石嶙峋的普陀石林。山岩上"碧虚岩"三个篆字是明末道士潘常静所凿刻，可见这一名称浸透着满满的道教意味。但是官家的"仙李岩"也好，道家的"栖霞洞""碧虚岩"也罢，终未为老百姓普遍认可，所以未能在民间流传开。只有亲民、朴素、接地气的"七星岩"之名既形象又准确，为百姓接受和认同，故得以流传至今。

　　明代著名旅行家徐霞客在《游七星岩日记》里写道："叠彩风洞亦然。然叠彩昔无'风洞'之名，而今人称之，此中昔有风洞，今元知者。……始知是洞昔名'冷水岩'，曾公帅桂，搜奇置桥，始易名'曾公岩'，与栖霞盖一洞潜通，两门各擅耳。"这里，讲到两处山洞名称的变迁。一是叠彩山"风洞"之名是明代始有的，人们

◇灵剑石

　　　　　　　　　　　　　桂林山水名胜与传说

把叠彩山叫作风洞山可能也是起始于明代。二是七星山下的冷水岩，此岩因宋代任广南西路经略安抚使、知桂州的曾布主持开发而被改名为"曾公岩"。因他为开发桂林山水出了力，所以得到了百姓的认可，才得以流传至今。

七星山东麓有一个洞口北向的挺大的岩洞，曰弹子岩，其名的来历已不可考，此岩形状也与弹子无关，不知为何取此名。当地民众称其为"簸箕岩"，倒是蛮形象的，因其硕大的洞口挺像一个特大的簸箕。此名不但形象，而且其中还包含一个民间故事。简言之，说的是古时，洞内有一头大如箕的巨蟒，时常出来吞食人畜。一神仙得知此事，很是气愤，将蟒蛇杀死。其后，仙人见到此处不仅有弹子岩，其旁还有留春岩，再往东数十米又有省春岩，都是大而深邃的岩洞，他担心再出怪物害人，遂将斩蛇仙剑插于留春岩对面的小河边，以镇妖邪。久之，仙剑化为小石山，人们叫它灵剑石，那小河就称作灵剑溪了。瞧，民间取名的来历有趣吧！就历史石刻文物来看，弹子岩洞口里完好地保存着南宋著名理学家、教育家张栻的楷书《论语问政》碑刻，碑文高3米，宽3.98米。这么大的尺寸石刻在宋代的碑刻里是很少见的。此外还有其他石刻，也很有文史价值，堪称珍品。

说到一洞多名的事，最有名气也最有趣的还是象山水月洞。桂林象山，在唐宋已为游览胜地，水月洞也随之名气大涨。宋代蓟北处士的绝句《和水月洞韵》诗曰："水底有明月，水上明月浮。水流月不去，月去水还流。"形象地描绘了这一佳美景致。宋代在洞中建有朝阳亭，清代改称得月楼。洞内现存有张孝祥的《朝阳亭诗并序》和范成大的《复水月洞铭》石刻。这是早在800多年前，围绕水月洞的命名，两位桂州（桂林）前后任地方长官之间展开的一场背靠背的笔墨官司。原来，南宋乾道二年（1166年），张孝祥游览水月洞，惊叹其美景胜仙境，以至于与友人在此推杯换盏，流连忘返，至晚不归。尔后，因水月洞口东向，张孝祥遂将洞名改称为"朝阳洞"，并把记述其事的《朝阳亭诗序》刻在水月洞的北面岩壁上。其后，范成大主桂，持不同看法，不仅恢复了原名，还写下《复水月洞铭》，并镌刻在洞的南壁，大唱对台戏。在其铭中，范成大批评了张孝祥，说他改岩洞名是"一时燕私"，不顾与隐山东洞重名，是不对的。还强调了"邦人弗从"，他要为民做主，所以就题刻此铭，表示要"百世之后，留无改也"。看来，范成大是对的，因为850年后的今天，这儿仍叫水月洞。范成大何以笑到了最后？他的"百世之后，留无改也"的预言为何成真了应验了？因为他的铭言最接地气，代表了老百姓的心声，所以得到了桂林古今百姓的认可与支持。

珍贵的石刻文化

在桂林，有一个值得骄傲的石刻文化现象，就是古代与近现代的石刻文化。作为全国重点文物保护单位的桂林石刻，又称摩崖石刻，据悉有数千件之多。其中最具代表性的，就是七星景区里的"桂海碑林"。桂海碑林博物馆所辖龙隐岩里的石刻为桂林石刻最集中、最典型的地方，现存摩崖石刻213件，其中唐代1件、宋代111件、元代1件、明代42件、清代26件、年代无从考查的32件。年代最早的石刻是唐乾宁元年（894年），张浚、刘崇龟的《杜鹃花唱和诗》。宋皇佑五年（1053年）狄青《平蛮三将题名》石刻，是研究狄青、孙沔、余靖等平定侬智高起义的珍贵文物。宋庆元四年（1198年）梁律重刻蔡京书《元祐党籍》碑，是研究宋代元祐党争的重要实物例证。宋绍熙元年（1190年）朱希颜刻梅挚《五瘴说》，是一篇抨击时弊的檄文。石曼卿与范仲淹、宋祁、赵宗道等15名文人学士《饯叶道卿题名》，事情发生在宋明道二年（1033年），由北宋著名诗人、书法家石延年（字曼卿）挥毫书就，刻于宋庆元元年（1195年），也是一件重要的文物。同年所刻《高州石屏记》是洪迈为朱希颜所赠高州石屏作的记。明代闵珪的《征古田班师记游诗》、庄国桢的《右江北三平寇记》、汪道昆的《平蛮碑》、杨芳的《皮林纪事碑》等，都是研究明代广西历史的重要文物。宋代李师中、米芾、程节、章岘、方信孺以及清代谢启昆等人的题诗、清初阳刻线描的观音像，都有较高的文学与艺术价值。还有些珍贵的石刻文化散见于桂林各处山水间，在七星景区普陀山北麓山下的省春岩、留春岩、弹子岩三个紧邻的岩洞，其岩壁上都有珍贵的石刻历史文物。在此，就选一些有代表性的重要石刻讲讲吧。

省春岩有十几方宋朝等朝代的大小不一的石刻，是桂林又一个历史碑刻珍品聚集处。其中宋代诗人刘希旦的诗句"省春岩畔点春衣，傍洞山泉浸洞矶。千万碧崖俗事少，一色红尘人影稀。闲眠徒作为蝶梦，静坐偏生忘物机。泥燕不来灯火寂，野鹭孤飞带落晖"写得挺佳妙，令人赞叹。这个岩洞位于半山腰，岩前有一个很大的平台，可容纳上千人，其旁就是香火旺盛的祝圣寺庙。此岩前为何有这巨大的石块砌成的大平台？原来当时的官员为体现对农业的重视，每年春天都要来这台上观看农民们如何种田，以示对农民的关心，所以谓之"省春"。

留春岩有南宋广南西路转运使梁安世题刻的《乳床赋》，作者运用文学笔调，形象而生动地描写了桂林岩洞风景，探讨了洞中石乳的成因，并提出了"石有脉其何来？泉春夏而渗透，积久而凝，附赘垂疣"的科学论断，他批判了那种叱羊成石，"讶泉乳之能坚，若朝菌之暮旦"的唯心论。可见，这是独具特色而又极具科学价值的石刻，弥足珍贵。

在留春岩东侧山脚高约3米的石壁上（对面有高约15米、宽约12米的一小石山，上刻"灵剑石"三字），有一方刻于民国三十二年

（1943年）七月七日的有关抗战的隶书体碑刻，内容是此处当时的沿山小路——宪五路（现叫灵剑路）修筑的记载。其分为上、下两块。下为修路捐款部门及个人的捐款数表。上为《宪五路碑记》。文曰："抗战军兴，桂林实为西南交通枢纽，其人口由六万增到四十万，漓江中正大桥落成后，东郊户口激增，尤以七星岩北面祝圣寺一带为盛。星罗棋布，鳞次栉比者，新筑也。然只知筑室，不知筑路，逮户口日众，交通乃大感困难矣！癸未春，有志者设筑路会议，由宪兵第五团派官兵三百名任筑路工，而《大公报》、《扫荡报》、液体燃料委员会、广西税务局暨附近住户，则纷纷醵资以供筑路之费，计五十万五千元，工九万八千八百元。东自星子岩后独山起，循大公报、税务局、祝圣寺至扫荡报后门，过梅仙桥，沿溪至慰慈寄庐，北行经川庐，达祝圣里，始抵而西至六合路上路。阔三公尺，长约二千公尺。路面敷石，厚五分，（筑）路为时甚短，且费钱不多，此宪兵第五团官兵用力勤所至。路成，众以宪五名之，盖纪念且善垂远也。今日之事，最难图者阙为自治，观于宪五路，比完成而重有嘅已。设斯路而假手胥吏、工匠为业，则三年无成，不得为久，费百万不得谓奢，今竟以仅少之金钱，甚短时间卒成，斯路者自治之效。耳闻小东江诸桥近为水毁，市民有议自行醵资兴建石桥，以代乡之木桥者矣。殆受宪五路之刺激而言欤？树军民合作之先声，立地方自治之模范，宪五路名将不朽矣！桂林白鹏飞记。浩川梁瀚嵩书。"文后还刻有白鹏飞、梁瀚嵩各自的两方印章。该碑记告诉我们，抗战时期，桂林成为西南的交通枢纽。由于人口迅速增加，各种简便房子也增多，让交通成了极大问题。为了解决此地交通问题，宪兵第五团出动三百官兵当筑路工。其时，《大公报》和《扫荡报》等媒体热心倡导宣传，当时的广西省政府各部门及部分县政府，还有市民们纷纷捐款，得以在留春岩前东线及对面修成了这条长达2 000多米的道路，并命名为宪五路。现在，这块《宪五路碑记》仍然屹立在留春岩东侧路边的山石上，是一份难得的研究抗战时期桂林城市建设的重要资料。这个宪兵五团曾参加南京保卫战，后又在桂林则修了这条宪五路，算是利民利国利抗战的好事一件。

宪兵五团当时就驻扎在桂林。团长刘炜，生于1906年，字伟吾，广东大埔县人。早年毕业于广东大学（今中山大学），黄埔军校第四期步科毕业。退到台湾后，任"宪兵司令""国家安全局设计委员"等职，军衔"为国民革命军陆军中将"，1969年6月在台北病逝。中校副团长周继忽，别号异群，生于1909年2月，湖南岳阳人，黄埔军校第八期毕业。抗战期间在桂林城防司令部负责军需与执法，后任宪兵司令部被服科科长，军衔为上校。新中国成立后由桂林返回岳阳，行前，将一幼子过继给在桂林六合路定居的六弟周道和。周继忽先生回乡后自食其力，于1977年冬去世。这正、副团长二人都位列该筑路委员会的15人名单之内，另外13人是张今铎、胡霖、白鹏飞、梁瀚嵩、黄涛、易幼涟、杨继荣、王文彬、龙潜、左律、冯骧、余定华、张毓纶。这些委员，或是大文人，或是将校级别，都是当时有名望的人物。

《宪五路碑记》的撰文者白鹏飞（1889—1948），字经天，号擎天，毕业于日本帝国大学，遍修兽医、统计、政治、经济、法律诸专业，留学11年，获硕士学位，乃广西才子。北平沦陷后，毅然拒绝日奸的诱逼，秘密回桂，曾任广西大学校长，在中国行政法学上有奠基人的地位，是个疾恶如仇、极有名望的大文人。他的官职也不低，任国民政府监察委员、军风纪监察团副团长，授上将军衔，兼任广西军风纪巡察团委员。白鹏飞到任广西后，着力整顿广西吏治军纪，被称为广西的"御史监军"。他先后将欺压百姓、侵吞公款、武装贩毒的桂平县县长梁国海，横征暴敛、草菅人命的荔浦县县长吴耀法办处决，一时民心大快，被民众称为广西的"白青天大人"。但是因为拂逆了蒋介石，他险遭暗杀。他晚年不幸，被撤职后不久，在贫病中辞世。其墓就在桂林普陀山北麓，离此碑记东面约600米处。墓碑右侧，有谢和赓题书的"高风亮节"四字赞刻。谢和赓是桂林人，乃白鹏飞门生，1933年秘密加入中国共产党，先后任冯玉祥、吉鸿昌的秘书，后为桂系白崇禧的机要秘书，被誉为红色特工。

有关抗战的石刻，在七星景区还有两处，其一在月牙山西麓襟江阁下面东侧的岩石上。此石刻上顶圆弧，右侧竖刻"胜地重光"四字，为隶书体，文曰："月牙山古刹，系桂林名胜之一。抗战军兴，广西省政府为安全保存物资计，曾征作机关暂停随喜。至民国三十一年冬，曲江南华寺灵云法师应重庆法会启建道场之请，驾经桂林。李主任任潮、黄主席旭初、龙居士积之、孙委员少云及佛教会释道安会长等，议以古刹供驻锡，迁出原机关，并拨巨款修葺一新，任人游览，是诚胜地重光矣。命以由于法师之佛力加被诸君子之善缘，同结洵信言也，不敏亦尝参与其间，爰勒石以志盛事云尔。"署款为"民国三十二年元月长沙杨劲之撰书"，下有杨劲之印两方。其二在曾公岩洞口岩石上，是出自一位来桂医治的抗日负伤战士的手笔，内容为："西历一九三九年抗日负伤留桂纪念男儿卫国沙场死，马革裹尸骨也香。张壮飞题。"据悉，这位张壮飞，当时是国民革命军的一个团长。此处还有共产党领导的抗日救亡团体新安旅行团，书写在曾公岩岩壁上的"敌人在轰炸，我们在上课"的抗日宣传标语。

除七星景区，桂林其他地方的抗战石刻还有不少。如王城景区的独秀峰有广为人知的摩崖石刻"卓然独立天地间"，通过对独秀峰形状的描摹，赞誉桂林不畏日寇强敌的抗战硬骨头精神。象山有尺寸较大的摩崖石刻"西南保障"，这是对桂林坚如堡垒屏障的抗战精神的赞誉与期望。南溪山、宝积山也有抗战主题的石刻。从抗战教育的角度来讲，桂林充分发挥了岩洞的安全效应，七星岩、龙隐洞、看牛岩、教子岩、木龙洞、还珠洞、老君洞、象山、福水岩、牯牛山、老人山、白龙洞、蹓马山等有较大山洞处，都成为抗战时期的民众学校。另外，在桂林全州县湘山寺飞来石上也有一方题为"胜利铭"的纪念抗战胜利的碑刻，内容为"挥戈东指，猛虎驱羊，河山再见，日寇归降；笑口高涨，热泪如狂，空前胜利，国威大扬。弱肉强食，发愤图强，殷鉴不远，悲惧为良；建国上紧，祸戒萧墙，披沥相勉，同胞勿忘。全沦逾年，余帅一三三师为前驱，乘克复百寿，桂林破竹之势，于本年八月十七日光之。兴狂所感，跋此以铭。南充陈亲民题大中华民国三十四年九月九日九时即日本投降日"。此碑刻体现了国民革命军第一三三师收复了全州之后，日本宣布投降之时，师长陈亲民百感交集与满腔激情。据悉，全州沦陷前，杜聿明率国民革命军新五军曾驻扎在此。该军第二〇〇师师长戴安澜远征缅甸牺牲后，在全州湘山寺举行了隆重的葬礼。在这抗战胜利之日，陈亲民写下这段话，也含有纪念抗日英雄戴安澜师长之意。

弹子岩洞内有数方古石刻，最珍贵的是宋代靖江（桂林）知府詹仪之令人镌刻的《论语问政》："子张问于孔子曰：'何如斯可以从政矣？'子曰：'尊五美，屏四恶，斯可以从政矣。'子张曰：'何谓五美？'子曰：'君子惠而不费，劳而不怨，欲而不贪，泰而不骄，威而不猛。'子张曰：'何谓惠而不费？'子曰：'因民之所利而利之，斯不亦惠而不费乎？择可劳而劳之，又谁怨？欲仁而得仁，又焉贪？君子无众寡，无小大，无敢慢，斯不亦泰而不骄乎？君子正其衣冠，尊其瞻视，俨然人望而畏之，斯不亦威而不猛乎？'"子张曰：'何谓四恶？'子曰：'不教而杀谓之虐；不戒视成谓之暴；慢令致期为之贼；犹之与人也，出纳之吝谓之有司。'"这"五美""四恶"的论述及"欲而不贪，泰而不骄，威而不猛"的警语，结合当今的反腐，不是仍有警示价值么？

在弹子岩西侧，抗日音乐家张曙墓下方的寻源桥（小石桥）南面山脚石壁上（这儿距七星景区栖霞大门约50米）也有几方石刻，其中较为珍贵的是关于寻源桥一名来历的古诗石刻。寻源桥是宋人詹仪之第二次帅桂时，为了方便群众前往尧山（桂林最大最高的山）寻宝而修建于灵剑溪上的。其诗共4句："此去尧山路不迂，身藏宝货万人趋。乌莞雉兔元无禁，杞梓梗南惟所须。琢就琼瑶堪策杖，欲穷源本勿它涂。神灵与轸济民念，约束龙蛇戒不虞。"由此可见当时桂林人前往尧山寻宝的盛况和热闹情景。还有，紧靠此石刻的，是桂林唯一的六字巨幅大榜书"静江府大都督"，反映出了当时桂林的名称及行政府治情况。这些都是很珍贵的历史文物。

桂林南溪山摩崖石刻也很多，分布于公园内的白龙洞、玄岩、刘仙岩、泗洲岩、穿云岩等处，现存石刻148件。山北面的石刻以纪游性的题名和山水诗文为主，内容多为描写景物和咏颂传说中的神龙。山南石刻有诗文、对联、题榜、铭文、歌诀等，内容多与传说中的刘仙故事及名胜相关。最早的石刻是唐宝历二年（826年）李渤、李涉兄弟的《南溪诗并序》《玄岩铭并序》，记载了李渤开发建设南溪山名胜的经过。重要的石刻有南宋绍兴二十年（1150年）郡人张仲宇等刻的李渤离桂时所作《留别南溪》诗；北宋元祐四年（1089年）关杞《游白龙洞记》、南宋庆元元年（1195年）朱希颜与胡长卿

◇ "静江府大都督" 石刻

《游白龙洞唱和诗》、南宋淳祐元年（1241年）黄应武《元岩词》都是诗书俱佳的珍品；清代线国安《鼎建白龙岩纪事碑记》是研究当时社会历史的重要文物；北宋宣和四年（1122年）提举广西常平吕渭刻的《养气汤方》、南宋绍兴十八年（1148年）张仲宇刻的《张真人歌》、南绍兴二十二年（1152年）觉真道人刻的《佘先生论金液还丹歌诀》、宋乾道年间张孝祥书刻的《刘仙像赞》等都很有历史价值。此外，明代天启元年（1621年）李开芳题"蜕岩"榜书、《探丹窟题石诗》，清代康熙二十五年（1686年）范承勋《大空亭铭》，张遴《刘仙岩形胜图》等石刻，均为记载道教在桂林发展的历史，亦为珍贵。

伏波山石刻及造像分布于还珠洞、千佛岩及东面与北面山崖上。现存石刻108件，多为纪游性赏景题名、题诗、填词、题榜等，还有绘画艺术作品。年代最早的是唐大中六年（852年）《宋伯康造像记》。较著名的石刻有北宋嘉祐七年（1062年），李师中作《蒙亭记》；北宋绍圣三年（1096年），黄邦彦续刻《重修蒙亭记》；北宋熙宁七年（1074年），23岁的米芾在桂林任临桂县尉时游伏波山题名。伏波山尺寸最大的石刻，记载了北宋崇宁四年（1105年）广南西道经略安抚使王祖道在广西三江等地拓边开置州寨的史事，为研究北宋末年历史的重要文物。此外，宋范成大《鹿鸣宴》诗、朱希颜《还珠洞题诗》、梁安世《西江月词》、刘恕等的题名、杜易题"正夏堂"榜书、钟传书"桂州靖江军"榜书等石刻，都具有重要的历史和艺术价值。

伏波山脚下的岩洞叫千佛岩，洞里有唐代摩崖造像239尊，加上仅有斧凿痕迹尚未成形的共有400尊之多，现存45龛219尊，成为唐代崇尚佛法，佛教盛极一时的标志。人物造像分道教、佛教及其他三种，造像面容丰腴，衣着轻薄，具有很高的鉴赏和研究价值。洞中最为珍贵的石刻，是北宋四大书法家之一的米芾刻于岩壁上的自画像，像高1.2米，其神态自若，风度翩翩。米芾是最早画桂林山水的画家，其于北宋熙宁年（1074年）来桂林，画作有《阳朔山图》。

叠彩山的重要石刻有唐会昌四年（884年），元晦撰写的《叠彩山记》和《四望山记》，记载叠彩山、四望山命名由来和开发的经过；南宋绍兴五年（1135年），李弥大等5人游叠彩山篆书题名；南宋绍熙五年（1194年），朱希颜作《访叠彩岩诗》；明代周进隆、杨芳、刘台，清代袁枚、张宝、女诗人严永华等人描写叠彩山的题诗；清嘉庆五年（1800年），广西巡抚谢启昆携胡虔、朱依真等人同游叠彩山的题名；光绪二十一年（1894年），康有为在叠彩山留下的题名；宣统三年（1911年），记载刘绍香、房珊、吴仲复等24人自发组织崇华医学会的《崇华医学会碑记》，这是研究中国医学史的重要石刻文物。另外，还有摩崖造像分布在风洞、仙鹤洞两处。风洞里的为佛教艺术品，衣着较还珠洞的厚重，脸部略呈消瘦，是唐末宋初的作品，共存24龛98尊。仙鹤洞两件为玄武浮雕及仙鹤浮雕，是明代作品。

西山景区的西山摩崖造像，留存有唐代摩崖造像98龛242尊，浮雕石塔2龛2座，灯龛29处，造像记灯龛记7龛；摩崖石刻13件，其中宋代10件、元代2件、清代1件。西山石刻以佛教摩崖造像为主，造像多为1龛3尊，也有5尊、7尊、11尊的；最大者高约200厘米，最小的仅5厘米，主要镌刻卢舍那、观音、阿閦及其弟子石像。最早有明确纪年的，是唐调露元年（679年）镌于西山观音峰的李实造像，其菩萨像高肉髻，面目丰满，高鼻梁，嘴角稍上翘，两耳垂肩，腰腹收缩，身后有莲瓣形背光。两侧的胁持菩萨，头戴三面饰，颈部垂环佩，全身袒露，双手拱合，趺坐莲花，侧身向佛，显得栩栩如生。

桂林各县山水名胜

百里漓江千幅画
桂林山水甲天下

灵渠 /////

何恒光摄

主要景点：月岭古民居、文市石林、神宫、瑶族发祥地千家峒

月岭古民居

位于灌阳县城北面30千米的文市镇月岭村，始建于明末清初，属典型的江南式民居，是目前广西保存较为完整的古民宅群落。其中六大院是保存完整的最典型的民宅建筑，庭院各立门楼，灿烂辉煌，依次名为翠德堂、宏远堂、继美堂、多福堂、文明堂、锡嘏堂。每院由6幢组成，每幢均为上下两层结构，宽敞、整齐划一、气势恢宏。院内均有水井、石磨、粮仓、鱼塘、花园。月岭村人才辈出，历史上有进士12人，举人23人。该处主要景点有催官塔、百岁亭，还有将军庙、古石寨、步月亭、文昌阁等古建筑，步月仙桥、步月岩、白驹岩、沙江晚渡、古井旋螺、上井石泉等自然景观。

文市石林

位于灌阳县文市镇西就村，东临灌江，距灌阳县约35千米，有"飞马横空""八仙过海""雄鹰展翅""仙人牧鹿"等景点，是典型的

剑状岩溶地貌。石林下小桥流水，古井清泉，鸟语花香。

神宫

神宫又名"龙宫""黑岩"，位于灌阳县城北面7.5千米的苏东村，是个罕见、神奇、特大的溶洞，洞内各种形态的钟乳石保存完好。洞深25千米多，一条地下河贯穿全洞，河水清澈见底，堪称"世界第一水洞"。

瑶族发祥地千家峒

在灌阳县苏东村，距离桂林市150千米，位于都庞岭腹地。这里有一座高耸入云的山峰——韭菜岭，海拔2 009.3米，是仅次于华南第一峰猫儿山的华南第二高峰。韭菜岭因岭上生长有野韭菜而得名。在丰水季节，野韭菜在岭上满山遍野如地毯般铺开，甚为壮观。这里的野韭菜短肥短肥的，绿得发青的，是地道的环保、纯天然、营养丰富的美味野菜。韭菜岭上的高山杜鹃也是一道绝美风景。其花淡雅、高洁，在忽隐忽现的淡淡雾霭中，随着清新洁净的空气静静地散发着阵阵迷人的幽香。岭的西麓有一个面积约3平方千米，四周是高山原始森林环绕，草繁树茂，碧水花香葫芦形的盆地，这就是瑶族的发祥地——千家峒。

千家峒原始森林总面积达125平方千米，属广西壮族自治区级水源林保护区，内有丰富的动植物资源。属国家重点保护的二级珍贵植物有福建柏，三级保护的有长苞铁杉、南方铁杉等；属国家二级保护的珍稀野生动物有小灵猫、猕猴、穿山甲、锦鸡、水鹿、大鲵等。

据多种家谱记载，千家峒曾经住有千户人家，过着五谷丰登、丰衣足食、自由自在的原始农家男耕女织的世外桃源般的生活。据传，元代的一天，一位税务官前来收税，被热情好客的瑶家人留住，一晃就是数年。官府以为那税务官被瑶民杀了，于是派兵进剿。为躲避官府的剿杀，瑶民们被迫逃离故土，至今只余下田地与屋基残存，还留下有悲惨的"12节牛角"的传说。这个传说讲的是，这里的瑶民们逃难前，举行了一次集会，将值钱的东西及金银财宝，还有盘王铜像隐藏在山洞里，同时将一只长牛角锯为12节，每姓瑶民头领各持一节，约定500年后，全部瑶家后代重返千家峒，将12节牛角合拢，欢庆团聚。这其实就是瑶族迁徙四方的一部苦难史。现在，千家峒已成为海内外瑶胞向往回归的胜地，散居在国内外的瑶胞都认定自己的祖先是从千家峒迁徙出来的，历年都有瑶胞到此来寻根问祖。

著名的人类社会学家费孝通在考察了千家峒后说："无论它是传说也好，作为一个史实也好，它都是早年瑶族居住地区的一个典型模式。"

全州县

主要景点：燕窝楼、三江口、天湖、炎井温泉、湘山寺

燕窝楼

又名燕子门楼，是广西已经发现的最古老的木质牌楼，位于全州县城以北约16千米处的永岁乡石头岗村，是蒋氏祠堂的门楼。始建于明代弘治九年（1496年），现存门楼由石岗村的明代工部侍郎蒋淦亲自主持设计修建而成，总建筑面积446平方米，主建筑有牌楼、门楼、祠堂（分上、下殿），于嘉靖七年（1528年）建成，全是木质结构。楼高12米，宽8米，因牌楼上的如意斗拱形似燕窝而得名。

三江口

又称合江，发源于海洋山的湘江、都庞岭的灌江，发源于越城岭的万乡河在全州县城东南端相汇而成一个半岛沙洲，因像一条流动的鱼，所以又名鲸鱼洲。自然景点有"飞鸾春韵""双龙戏珠""湘峡归云""赤壁秋灯""美女梳头""蓑衣古渡"等。

天湖

距桂林市区138千米，位于全州县华南第二高峰真宝鼎东侧，海拔1600米，由13座小水库组成湖泊群，方圆达3平方千米，库容950万立方米。天湖柔美秀丽，是观日、避暑、赏花的理想胜地。晴日里，碧空如洗，烟霞浩渺，波光粼粼，天水一色，游人如置身仙境。

炎井温泉

在全州县大西江镇境内，距县城55千米，离桂林市150千米。炎井河谷风光绮丽，沿途有精忠祠、虹饮桥等景点。

湘山寺

湘山寺位于全州县城西1千米的湘山脚下，最早建于唐至德元年（756年），是人称"无量寿佛"的唐代高僧全真大和尚所创建，初名净土院。宋高宗景德年间改名为湘山名刹，享有"楚南第一名刹"与"兴唐显宋"的美誉。宋朝4位皇帝先后5次加封，宋徽宗还亲自前来拜塔。到了明万历年间，湘山寺所在的清湘县改名为全州，也就是取全真和尚的"全"字放在州名之首。由此可见全真大和尚及其所建的湘山寺，在当时名气与社会文化地位之高，真是不同凡响。清代也很看重湘山寺，不但有所维修，而且康熙皇帝为湘山寺御笔亲题"寿世慈荫"四字。历史上的湘山寺曾有过占地2平方千米，拥有四十八殿、一百零八房的辉煌兴盛场面。历经多次战乱火烛，湘山寺也累遭破损，特别是抗战期间，日寇先是狂轰滥炸，再加上其侵占后的蓄意破坏，兴盛千多年的湘山寺大为残破，仅余十余间寮房和妙明塔，可见日寇之凶狂。其后又经浩劫，所余残屋荡然无存。

改革开放后，由政府组织、怀善法师设计施工，重建无量寿佛殿、放生池、圆通殿和3栋寮房，新雕无量寿佛像1尊，观音像3尊，圆通菩萨25尊，文殊、普贤菩萨像各1尊，千年古刹这才焕然一新。

闻名遐迩的妙明塔就在湘山寺脚下，其始建于唐乾符三年（876年），原名无量寿佛塔。宋元祐七年（1092年），为安葬全真大师肉身而重建新塔，其时香火兴旺，北宋徽宗游南岳时前来顶礼膜拜。南宋高宗于绍兴五年（1135年）钦赐名为"妙明塔"。妙明塔为七级浮屠，高26米，巍峨壮观。塔中空，有壁道回曲，可螺旋而上，内有历代碑刻20余幅。妙明塔后的飞来石上，还有历代摩崖石刻精品多处，尤其以清代石涛和尚的石刻《兰花图》、康熙御笔亲题"寿世慈阴"、抗战石刻《胜利铭》为著名。

主要景点：乐满地游乐园、灵
渠、华南第一高峰猫儿山、湘江烈
士纪念碑园、忘忧谷、超然派度假
山庄

乐满地游乐园

是广西目前最大的外商投资旅游项目，占地面积共6 000亩，于
2000年12月25日正式开幕，其中有时尚、动感、刺激与欢乐并存的
主题乐园，现为国家首批AAAAA级旅游景区。有美式丘陵国际标
准36洞高尔夫球场，独揽桂林山水盛景，构成了集尊贵、自然、浪
漫、闲逸、欢乐为一体的度假胜地。

灵渠

在兴安县城，北距桂林市50余千米，被誉为"世界古代水利建
筑明珠"，建成于秦始皇三十三年（公元前214年），全长37.4千米，
通三江，贯五岭，与长城南北呼应，同为世界奇观。灵渠由铧嘴、
大小天平、南北二渠、泄水天平和陡门组成，设计科学，结构精巧，
铧嘴将湘江水三七分流，其中三分水通过南渠流入漓江源头，七分
水通过北渠汇入湘江，形成著名的"湘漓分派，湘江北去，漓水南
流"景观。灵渠南渠流经兴安县城长约1千米的南北两岸，民居依灵

◇灵渠（何恒光摄）

渠水而成街，名曰"水街"。其传袭秦汉时期文化仿古建成，包括古建筑文化、古桥文化、石雕文化、渠水文化和岭南市井风俗五大部分。这里的亭台、楼阁、古桥、雕塑等载体鲜活地展现了灵渠曾经的沧桑和辉煌，再现了沿岸小桥流水人家，两岸商贾云集，中原文化与岭南文化相互融合的风貌。

华南第一高峰猫儿山

位于广西东北部，地跨兴安、资源、龙胜三县，距桂林市区122千米。海拔2 141.5米，相对高度1 862米，是广西最高山脉越城岭的主峰，因山顶上有一巨石似猫而得名。猫儿山山高地广林密，水

◇华南之巅（何恒光）

源丰富，是漓江、资江、浔江的发源地。这里仅国家重点保护植物就有32种，国家重点保护野生动物191种，是一处巨大的天然动植物王国。

湘江烈士纪念碑园

兴安红军长征突破湘江烈士纪念碑园，位于兴安县城西南1千米的狮子山，占地面积8万平方米，由大型群雕、主碑、纪念馆组成。2017年1月，该纪念碑园被列入《全国红色旅游经典景区名录》。1934年10月，中央红军8万多人撤离中央苏区，连续突破敌人三道封锁线后，于11月下旬进抵湘桂边境。这时，蒋介石调集30万大军在湘江以东地区（兴安、全州、灌阳一带）布下了号称"铁三角"的第四道封锁线，试图将中央红军全歼在此。面对生死存亡的危境，红军将士浴血奋战七昼夜，以损失过半的惨重代价突破湘江防线。

忘忧谷

忘忧谷度假山庄位于漓江源头华江乡，在巍巍猫儿山脚下，距桂林市区68千米。忘忧谷主要由老山界红军长征纪念馆、竹海、竹子博物馆、竹文化博览园、忘忧泉、猫儿山珍稀植物园、桂北民俗园、蔬果采摘区、CS野战拓展基地等景观和项目组成，景区配备有乡村度假酒店及大型民俗餐厅、茶楼等配套服务区。

超然派度假山庄

位于"华南之巅"猫儿山脚下，距桂林市区80千米。超然派大峡谷保持着原始风貌的自然生态，这里是漓江源头处，水清澈见底，甘甜可口，含有丰富的矿物质。峡谷气候大有特色，"一山有四季，十里不同天"。景点有迎宾瀑、凤歌亭、听涛小筑、跳潭、凤潭、龙潭、大鲵潭、寿桃潭、天然浴场、龙泉、品茗苑、龙凤阁、天飞泉、犀牛背、小天鹅湖、中流砥柱等20多处。户外活动有漂流、攀岩、篝火晚会等。

主要景点：八角寨、宝鼎瀑布、
资江漂流、五排河漂流度假区

八角寨

又叫云台山，位于资源县梅溪镇大坨村和湖南新宁县崀山镇的崀山景区交接处。资源县的丹霞地貌，最集中体现在八角寨景区。主峰海拔818米，有8个翘角，俗称八个龙头，八角寨因此得名。山顶上存有建于明代的云台寺遗址。

宝鼎瀑布

宝鼎瀑布距县城12千米，主要景点有宝鼎山、宝鼎瀑布、宝鼎湖、白云庵、原始矮林等。瀑布发源于华南第二高峰真宝鼎，有由花岗岩岩石构成的瀑床，上下有700多米的落差。瀑布挂在高耸云霄的宝鼎岭腰，长1 000余米，山势陡峭。瀑布分9级，由于丹霞岩石映衬，使得瀑流犹如在一块红绸上飘过，阳光下，水雾如七色彩虹。瀑布最宽处达200余米，最窄处也有20余米。每逢春夏之交，瀑布水流量最大，飞天瀑布汹涌而下，气势磅礴，吼声震天。明代旅行家徐霞客赞美道："悬崖飞瀑，长如布、转如倾、匀成帘。"

资江漂流

资江古称夫夷水，发源于华南第一高峰猫儿山，河水清澈如明镜。这儿有风帆石，薄薄的一片，高十余丈，陡壁刀削，光滑如磨，霞光熠熠，活似一帆悬江。传说在古代，资江水道经常发生的翻船事故，造成货损人亡的悲剧。寿佛爷云游到这儿，见船工又累又苦又危险，后来发现水里有河妖在作怪，他就把打钱纸的铁锉甩到在江边，把那河妖钉住了。从此船不翻了，船行一帆风顺了。

五排河漂流度假区

该度假区位于华南第一高峰猫儿山下，距桂林市区138千米，有柏油路直达车田漂流码头。此处河面宽5~30米，上下游落差近300米，处处是急流险滩。漂流探险，橡皮舟飞流直下，排空的白浪迎面击来，橡皮舟上下翻飞，左冲右突，有惊无险，煞是过瘾。这里峡深谷幽，滩险流急，山高石奇，两岸风光旖旎，民俗风情浓郁，值得流连。

桂林山水名胜与传说

主要景点：龙脊梯田、黄洛红
瑶寨、温泉、金竹壮寨

龙脊梯田

在龙胜东南部和平乡平安村，梯田群规模宏大，梯田全分布在海拔300~1 100米之间，最大坡度达50度，一层层从山脚盘绕到山顶，层层叠叠，高低错落，规模颇为磅礴壮观。共有大小各异的梯田15 862块，最大的梯田有0.62亩，最小的梯田只能插3株禾苗，有"青蛙一跳三块田"和"一床蓑衣盖过田"之说。其总面积70.16平方千米，居住着壮族和瑶族，所居住的房屋都是用杉木建成的吊脚楼。当地人还保存着原民族的服装、生活习俗和文化。

黄洛红瑶寨

背靠龙脊山，面临金江河，处于龙脊梯田开始向上盘旋的地方，距桂林市区100千米。该寨子因获基尼斯总部颁发的"长发村"证书而名扬天下。黄洛瑶寨是龙脊十三寨中唯一的瑶族村寨，居住着清一色的红瑶族。自古红瑶妇女有储长发的传统习惯，头发长达1米以上的有60名，最长的达1.7米，号称"天下第一长发村"。这里的村民能歌善舞、热情好客，还有喷香的匠油茶让游客赞叹不已。

龙胜温泉

位于龙胜县城东北32千米处，温泉由地下1 200米深处岩层涌出，水温在45℃~58℃，水中含有锂、锶、铁、锌、铜等十几种于人体有益的微量元素。龙胜温泉共有16股热泉，组成上、下两个泉群，总流量6.12立方米/秒。这里的热泉有冷泉自然调节温度，不必人工勾兑。

金竹壮寨

位于龙胜县龙脊镇，是龙脊十三寨的第一寨，因寨前有一片金色的竹子而得名，是我国典型的壮族村寨。其建筑具有鲜明的壮族风格，吊脚楼建筑风格独特，1992年曾被联合国教科文组织誉为"壮寨的楷模"，2007年被评为中国首批"中国景观村落"，2014年获国家民委命名的首批"中国少数民族特色村寨"称号。

主要景点：大圩古镇、冠岩、古东瀑布、大野神境景区、青狮潭水库、九屋江头村、长岗岭村文化古迹

大圩古镇

始建于公元200年。大圩老街顺着漓江绵延2千米长，窄小的街道上铺着青石板，两边是保存完好的老房子。大圩古镇曾名长安市、芦田市，通称大圩。汉代已形成小居民点，北宋时已是商业繁华集镇，明为广西四大古镇之一。抗战期间有"小桂林"之称，当时泊船多达二三百艘。

冠岩

是一个具有千年人文历史的地下溶洞，因洞内泉水甘洌而名甘岩，后因其山外形如朝冠而改叫冠岩。唐代莫休符，宋代王正功，明代蔡文、徐霞客，清代著名诗人查慎行等都先后游览冠岩，并给予题咏或撰文。2000年，经上海大世界基尼斯总部评定，冠岩景区所属冠岩溶洞与电动观光管轨车双双荣获了大世界基尼斯纪录。

古东瀑布

距桂林市区25千米，位于大圩镇古东村蝴蝶山麓，在漓江外事码头对岸。此处瀑布溪水清澈，四季不枯竭。瀑布共分13级，全程落差90米，平均宽度为20米。占地面积约3 000亩，其中原始生长林2 000亩。林区古木参天，红枫诱人，野趣横生，是最具特色的一处森林公园。

大野神境景区

在桂林市东南部，距桂林市45千米。位于灵川县大境瑶族乡境内，在海洋山漓江水源涵养林保护区的腹地。景区地处喀斯特岩溶地貌和丹霞地貌的结合地带，区内有原始的大峡谷、天坑、溶洞、高山、奇峰、大型瀑布群、河流等自然景观，集聚了桂林山水之精华。横穿该乡境内的野神河（原名大江源）两岸，原始森林郁郁葱葱，山高石奇，林幽花茂，动植物种类数量繁多，水量充沛，大小瀑布星罗棋布，是开展生态旅游的绝佳之地。最为壮观之处，当属大野瀑布了。进入大野瀑布区，就如在深山峡谷老林中，时而穿溪过瀑，时而蹭岩踏桥，时而绕树亲藤。此时，这个纯天然的氧吧妙境，空气中的负离子让人顿时神清气爽，心旷神怡，精神为之一振。饱吸自然鲜氧后，全身惬意轻松，继续在这奇特的瀑群、石群、树群中神游，就更为享受了。在这"大珠小珠落玉盘"诗一般的意境中，在这山峦起伏多变，古木新藤千姿百态，山石鬼斧神工，溪水出神入化的美妙欲醉的神游中，心情当然是极其愉悦的。

在快乐惬意欲仙的行进中，在历经了数处小瀑布的前奏后，终于来到了一高山仰止处，那压轴的妙作，从83米高处轰然而下的大野瀑布主瀑惊现在了一路膜拜而来的游客朝圣者面前。仰视那飞花溅玉般奔流而下的高山银瀑，令人不由得想起了唐代大诗人李白的千古名句："飞流直下三千尺，疑是银河落九天。"

野神河漂流的这段峡谷，长约3千米，名曰金刚峡。这儿峡谷幽幽，滩险流急处处，山高石奇，两岸风光优美，民族风情浓郁。野神河会把你带进一个古朴、原始的纯自然境界。4.7千米的惊骇漂流，足以挑逗起一根根狂野的神经。

那水如下山虎脱笼豹，张牙舞爪呼啸奔腾而下，落差11米的野神河底顿时激浪翻花，野性张扬。那骇人的浪花劈头盖脸而来，不容拒绝，不容躲避，让你在毫无准备中、在惊惧中立马湿身，这就是金刚峡漂流的见面礼了，使游人大有朝为入山虎、午成水中龙的感受。此刻，那原本大小卵石裸露、清流纤细而温顺如同小溪流的野神河，在奔腾咆哮而下的水老虎的冲击下，也一路咆哮起来，露出了不安分的"野神"真面目。那先前裸露的大小卵石潜伏到了陡涨的水底，成了险恶的暗礁；那清清柔顺的流水有些浑浊了，有些激动了，有些桀骜不驯而凶险了；让漂流者在惊叫刺激中，时时不忘护好头上的安全帽，整整救生衣。就这么的，激流滚滚，水花四溅，险滩连连，清凉的河水劈头盖脸地打来，令人惊心动魄而又无比惬意。

青狮潭水库

离桂林市区30千米，是当年由周恩来总理亲自审定规划的国家级大型水库。工程于1958年开工，1987年完工。水库的修建为桂林市的工农业、旅游业（漓江补水）提供了大量水源。其位于灵川县青狮潭镇，是一个以灌溉为主，结合供水、发电、防洪、航运、养鱼、旅游等综合利用的大型水库，总库容6亿立方米，是桂北最大的水库。

九屋江头村文化古迹

位于桂林市北郊32千米的灵川县九屋镇境内，距九屋街0.5千米，已有800多年建村历史。现有180余座620多间砖瓦结构民居，其中60%以上属于明清时代建筑。该村至今仍然保存有门第匾额和皇帝诰封的挂匾200多块，还保存有清代奇特的"闺女楼""公子床""秀才街""举人巷"，以及明代村民为防御敌人进攻而建造的"迷宫"小巷。该村在明清两代人才辈出，灿如繁星，在乡试、会试、殿试中均榜上有名，先后有百余人考中秀才，160多人出仕，受皇帝诰封30余人。该村是我国北宋著名文学家、哲学家、理学创始人周敦颐的后裔之村，享有广西古村落中"历史文化遗迹数量第一，房宇建筑工艺第一，镂花种类第一，名人数量第一，数代为官同职第一，清官数量第一"的盛誉，被称为"中国科举仕宦文化村""才子村""清官村""中国历史名人周敦颐爱莲文化村""中国独具特色的江头洲爱莲文化名村"。2005年9月，在北京人民大会堂，该村被授予"中国最具旅游价值古村落"。2006年5月又被国务院公布为全国重点文物保护单位，6月"江头洲爱莲文化"被列入广西第一批非物质文化遗产名录。2007年元月被评为"中国魅力景区"。

长岗岭村

位于灵川县灵田乡东北部，距桂林市35千米，原名瑶山岭，明代改称长岗岭。长岗岭村兴于唐宋，盛于明清，曾经商贾云集，人才辈出。其为中国传统村落，有明、清、民国古建筑近60座，民居高大宽敞，布局规整，房屋为砖木结构，下砌坚实的青砖，上盖灵巧小青瓦，飞檐翘角，建筑形式古朴而又多种多样，堪称桂北民居之首。村里的五福堂现为长岗岭商道古村民俗生态博物馆，展示了该村的历史文化和民风民俗，以及一些收集来的文物。其在2006年被列为全国重点文物保护单位，2016年上榜"中国美丽休闲乡村"推介名单，并以"古民居匠心独具、古墓群精美奢华、古商道岁月沧桑、农耕文化深厚"等特色名列23个历史古村之一。

长岗岭村曾经是"湘桂古商道"盐马古道的中心地，当年有众多商人在此开设商铺，成为南来北往经商的中转站、歇脚点。长岗岭村古建筑群坐落在山坡上，呈弧形布局，依缓坡递进相连而建。建筑高大、规整、宏伟，风格统一。清代有精明的陈姓、莫姓的居民经营食盐、桐油生意，在清中期先后成为灵川巨富。长岗岭村也一跃成为当时桂林一带鼎鼎有名的"富豪村"，享有"小南京"的美誉。村里现存有清乾隆末年长岗岭村陈氏第16世祖陈大彪的卫守府官厅，门梁上雕龙刻凤，极为精美悦目。其建筑布局为前后四进四天井，两侧分立横屋横天井，左侧横屋供仆人生火、下厨、居住等，右侧横屋已毁，其原来是陈府主人读书、赏花的场所。村中还有莫氏宗祠、五福堂公厅、别驾第等清代早期民居建筑。村周围保留有完整豪华的明、清石雕圈古墓群，作为民间文化的物质遗存，长岗岭古村落凝结了古代民间建筑的艺术精华，折射出深厚的文化底蕴。

临桂区

主要景点：李宗仁故居官邸、
会仙湿地与古桂柳运河、九滩瀑布、
十二滩漂流、红溪景区

　　位于桂林西部，是中国著名的状元之乡，桂林市政府驻地，是桂林市占地面积最大的市辖区，是桂林市重要的工业基地和交通枢纽。荣获2013年度中国最具投资潜力中小城市百强和中国中小城市最具区域带动力百强称号。临桂区原为临桂县，建县始于汉代元鼎六年（111年），已有2 000余年历史。从三国到清末，临桂县城都是郡、州、路、府治所在，有"桂都首邑"之称，为历代当政者所重视。2013年1月18日，临桂县改为桂林市临桂区。

　　临桂是一块风水宝地，历史上人才辈出。广西历史上第一位状元赵观文就出自临桂。自唐代以来，临桂共出了5名状元、2名榜眼、291名进士，被誉为"状元之乡"。临桂的清代名臣陈宏谋官至太子太傅、东阁大学士，其玄孙陈继昌"三元及第"。近代出了国民政府代总统李宗仁、号称"小诸葛"的国民党高级将领白崇禧等桂系首脑人物，还有中国人民解放军原副总参谋长李天佑上将。在1996年7月的亚特兰大奥运会上，临桂体育健将唐灵生、肖建刚分别获得奥运会59公斤级和64公斤级举重金牌、铜牌。2009年10月12—14日，临桂成功举办了首届临桂名人文化节，弘扬了临桂的"名人文化"和"名人精神"。

李宗仁故居官邸

距桂林市中心城区约30千米，距两江机场8千米。李宗仁历任国民革命军北伐军第七军军长、第三路军总指挥、第四集团军总司令、北平行辕主任等要职。1938年春，指挥第五战区将士浴血奋战，毙伤日寇11 984人，取得台儿庄大捷。1948年4月，当选为中华民国副总统。其故居位于临桂两江镇，坐落在气势雄伟的马鞍山下，其旁的崇山峻岭宛如两条巨龙盘旋交汇于此，好似二龙戏珠，大有王侯气势，堪称风水宝地。李氏故居始建于20世纪20年代，总面积5 060平方米，有房113间。现今格局有客厅、将军第、学馆、庭院及后院的阁楼、井地、鱼塘和前后对角的炮楼等，院内琼台楼阁。建筑特点为青砖高墙，全木结构，具有民国初年庄园的建筑风格。

会仙湿地

距桂林市区约32千米，位于临桂区会仙镇境内，主要分布于睦洞村委，2012年被国家林业局正式列入国家湿地公园试点，并命名为广西桂林会仙喀斯特国家湿地公园，建设期限为9年，公园规划总面积5 867 500平方米，其中湿地面积为4 935 900平方米，主要包括以睦洞湖为中心的湖泊沼泽湿地，以及龙头山、分水塘、狮子山及冯家鱼塘与分水塘至相思江之间的开凿于唐朝武则天时期的古桂柳运河等湿地。整个湿地公园东西长约6千米，南北宽约为2.8千米。据史料记载，在宋朝以前，会仙湿地的面积约65平方千米。近半个世纪以来，随着周边人口的急剧增加，人类活动加剧，使原有湿地不断受到破坏与蚕食，水面面积逐渐萎缩，地面逐渐疏干，沼泽和湿地生态系统遭到严重破坏，至今，仅留下较大的湖塘，如睦洞湖、冯家湖以及分水塘等，湿地面积不足6平方千米。湿地公园有大面积的湖泊湿地、库塘，洲滩众多，水道交错纵横，水质良好。睦洞湖，又名相思湖，在古桂柳运河的中段，历来有"聚仙泽"和"水泊梁山"的美称，是运河最为平坦的一段，湖中景色优美，波光荡漾，在蓝天白云的衬托下，绿树、碧水，百鸟蹁跹，景致迷人。

古桂柳运河

距桂林市中心约33千米，又名相思埭、南陡河、临桂陡河、南渠，历来谓曰："北有灵渠，南有陡河。"其与兴安灵渠同为我国岭南地区的两大漕运奇观。古桂柳运河开凿于1 300多年前的唐长寿元年（692年），是按武则天所信奉的"三星吉祥"格局而修筑。运河的中心起点是滚子岭东南的分水塘，此塘是筑相思埭，堵相思水而成，塘水面积30亩，地势高耸，分水东西流，有福星高照之意。古桂柳运河是古人利用浅埋岩溶地下水丰富的有利条件开凿而成，长15千米，共修建陡门24座、架桥11座，历代均有整修。运河将漓江与洛清江连接，使中原与广西乃至云贵高原通过水运沟通。桂柳运河有调节洪水的作用，还能航、能排、能灌，农商俱赖，是古代中原通往岭南经略两粤的重要航道，对祖国南疆的开发和建设，曾起了重要作用。现在运河景区草木葱茏之处还残留有碑刻、陡门等遗址，可供观赏。

九滩瀑布

坐落在临桂黄沙乡滩头水源林保护区内，占地60平方千米。瀑布共分9级，故称"九滩"，全长约3千米，落差140米，气势磅礴，很是壮观。瀑布水流有缓有急，缓似美人漫步，牡丹盛开；急如猛虎下山，万马奔腾。瀑布四周有繁盛林木，奇花异果，鸟语啾啾，空气清新，是旅游度假的最佳处。

十二滩漂流

位于桂林至龙胜旅游黄金线上，离市区50千米，因漂流河道有惊险刺激的12道主滩而取名十二滩，最高落差3米，在其间漂流，堪称勇敢者的游戏。景区内平均海拔为300~500米，气候垂直差异较大，四季分明，盛夏时节气温比桂林市区低3~5摄氏度。河道两岸是深灰色页岩，色彩斑斓，煞是好看。峡谷两岸连绵的山崖间悬挂着许多小瀑布，其间生长有大量杉木、毛竹、栎木等竹木，还有银杉、翠柏、红豆杉等珍稀品种，满眼青翠，景色秀美，使人仿佛置身于仙境之中而陶醉。

红溪景区

好山好水好风景的红溪景区，地处临桂区中庸乡怡乐自然村，距桂林中心城区约38千米，交通便利。景区按照国家AAAA级景区质量标准，经过3年精心打造，面貌一新，于2017年5月18日重新开门接纳旅游者。景区空气清新、水质洁净，溪红、池秀、瀑美、石奇、树怪、藤古合为"红溪六绝"。红溪，因溪石大多为红色紫砂岩得名，还有部分蜡黄溪石呈金黄色，所以又称金溪。阳光中红溪溪石鲜红无比，间以金黄映衬，溪水显得五彩斑斓，堪称中国第一迷人的彩溪。溪水道旁，奇石景观也极为生动有趣，如"仙龟迎客""山蛙祝福""金元宝生辉"，如同夹道迎客，吉祥献瑞。那些奇藤怪树、竹林草地天然融和，构成中国罕见的原始浪漫的红溪水上森林美景。景区里瀑布多，造型美，有清凉雄浑的红溪幽瀑，有高山流水一瀑三折的红溪长瀑，有美女梳妆的龙宫瀑布，有形影不离的鸳鸯瀑布，有步步高升的仙梯瀑布等。红溪金瀑为红溪瀑布群中最大的瀑布，高35米，宽60余米，水流从悬崖古树间流出，跨越千层岩石，或缓慢曲折，或飞流奔泻，层层叠叠而成秀美、气势雄浑壮观的千层大叠瀑，堪称是中国单级层数最多的大叠瀑和最大的金色瀑布。若是夏季，这里的瀑布会温柔窈窕许多，远看如身着靓丽白裙美女翩翩而下。为此，红溪景区又有"桂林九寨沟"的美称

　　景区里的红溪瀑降项目是最具挑战性的壮士活动，集山、水于一体的岩壁降落挑战，水的凶悍冲击，山崖的骇人陡峭，就是雄鹰也要退避三舍。挑战者要从高35米、坡度85度的红溪银瀑山顶沿瀑而降，真是惊心动魄，令人咋舌。如此特色的奇妙表演，绝对是勇敢者的选择和英雄的演绎。

主要景点：中国第一条洋人街——西街、碧莲峰景观道、大榕树、月亮山、兴坪览胜、白沙遇龙河、兴坪渔村、千古情景区

中国第一条洋人街——西街

西街是阳朔极具历史价值的街道，始建于1674年，其东临漓江，直对东岭，西对膏泽峰，旁靠碧莲峰，宽约8米、长近800米的路面用本地产的槟榔纹大理石铺成，两旁的砖瓦房，白粉墙红窗，透着岭南建筑的古朴与典雅。西街是一个浓缩华夏精华的中式小镇，这里的西式摊店摆挂的都是中华民族的传统饰物，如景泰蓝图腾的布染，人工刺绣的荷包、挂带、不同式样的中国结和平安福。西街又是一条充满西方色彩的洋人街，这儿吸引着成千上万想了解中国的外国人，他们在这里开饭店、咖啡店，在小镇小街上尽情地享受着中国的平安、和谐与温馨。

碧莲峰景观道

碧莲峰亭亭玉立在阳朔县城东南面的悠悠秀水漓江边上，山形挺拔，酷似一朵巨大的含苞欲放的莲花，因之得名。早在1 000多年前的唐代，诗人沈彬便对住在碧莲峰下的居民羡慕不已，有诗赞道：

"陶潜彭泽五株柳，潘岳河阳一县花。两处怎如阳朔好，碧莲峰里住人家。"碧莲峰北面，有一处山崖光滑平整，阳光下熠熠生辉，如同宝鉴，故又名鉴山。阳朔碧莲峰文化古迹景观道，亦称滨江公园，位于碧莲峰下，其石刻古迹距今已有1 000多年的历史，这是融文物古迹、人文景观、艺术展示等为一体的景区。园内景观以一条刻满着历代文人碑文的风景道而出名，此风景道全长235米，设有厄门，书有"南山厄"三字。厄门左有明邑令俞安期的诗刻："四周烟雨苍茫，万朵莲花屏障。分明西出函关，人在华阴道上。"右有"山高水长""江山锁钥"8个石刻大字，还有宋人李刚的题刻诗。风景道内共有大小石刻23件，已被列为重点文物保护单位，其中碑文不但有近代的爱国人士吴迈所书的"桂林山水甲天下，阳朔堪称甲桂林"著名诗句，而且在岩壁上还有清代著名书法家王元仁任阳朔知县时所书的"带"字巨幅摩崖，字高近6米，宽近3米，字中含"一带山河，少年努力"等意。就此，当地留有歌谣："古人有意一笔勾，题刻带子景清流。来往游人纷纷过，谁家在此不抬头？"

大榕树

位于阳朔高田乡的穿岩村，属月亮山景区，它是一棵千年古树，树围有7米多，高达19米，枝繁叶茂，荫盖地面达1 000多平方米，是阳朔的一个著名景点。风靡中国及东南亚地区的电影《刘三姐》，有不少镜头在这儿拍摄，影片中刘三姐与阿牛哥大榕树下抛绣球定终身的情景，让天下有情人魂牵梦绕。

月亮山

月亮山位于阳朔县十里画廊景区末端，在大榕树南0.5千米处，山高达380多米。山上有一个天然的大岩洞，两面通透，远看好似明月高悬，因此得名。这个洞很大，高、宽各有50米，而山壁却只有几米厚。洞的两壁平整似墙，洞顶挂满了形状各异的钟乳石，其中两块很像月宫里的吴刚、嫦娥和玉兔，这是大自然的神工鬼斧。洞西北侧有一略低于月亮山的圆顶状山峰，沿着赏月路不同角度观看月洞，步移景换，月随人变，逐一显现圆月、半月、眉月的不同景象。清代徐廷净称此景是月挂高峰，作诗曰："峰峦顶上镜光浮，旦夕空明未见收。自昔悬崖崩一角，至今遗魄照千秋。山穿月曜无圆缺。月出山辉任去留。万古不磨惟此镜，与君长作广寒游。"月亮山周边景点有美女梳妆、卧虎山、九牛岭等，亦令人陶醉。

兴坪览胜

位于阳朔县城东北部，距阳朔县城25千米。兴坪古镇山水秀丽，风光迷人，是阳朔县的旅游重镇。漓江蜿蜒流经该镇西南面，两岸奇峰座座，如春笋，似剑戈，形态万千，青山倒影，翠竹成林，垂柳依依，奇山秀水绿树，相映成趣。周边景点有冠岩、翠屏风光、西塘风光、世外桃源、聚龙潭、遇龙桥、东郎山、书童山等。

白沙遇龙河

遇龙河全长40多千米，河水常年清澈见底，水流缓慢。适合漂流观光的是富里桥到工农桥一段，全长约15千米，沿途有28道堰坝。遇龙河沿岸有不少文物古迹和山水田园风光，都值得欣赏。金龙桥是遇龙河竹筏漂流的起点。该桥是现代桥梁，三个大桥洞横跨在遇龙河两岸。在遇龙河漂流航线最上游有座富里桥，建于明代，与金龙桥相距约1千米。它是阳朔最圆的单孔石桥，长30米，高10米，

◇兴坪黄布滩（何恒光摄）

宽5米，与遇龙桥和仙桂桥一起被称之为"阳朔三大古石桥"。古老的遇龙桥，原名回龙桥，有600多年的历史。桥长36米，宽4.2米，高9米。

兴坪渔村

从兴坪集镇码头沿漓江漫步2千米，就到了兴坪渔村。这是一个古老的村庄，建于明朝万历年间，有400多年的历史。村中房屋与圩上古建筑风格相近，青砖黑瓦，坡屋面、马头墙、飞檐、画栋、

　　　　　　　　　　　　　　桂林山水名胜与传说

雕花窗，鳞次栉比，结构独特，具有典型的明清桂北民居特色。整个建筑群占地15 000平方米，有传统民居48座。江对岸青山迭出，有鲤鱼山、金瓦山、元宝山、剑刀山、笔架山等风采形态各异的美丽石山。还有"九马画山""黄布倒影""僧尼相会""下龙胜景""老人守苹果""浪石风光""鲤鱼挂壁""神笔峰""螺丝山"等迷人景点。这里先后留下了周恩来、邓小平、杨尚昆、江泽民、李鹏、乔石等党和国家领导人的足迹。

千古情景区

位于阳朔县，距桂林市区约60千米，是阳朔县引进的龙头旅游文化项目，是广西旅游的一张金名片。景区由两大上市企业宋城演艺和桂林旅股联合打造，于2018年7月27日正式开园。景区内，有气势宏伟的巨型"歌仙"刘三姐造像，造像四面各有一只神鸟，寓意"歌仙"刘三姐的歌声至今依然传遍四面八方，回荡在青山绿水间。景区的主推产品，是"桂林文化＋旅游"相互融合的力作——大型歌舞《桂林千古情》。景区纪年大道的图腾柱上镌刻着桂林上万年的历史，柱身上的牛和青蛙象征着少数民族的力量与生殖崇拜，走在纪年大道上，就好像穿越了桂林万年的时光隧道。游客大厅的建筑细纹元素取自壮锦，从屋顶到立面都体现出浓郁的广西民族特色。

景区拥有上万平方米的室内空调活动场所，其内的鬼屋、《清明上河图》电影馆、奇妙街等数十项高科技和儿童体验项目妙趣横生。阳朔古村营造了独特的农耕市井生活风貌，市井街、风情街内有爷爷的酒缸、奶奶的糕点、爸爸的玩具等手工作坊。东街云集了湘菜、粤菜等全国特色美食和小吃。情人港、4号海湾是年轻人休闲的好去处。

5D实景剧《山崩地裂》被众多游客点赞，其运用5D高科技手段再现了汶川大地震的惨烈场面，山崩地裂、房倒屋塌，整个剧院和数千个座位都有强烈震撼感。还有3 000吨大洪水瞬间倾泻而下……一个个真实的故事、一幅幅感人的画面展现了中华民族万众一心抗震救灾的大爱无疆。特技秀《水上飞人》、火辣热舞《民族快闪秀》、壮族传统民俗《靖王爷招婿》等也是好戏连台。大型歌舞《桂林千古情》，以飞天遁地的形式演绎了桂林山水、人文的千万年历史，运用独特的导演手法、全新的表现形式，体现了广西目前原生态文化容量最大，科技含量最高的现代演艺。其剧情分为《桂林传说》《大地飞歌》《千古灵渠》《漓江恋歌》《寻找刘三姐》5幕，再现了桂林的壮族、瑶族、侗族、苗族、彝族等少数民族在这里和睦相处、聚居的情景，同时艺术地体现了一段三生三世的桂林绝恋。

大型歌舞《桂林千古情》很好地将流传于桂林的多民族的许多优美的舞蹈、动听的歌谣进行了真实的艺术再创造。在一个小时的实景演出中，300位演员、上万套舞台机械，360度全景大角度，与数千位游客观众全方位互动，体现了一幅幅迷人的民族风情画卷，实现惊险的、高难度的杂技般的演艺与浪漫抒情的巧妙融合，精彩纷呈，令人陶醉。

《桂林传说》一剧中有400平方米的全彩高清屏幕，有20块可转动的高大侧屏，演绎着甲天下的桂林山水的优美的传说故事，如梦如幻，让观众如入仙境一般。

《大地飞歌》是大型斗笠舞蹈，演员舞姿优美，动作娴熟。那"泉水叮咚"的乐曲与歌声，悠扬婉转，如仙乐般美妙动听，让观众如醉如痴。

《千古灵渠》一剧有数十名特技演员演绎着血与火的战争，场面恢宏，剧中塑造了一位叫秦英嫂的桂林女子的美好形象。该剧体现了在修建灵渠时，大批秦朝士兵因瘟疫横行，加上水土不服而病倒。秦英嫂就地取材，开创性地制作了味美爽口的米粉让士兵食用，解决了一大难题，为千古灵渠的建成立下了大功。

《漓江恋歌》中，那"肩上芭蕾"的杂技演出难度极高，惊险处处，吸人眼球，动人心弦。

《寻找刘三姐》中，数十万枚 LED 灯组成了室内实景表演漓江渔火，舞台中打开了一把直径15米、高8米的折扇，全息投影出漓江的山水风光，美不胜收。还有，"歌仙"刘三姐乘着高空飞毯，带着上万颗发光的绣球，缓缓飞来，一颗颗绣球飘落到观众席中，将舞台变成一个歌的海洋、美的世界。

这就是《桂林千古情》呈现给游客和观众的美的桂林、美的漓江、美的享受、美的记忆。

平乐县

主要景点：印山亭、平乐仙家温泉、榕津古榕

印山亭

位于平乐镇西面马河三江回合处的江中小岛上，此小岛名曰昭山，又名印山。据传说，印山本是一颗龙珠，是荔江、漓江、茶江三江之龙都要争抢的宝贝。印山不高，方方正正地立于水中，因像一枚巨大的印章而得名。山上修竹苍翠，明正统七年（公元1442年），在山巅建亭，名曰点翠亭（又名印山亭），"昭山点翠"由此而来。这是桂江第一美景，亦为平乐古景之一。民国十五年（1926年），有人在印山山腰镶嵌一青石，刻上"中立不倚"四个楷书大字，更是锦上添花，妙不可言。

平乐仙家温泉度假山庄

位于该平乐县源头镇南偏西5千米处，素有"仙泉"之美誉，占地260余亩，群山环抱，天然温泉从地下涌出，水温41℃~48℃，年可采水量达44.9万吨。该处建有客房部、餐厅、歌舞厅、综合娱乐室、游泳池等设施。

榕津古榕

位于平乐县张家镇榕津村，距桂林市区90余千米。该古镇始建于南宋绍兴元年（1131年），已有近千年历史。榕津的千年古榕群苍翠碧绿，树干拱如明月，根似盘云。村口的两棵千年榕树枝叶繁茂，遮天蔽日。树根与树干自然延伸成一道拱门，高可通过中巴车。榕津古榕以全国最奇特的古榕群而入选中共中央党史政策研究室编撰的《共和国之最》一书，被誉为"华夏第一榕"。

恭城瑶族自治县

主要景点：大岭山桃花园、文武庙、周渭祠

大岭山桃花园

位于恭城西岭乡大岭山屯，是生态旅游观光景点。阳春三月，漫山遍野盛开的桃花，染红了大岭山，吸引着各方众多的游客前来观赏桃花。在桃花园里，人面桃花相映红，桃花飘香十里，游客如饮琼浆心迷醉。

文武庙

是文庙和武庙的合称，坐落在县城西山南麓。恭城文庙，又叫孔庙、学宫，是广西规模最宏大、保存最完整的宫殿式明清建筑，堪称华南小曲阜。最初于明永乐八年（1410年）建于恭城城东，清嘉庆五年（1800年）迁今址，占地3600平方米，建筑面积为1300多平方米。有状元门、棂星门、泮池、状元桥、碑亭、大成门、名宦祠、乡贤祠、露台、大成殿、启圣祠等建筑，分6个台阶，依山而建，巍峨雄伟，号称全国四大孔庙之一。武庙俗称关帝庙，在恭城又叫协天祠，是祭祀三国名将关羽的祠庙。占地2130平方米，建于文庙的西侧，采用木结构和砖混承重式结构，建有戏台、雨亭、头门、正殿、后殿和两厢配殿。

周渭祠

又名周王庙，是祭祀宋代御史周渭的庙宇。周渭是茶城（今恭城）人，为官清正廉洁、公正不阿，为黎民造福，深得百姓爱戴。据恭城旧县志载，他曾关心家乡人民的疾苦，奏请朝廷减轻赋税，竭力开发家乡民智，兴办乡学。去世后，被封为忠祐惠烈王。家乡百姓因感其恩德，捐款出力，为他建庙塑像。每年的农历六月十五是周渭的诞辰，恭城县城及附近农村群众都会举行盛大的纪念活动。他们在周渭祠前演戏酬神，沿街的家家户户也都会摆设供品祭祀，仪仗队抬着周渭的塑像游行，吹吹打打，锣鼓喧天，气氛极为热闹。

周渭祠位于恭城县城东太和街，建于明成化十四年（1478年），清雍正元年（1723年）重修。周渭祠占地面积1600多平方米，建筑面积1040平方米，由戏台、门楼、大殿、后殿及左右厢房组成。周渭祠的门楼是全庙的精华所在。门楼面阔五间，重檐歇山，颇有明清古建特色。檐柱承托下檐，金柱通顶支承上面重檐，体型在中间骤然收小，五层斗拱逐层出挑，使用权屋顶飞檐高翘，显得雄伟壮观。由座斗、交手斗、鸳鸯交手斗三种形式组合成的严谨而有规律的重檐，形似蜂窝，人们称之为"蜜蜂楼"。斗拱仅起装饰作用，完全靠内部米字枋格承托上层屋顶。斗拱单体形似鸡爪，使上层重檐气流畅并产生回流，不时发出轰鸣之声，使雀鸟们不敢在此筑巢造窝，起到了免遭虫鸟侵害的作用，是为古建筑杰作。其后殿有一幅总长500余米的绘制于清乾隆九年（1744年），反映千年前瑶民生产、生活和信仰的《梅山图》。该图画有形貌各异的人物1000余位，各显神采；有瑶民耕种桑织、渔猎商贸等情景，人物形象栩栩如生，堪称中国一绝，亦有"岭南瑶乡《清明上河图》"的赞誉。

荔浦市

主要景点：文塔、银子岩、天河瀑布、丰鱼岩、荔江湿地公园

文塔

又叫荔浦塔，位于荔浦市城东南滨江石矶上。底部占地88.9平方米，底座直径10.64米。塔为八角七层砖木结构，高33.4米，冠葫芦宝顶。南宋时这里曾建有魁星楼。明代正德十四年（1519年），贡生张宪为祀文昌在此建魁星阁，后因雷雨侵袭魁星阁倾塌，清康熙四十八年（1709年）重建。乾隆四十八年（1783年）在此修文昌塔，共5层，上层为魁星阁，塑有魁星神像。光绪五年（1879年），知县周望增建两层，为七层文塔。

银子岩

位于荔浦市马岭镇，在321国道旁，距桂林市区85千米。银子岩景区四周群山环抱，湖光山色交相辉映，享有"桂林山水代表"之美誉。银子岩属层楼式溶洞，已开发游程约2千米，汇聚了不同地质年代的各种类型的钟乳石，有"音乐石屏""广寒深宫""雪山飞瀑""佛祖论经""独柱擎天""混元珍珠伞等景点"。银子岩以雄、奇、

幽、美被誉为"世界岩溶艺术宝库"。

天河瀑布

景区位于荔浦市蒲芦乡，距荔浦市区28千米，距桂林市区132千米，景区面积8.5平方千米，集原始森林、瀑布、瑶族风情于一体，构成了别具特色的旅游度假妙处。瀑布在原始森林保护区内，落差88米，有如天河之水倾倒，因此得名天河瀑布。景区里古树参天、曲径通幽，奇景令人叹为观止。

丰鱼岩

在荔浦市城南面16千米的三河乡东里村，因岩内地下河盛产油丰鱼而得名。该溶洞贯穿9座大山，全长5.3千米。洞中小厅连大厅，最大厅面积25 500多平方米，是国内外罕见的奇特大溶洞。旱洞长2.2千米，洞中石笋、石柱、石幔千姿百态，瑰丽奇绝，景致亦仙亦幻。有一根长达9.8米、直径14厘米的钟乳石，人称"定海神针"，为镇洞之宝。主要景点有"蓬莱仙境""冰河时期""天堂奇观""八方锦绣"等，令人大饱眼福。

荔江国家湿地公园

位于荔浦市荔城、修仁、青山、龙怀4个乡镇区域内，东起荔城镇金雷桥，西至修仁镇蚂蟥坝，东西长约24.6千米，南北宽约12千米，总面积约6.95平方千米，湿地率达56%。公园以荔江干流为主体，包括蒲芦河、三河河、满洞河等3条支流的部分区域。河水清幽，空气清新，蓝天白云，游鱼穿梭；河流两岸，青峰林立，怪石嶙峋，神态万千；沙洲上翠树茂密，群鸟翩翩，好一派鸟的王国，人与自然和谐，景色都是那么迷人。公园内有两个 AAAA 级景区。具有"桂林山水第一湾"美誉的荔江湾景区里，有高约100米、宽约40米的自然山体壁画奇观"仙女下凡图"，有堪称"洞内九寨"的天宫岩，还有"一洞穿九山，暗河漂十里"的丰鱼岩景区。

主要景点：永宁州古城、麒麟山、百寿岩、金钟山、板峡湖

永宁州古城

位于永福县百寿镇北端，与百寿岩隔河相望。此城始建于明成化十三年（1477年），至今已有540多年的历史。其原为古田县治，明隆庆五年（1571年）升为直隶州，称永宁，永宁州古城由此而得名。城初建时是土墙，周长1 000米左右，高5米，宽2米有余。成化十八年（1482年），改砌为石城。隆庆六年（1572年），古城往西扩宽并建城门4座，东有东兴门，南曰镇宁门，西称安定门，北叫迎恩门。至万历三年（1575年），古城往北扩展100米，并在四座城门之上建起门楼。万历十四年（1586年），在城东面筑护城河堤430多米，城墙再次加厚，同时加建女墙窝铺。永宁州古城地处桂林至融安的战略要地上，在军事上曾起过极重要的作用，是兵家必争之地。古城两面有河水为护城，四周皆为高山峻岭，其北面有险要关隘三台岭（旧称三厄岭），仅有一条古道从这里通过。永宁州古城如同一个进可攻、退可守的关隘，颇有一夫当关，万夫莫开的雄奇之势。

麒麟山景区

在永福县罗锦镇东南7千米的大西村南登屯金钟山附近，距县城1.8千米，南下柳州市130千米，北上桂林市52千米。此景区最著名的就是麒麟岩，原名金钟山龙宫，又名永福岩。洞内景象变化万千，有"斜塔""瑶池仙境""玉帐缀金""锦绣山河""金沙滩""九曲十八潭""盛金池"等奇妙景观。

百寿岩

又叫夫子岩，在永福县百寿镇，距桂林市区80千米。据传南宋时，该处居民喝此井水，个个长寿，最高寿者达150多岁。南宋绍定二年（1229年），知县史渭题刻楷书"寿"字于岩石上。"寿"字长1.7米，宽1.3米，大"寿"字内又刻真草隶篆小寿字100个，人称"百寿图"，是我国石刻艺术珍品。

金钟山景区

位于永福县罗锦镇东南7.8千米，这里的乾龙天坑分景区，是一个溶洞，其入口并不大，且未修葺，也未建亭台，仍保留着素面朝天的原生态景观。进入洞口，左侧洞壁上有黑色大理石碑刻两方，一为各体"寿"字101个，一为关于101个"寿"字的传说。那传说讲的是住在百寿岩前的廖扶有，由于闻到了金丹仙气，喝上了丹砂井水，得以活到158岁。晋代道祖葛洪知此事后，也来到这里隐居修炼。据说连他一起，到此岩住过的老人刚好为101人，都得以长寿百岁以上，且仙逝后都化为"寿"字石。所以，永福县就有一个百寿镇了。在金钟山岩洞内步行一会，眼前突然开阔、高大起来，较之桂林市内的七星、芦笛、穿山诸名岩的最宽阔处还要宽阔，似可居第一位。其内潭深水急，不时传来哗哗的流水声，有时又闻淙淙细流，让人喜心悦耳。洞内最让人赏心悦目的还是那些晶莹剔透、千姿百态的钟乳石了，有的如莲藕、南瓜、豆角、灵芝，有的似奇人怪兽……更有那巨大的"镇宅金钟"之景，可谓是其中一绝了。

在一路欣赏洞内美景，惊叹于洞内钟乳石的神奇美妙时，不知不觉中突然一道亮光从天而降，这儿就是乾龙天坑的底部了。在这里，溶洞气流与地下河水气流形成了一个地下气流的循环系统，使得整个天坑景区的负氧离子浓度高出正常值50~80倍，达到每立方厘米50 000~120 000个。负氧离子有"空气长寿素"之美誉，游览一次天坑等于为自己的心肺做了一次清洗，大有利于身体健康。

天坑口建有观景台，下视直径约40米的天坑口，在周围的树木掩映下变得小了，幽深而不可测了。观景台四周，石山高耸，林木葱茏，又是一处空气鲜美的佳处。当地人讲，乾龙天坑有个来历。据说很久以前，有条乾龙在此深潭中修炼，后因吞食天外飘来的红色光团而得仙道，于是穿岩透石而去，便形成了神奇的乾龙天坑。乾龙成仙后，不忘故里，经常回永福广播雨露，施福寿于百姓，使故里成了福寿之乡。

金钟山的另一分景区——永福岩景区又是另一番奇异景色。洞内也是水陆兼备，九曲十八潭的清幽之水，奏起时强时弱的天籁之音，大养耳目。还有那些五彩灯光辉映下的钟乳石，姿态万千，美轮美奂，令人拍案叫绝。

在金钟山景区，还有依山而建的森林矿泉水浴场、祈福求寿的仙宫、18洞迷你高尔夫球场，以及据称是全国首条的山地越野主题车道的疯狂 ATV 车场、跑马场、绿色度假酒店等活动场所。这6.5

平方千米的原生态风光旖旎神奇迷人的金钟山景区，融合了福寿、养生文化，是一个理想的大型综合度假区，的确是桂林最美的景区之一，更是休闲养生者小住的佳胜福地，值得一游。

板峡湖

板峡湖在桂林市区东南55千米处，距两江国际机场43千米，与永福镇相距25千米。湖区旅游总面积为25.7平方千米。湖水清澈透亮，有众多岛屿点缀其间，湖水四面群山耸立，古木参天。景点有观日峰、凌霄阁、观音山、拨云台、猴岛、百草谷、拉郎坡、东定瑶寨等，叫人迷恋。这里有号称"广西第一坝"的混凝土双曲拱坝，高63米，巍峨峻峭。湖水下泄时有如瀑布，气势磅礴，似万马奔腾咆哮，雄奇壮丽。

桂林山水传说

百里漓江千幅画
桂林山水甲天下

塔山夕照 ≡≡≡

何恒光摄

桂林山水名胜与传说

百里漓江的神奇来历

百里漓江除了山水景色迷人，关于其来历的传说故事也是挺诱人的。这个故事讲，在许久以前，桂林没有一条像样子的江河，只有一些小沟汊和些许小池塘，人们饮水很是不方便，也不大卫生安全，为此，人畜生病的有不少。于是，当时的人就跳拜神舞和烧香祭天，希望玉皇大帝派大力神下凡，帮桂林开挖一条大一些的江河。如此捣鼓了三天三夜，被路过桂林的赤脚大仙看见了，便向玉帝禀报。玉帝听了后，觉得应该帮一把，于是就要太白金星推荐合适人选。太白金星就举荐了天蓬元帅，说他是野猪精转世，力大无穷，尤其是他那个大拱嘴厉害，钢打铁铸，山都拱得倒。玉帝拍板决定后，就派赤脚大仙把天蓬元帅找来，要他下凡去做这件好事。天蓬元帅虽然力大无穷，但是在天庭懒散惯了，又好酒贪杯，因此不愿干这样的穷苦累活。还是玉帝下了死命令，他才不得不答应。可他提出三个要求：一是要借蟠桃园的鹦鹉用，以便休息时有个娱乐的物儿；二是赤脚大仙常来看看他，以便有个做事的参谋和帮手；三是向观音菩萨借净瓶用，以便随时有净水喝。玉帝当下满足了他的要求，叫太白金星替他借来了鹦鹉与净瓶。那赤脚大仙本是他的酒肉朋友，前去相陪，更不在话下。行前，玉帝告诉天蓬元帅，一定要把那一条河开掘得宽一些、深一些，天蓬元帅满口答应了。

下凡到桂林后，天蓬元帅的第一件事就是和赤脚大仙到酒馆里大吃大喝一顿，来了个一醉方休。第二天中午，两人才驾着云头，在半空中把桂林的地貌粗略地看了看，见桂林北面的猫儿山高大而又泉水多多，于是决定从猫儿山脚下开嘴动土。只见天蓬元帅顿时现了庞大、壮硕的野猪原形，用那无坚不摧的强力拱嘴往地上大拱起来。一时间，泥块乱石翻飞，眨眼间一条深深的沟槽出现了。野猪的嘴往左右乱摆一番，那沟槽就变宽了、加深了，有了大江大河的开口模样了。赤脚大仙见天蓬元帅干得挺起劲的，就与他告别而归天庭了。就这么的，天蓬元帅天天开江挖河，累了休息时，就叫鹦鹉唱歌或是讲个笑话给他听，以便提神提劲。有时就叫鹦鹉飞上天庭，喊来赤脚大仙，大喝大嚼一顿，然后扯一下《山海经》的故事，挺爽神快乐的。如果口渴了，把那净瓶盖打开，轻摇两下，就可喝个够。不过，他对玉帝讲的要开掘得深些宽些的话并不很在意，只是随着意趣干，有的河段深浅不一，有的河段弯直不一，就这样他一直拱到桂林城里。

人们听说那野猪就是天蓬元帅的化身，是来帮他们开挖江河的，都很感激。每天每餐都有人抬来丰富的美酒佳肴，请天蓬元帅吃喝。天蓬元帅也挺感动的，干活也特别卖力，河道掘得也直些、深些。可天蓬元帅毕竟闲散惯了，干了一段时间，就有些泄气了，懒起来了。特别是出了桂林城后，人少了，供奉也少了，大白天的，他就时不时地睡起懒觉来了。这事让玉帝知道了，就叫赤脚大仙劝他勤快些，开掘快些，好早日完工，还叫太白金星时不时地来监察。太白金星凡是见到天蓬元帅在睡懒觉，就用尖利的锥子去锥他的屁股，痛得他嗷嗷叫。如此几次，天蓬元帅学乖了，每逢要睡懒觉了，就叫鹦鹉放哨。老远见太白金星来了，鹦鹉就赶紧叫醒他，他就卖力去干，河道也拱得很深。太白金星一走，他就应付着干，浅浅松松地拱一下，那河道是弯是直就更不在乎了。就这么干干停停的，一直干了三年又六个月，才把这条贯穿全桂林直达阳朔以下的江河开掘成功。因为天蓬元帅不负责任，又有些偷懒，所以这条江河就出现了99道弯和66个激流险滩，这都怪天蓬元帅有懒筋呀！不过，话又说回来，桂林有了这么美好的漓江，在民间故事中，可是全靠天蓬元帅的开掘之功啊！

　　却说这条河开掘好后，猫儿山的滚滚山泉水就下来了，就流到桂林了，桂林人有了大把清澈的水饮用了，大家很感谢天蓬元帅。可是好景不长，天蓬元帅还没有回天庭向玉帝交差邀功，却发现猪婆龙怪来捣乱了。原来，这怪物先前向天蓬元帅抛媚眼调情，却遭到了天蓬元帅的蔑视和拒绝，它很是恼怒，就跑到新开掘的这江河里来乱滚乱踢乱吐，把河水搞得污浊腥臭，桂林百姓叫苦连天。天蓬元帅大为震怒，立刻挥动劈山大斧，以惊雷闪电之势，劈死了猪婆龙，并把它的尸体捞出，埋葬在猫儿山下。可是，那河水却一时干净不了。天蓬元帅想了想，就将手中的净瓶开盖，猛摇数十下，然后放入河中。顷刻间，净瓶中涌出的滔滔清秀之水冲走了脏污之水。于是，新开掘的江河才又清水悠悠了，桂林百姓欢呼起来。天蓬元帅这才踩踏云头，上天庭向玉帝交差去了。后来，天蓬元帅因为开河有过错，又丢失了净瓶，被罚下人间变猪，当了唐僧的二徒弟，取名猪八戒，护着唐僧去西天取经，以将功折罪。那只鹦鹉因为替天蓬元帅偷懒打掩护，被罚下桂林变成了一座山，就是城北那座鹦鹉山。

象军攻打桂林城传奇

　　说到象山的美，桂林人不会忘记它还有多个版本的传奇故事，这里选其中一个象山与桂林城的故事说说。这个故事讲，桂林民间有句俗语："铜打的重庆府，铁打的桂林城。"桂林的城墙依山傍水，是用大块大块的青石砌起的，四周是又宽又深的护城河。要想攻下桂林城，的确是蛮难蛮难的。不过，话又说回来，世上无难事，只怕有心人，在清初，桂林城就被南明名将李定国率领的大象军攻克过。

　　明末，明将吴三桂背明降清，带领入关的清兵，潮水般扑向李自成和张献忠领导的农民起义军。由于义军步兵居多，不习惯与清军的骑兵对阵，不多久，先后败在清军手下。李自成和张献忠战死后，义军余部由大将李定国率领，退到云南、缅甸一带，与南明永历政权合作，继续反抗清军。

　　李定国是个很能干的将领，他从小就拜张献忠为义父，随义军转战南北，立下了不少的功劳。为了重振军威，夺回被清军占领的地方，他在云南抓紧操练兵马，准备日后报仇雪恨。可怎样对付骁勇的清军骑兵呢？李定国左思右想，他虽然有心建一支能征善战的骑兵队伍，但是当时的马匹奇缺，要在南方弄到一定数量的战马更是难上加难。李定国内心焦急，一时拿不出个好主意来，弄得他吃睡不安，人也日渐消瘦。

一天，愁眉紧锁的李定国骑马经过一个圩场。走着走着，他的坐骑突然停止不前了。正在烦闷的李定国顿时心中火起，拿起皮鞭便抽打坐骑。可是，不管他怎么打，那匹能征惯战、不畏刀枪火箭的千里马，只是一个劲地"咴咴"乱叫，就是不肯向前挪动半步。李定国觉得奇怪，抬头一看，这才发现，在前边不远处，有个缅甸人牵着一头大象，在表演杂技。

李定国心中一动，急忙把战马交给身后的亲兵，自己三脚两步跑了过去。看把戏的人都认得他，赶紧闪开一条路。李定国进圈一看，高兴极了，原来这人正是他在缅甸时交上的朋友，是一个远近闻名的驯象大师。李定国将驯象大师请进军营，便把准备建一支象军，用以对付清兵骑兵的打算谈了。驯象师听了，马上点头答应。于是，由这个驯象大师出面，在缅甸等处买来了许多大象，又雇请了一批驯象老手，一起来训练象军。

经过一段时间的努力，象军训练好了。李定国立即率领休整好了的军队，雄赳赳、气昂昂地从贵州经湖南，一直杀向广西，准备夺取军事重地桂林。出师前，李定国向部下宣布，只准砍杀清兵和降清的明将。对沿途的平民百姓，要做到不杀、不烧、不奸淫、不抢劫、不宰杀耕牛。凡违反者，一律处死。

明军士气高涨，沿途纪律严明，加上老百姓的全力拥护，李定国的军队一路上斩将夺关，取得了一个又一个的胜利。不久，明军与清军在兴安严关发生了一场恶战。清兵的骑兵快速地冲击，东砍西杀，使明军受到了一些损失。在这紧要关头，李定国把后备生力军——象军投入了战斗。这时，突然下起了瓢泼大雨，天空雷电交加，地上雾气沉沉，腿粗鼻长的象军一冲过去，清兵的人马都吓呆了，以为是天兵神将赶来帮助明军了，一个个拨转马头想跑，可是那些战马都吓软了腿，跑不动了。象军煽动着大耳朵，迈开粗壮的巨腿，冲进清军的骑兵中，脚踩鼻卷，随后的明军战士刀砍剑劈。清军一败涂地，真个是人仰马翻，血流满地。清军主帅孔有德不见了狂野的凶蛮劲，此刻如同野兔精，使劲地打马狂奔，一溜烟逃回了桂林城。

明军乘胜追击，把桂林城团团围住，昼夜不停地猛攻猛打。杀红了眼的象军，冒着密密麻麻的箭雨，直奔城墙脚下，真是地动山摇，整个桂林城都发抖了。躲在城内的孔有德吓得屁滚尿流，他晓得见阎王的日子近了。可这家伙到底老奸巨猾，他那对贼眼一转，得了个鬼主意。他曾听人说，大象怕炮火。于是他急忙调兵遣将，备好火箭，架好大炮，不大会工夫，大炮、火箭一齐射向象军。大象们被火炮惊住了，顿时乱了阵脚，一股劲地向后疯跑，倒踩死些明军将士。孔有德见了，高兴得发狂，立即叫兵将们打开城门，凶神恶煞地直扑明军。

李定国在大象军溃败的一刹那，也着实吃了一惊。可他是个临危不惧、临乱不慌的战将。他立即吩咐驯象师们镇住大象，同时指挥明军将士迅速闪开一条路，让过象群，然后合拢过来，给冲上来的清军当头狠狠一击。清军被杀得喊爹叫娘，慌忙回头又窜进了城里。就这样反反复复，一连攻打了几天，明军伤亡不少，桂林城却没有攻下。这下子，孔有德翘尾巴了，他派人射书给李定国，说有他孔大爷在，铁打的桂林城固若金汤，十八子在城下撞破头。李定国气急了，发誓踏破桂林城，刀劈孔老儿。

就在这天晚上，乌云翻滚，炸雷阵阵，风狂雨暴，直下得面对面都分不出你我。为了防备清军偷袭，李定国亲自带人绕城巡查。当他来到城南的时候，猛然听到墙倒石滚的轰隆声，其中还夹杂着惊恐地哭叫声。李定国唰地抽出宝剑，低吼一声："快跟上！"便往响动处疾奔过去。借着不时划过的一道道雪亮的闪电光，他看到了一头如山般高大的巨象，正在扒拉着坚固的城墙。渐渐地，城墙出现了一个越来越大的缺口。李定国高兴地连声大叫："好呀，真是天助我也！"他急忙调转马头回奔军营，叫醒将士们，迎风冒雨，直冲南门缺口，一鼓作气，攻下了桂林城。李定国率军进城了，孔有德晓得罪在难逃，自己在家中放了一把大火，自焚而死。

事后，李定国清点象队，并查问有无单个外出的大象，驯象师们都说没有。不久，有个在桂林参军的士兵来报告，说那天夜里是城南漓江边的大山象来参战了。李定国率领部将赶到象山脚下一看，果真不假，那象鼻子周围还有不少带泥沙的城墙砖呢。

如此，众人都明白了，原来是这石山神象帮他们攻克了桂林城。

官山的来历

　　七星景区月牙山是因为山腰有一岩石，远望酷似一弯新月，故而得名。又因山下有龙隐岩，所以也叫龙隐山。历史上它还有另外一个名字——官山。这隶书体的"官山"二字高约80厘米，宽约40厘米，端端正正地镌刻在月牙山北侧山脚中共桂林工委联络站旧址下面的小路边，一处不足人高又不显眼的小岩石上。至于"官山"一名源于那个朝代，至何时被人遗忘，恐怕难以考察了。

　　说到"官山"一名的来历，在桂林民间有个说法。很久以前的一年，因黄河泛滥成灾，一姓王的一家三口从河南千里迢迢地辗转逃难到了桂林。由于人生地不熟，又穷得拿不出一个铜板，当然就没能力盖房子了。他们在桂林兜转奔波了几天，终于在城东的七星山下看上了一个面对月牙山的路边小岩洞。这里有大把的干枯树枝，烧火煮饭不必愁柴火；这里有清秀的山泉水，喝水也不用愁；这里还有一些无主的草坪荒地，那泥土都被树叶沤肥了，黑黝黝的，蛮肥呢，种菜好得很。还有一好，这里也不见得怎么荒凉，里把路远就有一些人居住。而且，这儿附近的一座花桥旁边，就有一个蛮热闹的菜市呢。于是，这逃难的一家子不必建房，就在冬暖夏凉的岩洞住了下来。住下后，那男主人老王就开荒种菜，收获的菜多了，就挑到花桥菜市去卖，得点儿小钱度日。他妻子李氏一面帮着种种菜，一面教子读书。原来，这老王家虽穷，但在河南老家时，祖上还是书香人家呢。这夫妻俩都很通些文墨，而他们的孩子虽然才十来岁，但是极为懂事，人又挺聪明，读书是过目不忘，学什么懂什么。

这事让住在月牙山下一位饱学而又惜才的私塾先生晓得了，就主动找到老王，说要免费收他儿子做学生。如此几度春秋，老王的儿子学业大有长进，25岁那年进京赶考，中了进士，到外地做官去了。这个王进士当了官，不忘父母的教导，不忘恩师的教诲，清正为官，勤政为民，在为官地做了不少为民兴利除害的好事。后来，他因为看不惯一些贪官污吏欺压百姓的肮脏行为，耻于与之为伍，于是急流勇退，回到桂林，继承恩师的事业，开办学馆。他以自己的丰富学识和清正为人的情操，为桂林地方教书育人，得到了地方上的好评。因为他是个为民操劳的好官，又是极为关爱桂林学子的贤师，所以在王进士去世后不久，桂林东江一带的社会贤达及乡亲们就把他家住过的岩洞称为"教子岩"，并请石匠于岩洞口刻上这三个字。同时，人们又把他跟着恩师读书育人的那座石山（那时还不叫月牙山）叫作官山，以表彰王进士为官勤政廉洁，并感谢他呕心沥血教诲地方子弟的恩德。

月牙山下王兔岩与王爷轶事

　　沿着月牙山下的小路，由官山往西迈步约30米远，有一个低而浅形似宽阔鲢鱼嘴的岩洞，岩口石壁上刻有笔画僵硬的"玉兔岩"三个字。据住在附近的一位高龄老人讲，这个岩洞原来不叫玉兔岩，而是叫王兔岩，说这事还与一位靖江王爷大有关系呢。

　　明代朱元璋坐天下的时候，分派他的众多子侄及孙辈分管神州各地，桂林就由一个叫靖江王的侄孙镇守。后来，有一代靖江王的大儿子，不知道得了什么怪病，把脑子搞坏了，人显得有点儿癫癫傻傻的。于是，他被父王晾在了一边，未来的王位继承权也就被剥夺了，他的大弟弟得了王位继承权。他毕竟是个王子，虽然不学无术，又有些癫傻，但是生活依然是锦衣玉食、无忧无虑的。在下人的伺候下，他整天架鹰逗鸟、饲狗养猫、遛马乱跑地胡混日子。后来，受到一些地痞无赖的教唆，他就天天到处疯讲，说等他当上了靖江王后，就要把象鼻山围出来当养狗场，关起王城大门养几百头叫驴，将王爷的陵园全都围起来养猪，还要拦断漓江喂养王八等等，成天胡诌这些稀奇古怪、骇人听闻的疯癫话语。这一来，他那王爷老子真正动怒了，就把他关在王府一个带花园的大屋子里，不准他四处乱跑胡说了。

多年以后，老王爷仙逝了，新王爷登上了靖江王的宝座。那个神经不正常且被长年软禁的大王子也老了，逐渐被世人遗忘了。可是有一天，这个大王子不知用了什么法子，竟然从那牢笼般的王府家中偷跑了出来。他在桂林城乡到处疯跑。他穷光蛋一个，还时常挨饿，瘦得皮包骨。一天，他跌跌撞撞地来到了月牙山下，抱了几捆干稻草，在一个浅岩洞里住了下来。那新王爷知道后，念他是自己的亲哥哥，又感他有让位之功，于是心发慈悲，派了两个下人，带着钱粮等一应物品来服侍他。这个疯王子有了钱财，疯劲又来了，除了又讲那些不着边际的疯话，还指派下人买来一百多只兔子，在岩前空地上圈养了起来。有时还牵着几只大白兔，缓缓迈步街头。遇到人，他就疯讲自己是上天封的"兔王"。还请石刻工匠在他住的岩洞口刻上"王兔岩"三个字。他自封为"兔王"，为何不刻"兔王岩"呢？啊，你可别小瞧了他，他疯是疯，可骨子里并没忘记自己的大王爷身份呢！"王兔岩"就是说："我大王爷在此统领兔子大军呢！"瞧，够威风吧？

这个时候，那个新王爷挺忙的，没时间管他的疯事，只是不时地派人来他这儿抓几只肥兔子去烧火锅，"兔王"也不太在意。有一次，新王爷要搞百兔宴，差不多要抓完他的兔子，"兔王"这才急了，说要和王爷老弟拼命，结果被派来的人捆得结结实实，一天一夜没得饭吃，不久就大病了一场。就这么的，连气带病，这个年纪蛮大了的疯"兔王"很快就驾鹤西归了。新王爷特地来见了他最后一面，当在那岩洞口见到"王兔岩"三个字时，新王爷觉得不伦不类的。王爷怕人笑话王府，于是就叫石匠在那"王"字右旁加了一点，成了"玉"字，于是"玉兔岩"三字就这么保存至今了。

玉兔岩的传说

其实，关于玉兔岩的故事，据六合街的几位老人讲，还另有一说。而这个故事正好与月宫里的玉兔有关，算是神话故事了。讲的是很久以前，在月亮上，有一个叫吴刚的神仙，因为拂逆了玉皇大帝，被罚到月宫前去砍一棵很大的桂花树。这棵桂花树树干多粗？那是五个大人都围抱不住的。若是一般的人，起码要砍个十来天。可要晓得，吴刚是个大力神，按理说砍这么一棵大树，有两天工夫也就搞定了。可是这棵桂花树不是凡品，吴刚白天砍了树干的一半，晚上铁定要睡觉。第二天早上一看，哇，那树干一点儿伤痕也不见，完好如初。有人说，那吴刚不晓得连夜加班砍呀？这可不行！连夜砍又犯了天条，玉皇大帝可不允许。于是，吴刚只好就这么日复一日、年复一年地徒劳无功地砍下去了，这就是惩罚呀！

这桂花树是月亮上唯一的一棵树，每年结的种子很多。到了成熟时节，被吴刚这么猛砍，树就剧烈抖动，桂花籽就抖落下来了，噼里啪啦地掉在地上。有很多桂花籽砸在吴刚的头脸与身上，把热得打赤膊的吴刚砸得够呛，常被砸得鼻青脸肿、背上血痕累累，真是苦了吴刚。

那些掉在地上的桂花籽怎么办？任由其烂去么？嫦娥看了觉得可惜，她想到人间时，由于天上的十个太阳作孽，把树都晒死了，给人间带来不少的灾难，得帮他们一把才行。于是，她和玉兔一起，每年都将那些桂花籽收拢，洗净晒干。到了春天，就来到南天门外，朝着神州大地播撒下去，做好事，了心愿。就这样，不知道过了多少个春秋，也不晓得播撒了多少桂花籽，更不知道这些种子成活了多少，这是嫦娥心头挂念的一桩事。有一天，她对玉兔说："玉兔呀，你今天就下凡走一遭，看看那些桂花树长得如何，下界的人喜欢么。"这也正合了玉兔的心愿，它也很想回到久别的人间看看，于是满口答应了。

玉兔下凡后，在神州大地周游了一遭。它看到如今的神州大地挺好的，白天是一个太阳当空照，蓝天白云，树翠花香，青草多多，男耕女织和谐好；晚上是一轮明月挂树梢，映亮了山川，映亮了夜的世界。至于那些桂花树，它发现西北方较少见，而东南方就多了。人们对这些桂花树都是蛮喜欢的。玉兔还读了宋朝著名女词人李清照一首赞美桂花的词："暗淡轻黄性体柔，情疏迹远只香留。何须浅碧深红色，自是花中第一流。"它觉得写得挺美，心里感到挺欣慰，不由得为年年播撒桂花籽而骄傲。当它读了唐朝时桂林阳朔大诗人曹邺为桂花树写的诗"桂林虽产千株桂，未解当天影日开。我到月中收得种，为君移向故园栽"，更是特别有感触。玉兔想："这个曹邺，莫不是我当年投生桂林的人？"它想了好一会儿，却因为投胎前喝了忘魂汤，印象挺模糊的。它久久地回想，总觉得有那么回事，心里道："应该是的吧！不然，他怎么晓得'我到月中收得种，为君移向故园栽'呢？"想到这里，玉兔笑了，也萌生了前往桂林故地仔细看看的想法。于是，玉兔不顾劳碌奔波的辛苦，风尘仆仆，日夜兼程，奔向了桂林。

玉兔到了桂林一看，哇，这风景是大不同。众多的石山小巧玲珑，神态佳妙，有的似大象，有的像骆驼，有的如竹笋；有的像老人，有的像书童，有的像将军骑战马……呀，形象逼真，好看极了，有趣极了！再看那些江河的水流，时而舒缓，时而湍急。那水呢？清澈透底，水草、卵石、游鱼清晰可见，历历可数。还有那座座青山倒映在秀水中，加上船行碧波上，涟漪点点，又是另一番可爱诱人的美景。玉兔久居天上月宫，哪里得见如此人间美景，一时间竟然陶醉了。当然，玉兔也没有忘记此行的目的，特别注意看了桂林的桂花树。只见满山遍野都是桂花树，城里乡下、每个角落都长满了大大小小的桂花树。经过调查，它发现桂林共有57个桂花品种，主要有金桂、银桂、丹桂和四季桂4个品种群。特别有趣的是，桂林有很多桂花树是长在石山上的，名叫石山桂。玉兔到达桂林时，正好是中秋时节，桂林城乡如同浸泡在桂花里，到处都是桂花香，香得能醉倒人。就在这整个桂林都香喷喷的美好日子里，玉兔在甲天下的山水中，在阵阵香风中，尽情地、快乐地游玩着。在这乐而忘返的几天里，玉兔大多住在月牙山下一个临江的浅浅岩洞里。

不久，这事被一个贪吃的蛇精晓得了，它想："人说吃了唐僧肉，可以活千年。这吃了仙丹的玉兔，又在月宫里受了那么久的仙气熏陶，现在它下凡送到嘴边来了。如果吃了它的肉，定然胜过唐僧肉，岂不大妙？"想到这里，蛇精按捺不住，马上就行动了。它悄悄地窥视着玉兔的行踪。终于有一天，蛇精看到玉兔单独在漓江边的九马画山下嬉水。它高兴极了，悄悄地在水下快速潜行，不一会就接近了玉兔。玉兔却浑然不知，仍在水中玩乐。蛇精张开了大嘴，准确而迅猛地扑向了玉兔。就在这极其凶险的一瞬间，玉兔身上突然金光四射，一只小乌龟陡然出现，并且快速变大，横阻在蛇精的大嘴前。这是怎么回事？原来，玉兔下凡前，嫦娥担心它的安全，从月宫后花园仙池里叫上来一只修炼千年得道的乌龟，要它跟着下凡，以便时时处处保护玉兔。于是，乌龟化作一根兔毛，紧紧地依附在玉兔身上了。就这么的，逃脱毒嘴的玉兔，这时候就看到了难得一见的龟蛇大战。

蛇精恨透了半路杀出来的乌龟，恨不得一口咬死它，于是，一出手尽是致命的杀招，用毒牙狠咬，而那如钢鞭似的蛇尾如闪电般连连快速抽向乌龟。乌龟也不简单，毕竟是修炼千年得道的仙物，身手很是不凡。只见它将个身子如磨盘般快速旋转，直转得蛇精头昏眼花，乌龟还不时地伸出尖嘴狠咬蛇精一口。就这样，乌龟与蛇精斗得天昏地暗，江水变得浑浊、沸腾。这蛇精就住在象山脚下的一个深潭中，它边打边退，想吧乌龟引到那个深潭，然后再置其于死地。于是，这激烈的龟蛇大战，就从九马画山沿江一路打到了象山脚下。玉兔也一路跟了来，它本想助乌龟一把力，却无从下手，只得时时留意寻找时机。

到了象山脚下，那蛇精越战越勇，且有些洋洋得意了。乌龟见脚下是一个大而幽深的潭，它感觉到时不时地有冰冷透骨的寒冷袭向周身，旋转的速度也慢了下来，顿时醒悟，知道了蛇精的诡计。乌龟怕潭中有什么凶险机关，想到近旁月牙山下的小东江河窄水浅无深潭，最好施展自己的本事。于是，乌龟装出怯战害怕的样子，且战且退，有意把蛇精引向小东江。这时候，有点儿得意忘形的蛇精以为乌龟真的筋疲力尽而害怕了，就紧追不舍。到了月牙山下，乌龟抖擞神威，在新的一轮旋转中，突然伸出钢牙尖嘴，出其不意地死死咬住了蛇精的颈子。被咬痛的蛇精凶光毕露，回头一口咬住了乌龟的眼睛，并立即注入了毒汁。这一下，乌龟中毒了，浑身抽搐，即将死去。但是，乌龟还是竭尽全力咬住蛇精，并且开始吸它的血。蛇精也感到危险来临，急忙用身体死死缠住乌龟。就这样，龟和蛇都在用余力拼死决斗，最后都战死在河岸边。玉兔见了，很为乌龟悲伤。它想把死蛇精拉下龟背，可是因为缠得太紧，始终拉不开。玉兔想了想，立刻升天，向嫦娥报告此事。嫦娥听了，也很为乌龟悲伤。最后，嫦娥决定，请大力神下凡，将缠在一起的龟、蛇点化为石，然后将它们移到七星山腰，与岩石合为一体。于是，就留下了我们今天看到的"蛇盘乌龟"的奇妙景点。玉兔住过的那个浅浅岩洞，就被人们叫作"玉兔岩"了。

　　　　　　　　　　　　　　　　桂林山水名胜与传说

七星岩遇仙记
砍柴小子

位于七星山腹的七星岩在隋唐时代称栖霞洞，宋代叫仙李岩、碧虚岩。其中最为有趣的是仙李岩。为何叫仙李岩呢？这与刻在七星岩旁岩石上的传说故事《仙迹记》有关。《仙迹记》的作者是南宋枢密院编修官、文学家尹穑。

对于这个遇仙的故事，在桂林民间另有一种版本。讲的是很久以前，现在六合路一带的一个村子里，在一个太阳从尧山露出半张脸的早上，有个十五六岁的男孩，拿了一把斧头，上到七星岩附近砍柴。到了七星岩口，男孩看到两位白胡子老人在下象棋，因为他也爱下象棋，于是就在一旁观看了起来。在不知不觉中，太阳已经升到中天，有位老人掏出三个鲜红硕大的桃子，每人一个。那男孩正感到肚饿，也就不客气，和老人一起吃了起来。这桃子下肚，男孩感到很不一般，不但不觉得饿了，而且觉得自己顿时神清气爽，周身舒泰，骨骼轻盈透香。再看那盘棋时，感悟大不相同，体味到了无穷的神妙。于是，就更加津津有味地、忘情地继续看了下去。这一盘棋从早上一直下到红日西沉到侯山顶了，还没有分出个胜负来。一位仙人道："时间不早了，明日再下吧。"另一位仙人看看男孩道："孩子，你也该回家了。记住，我们也算是有缘，他日必定再会。"男孩这才如梦初醒，目送着两位老人飘然离去，只听得传来两位老人的歌声："洞中方七日，世上已千年。凡人世代过，快活似神仙！"

男孩听得入迷了，待两位老人的身影看不见了，那歌声也消失了，男孩才起身去拿斧头。不曾想那把新买的斧头，已经锈蚀成鹅蛋大小的一块锈铁疙瘩了。男孩无奈，只得随便捡了一些干树枝，捆成百十斤一大捆，轻松地背了下山去。

男孩回到村子里，天还大亮着，但是所遇见的人，无论大小他都不认识了，再找自己的家门，怎么也找不到，因为村子已经大变样了。他感到很奇怪，心想："怎么才不过一天的时间，就发生这样的大变化？真是奇事了！"

这时，迎面走来一位白胡子老人，看到男孩背着一大捆干柴，神情疑惑地站在村路旁，便问道："小伙子，你这是干什么？卖柴火么？"男孩答道："大爷，我不是卖柴火的，我是这村里的，早上才出去砍柴，现在回来却找不到家屋了，所遇到的人，也都不认识了，这是怎么回事啊？"老人就着晚霞打量着男孩，好一会儿才吃惊地说道："啊，啊，好像是有这么回事。多久了？才一天呀？不对！我听我爷爷说起过，在很久以前，大概有百多年了吧，我们村上是有一个你这么大的男孩到七星山上砍柴，却一去不见回来了。他的家人，还有村坊上的人听说七星山上来了老虎，又不敢上山去找。过了几天，又过了几个月，都不见那男孩的踪影。后来有人猜想，他不是跌死在哪个山崖下，就是被老虎给叼走了。你的家人呢，后来就搬到别的地方去了。"男孩不相信七星山上有老虎一说，表示怀疑地说道："不会吧？我那时没听说七星山上有老虎呀！"老人道："就是你上七星山砍柴的那天，有人见到七星山上有一只老虎游荡，还看见它躺在山腰的一个岩洞里呢。那老虎在七星山待了几天就走了。所以，它躺过的那个岩洞就叫老虎岩了。若不信，你明天去那儿看看吧，那岩壁上还刻有'老虎岩'三个字呢。"男孩本想说："大爷，你在编神话故事吧？"可是，转而又想到那看下棋的事，想到那两位老人的奇异歌声，心里道："洞中方七日，世上已千年。我在那儿待了大半天，看来人间世也应该有百多年了。"想到这里，他深深地叹了一口气，看着眼前这位老者又想："他可能是我的重孙辈的人呢，算了，别再问了，就此别过，荡游四方去吧。"于是，男孩把柴火送给了那老人，道别后，就飘然而去了。听说，这男孩那天遇到的两位下棋老者，一位是日仙，一位是月仙，也就是尹穑《仙李岩铭并序》文中的日华、月华二君。而男孩当时吃的是仙桃，已得了半仙之体，后来再经修炼也成仙了。他成仙后，终日云游四海，有时也去找日、月二仙下下棋，聊度仙日。

传奇　骆驼山下酒仙

　　骆驼山原来叫酒壶山，多年以来，一直流传着一个酒仙的故事。当然，对于这个传说故事，是有不同说法的。

　　这是酒仙雷酒人嗜酒的奇特故事。

　　雷酒人怎么个好酒？他是一日三餐都少不了酒，且量又大，喝酒总是论碗论斤的，一斤酒分三碗，刚好打到酒瘾。但他偏偏是个逢酒必醉的人，那就要喝六碗，也就是说起码要两斤白酒下肚，才能稍稍满足他一醉方休的意趣，时人称之为酒人。当时，有一个极为好酒的县官，听了雷酒人嗜酒的事，很是高兴，觉得遇到喝酒的知音了。于是，有一天，他坐上轿子，带了一罐上好的三花酒，特地来造访雷酒人，要和他一较高低。雷酒人也不多说，立马在门前摆出八仙桌和两个大酒碗，两个人一坐下就端碗豪饮起来。那一坛酒很快就喝完了，一个仆人前来捧坛子加酒，一不小心，坛子落地摔破了。已经喝得五老爷认不得六老爷的县官顿时大怒，口齿不清地高声叫道："无、无用的废、废物，拉、拉下去按倒着、着、着实打、打、打！"差役问道："老爷，打多少？"县官拍桌叫道："打、打、打五、五斤！"喝得也有些醉了的雷酒人，高声插话道："五、五斤不、不够，要打、打十、十斤！"

听到雷酒人这么一说，县官倒地了，吓得酒也醒了一大半，心想："这还了得，再喝十斤，岂不要见阎王？罢罢罢，认输吧。"可是，他又输不起官面子，于是，在差役扶起他的时候，脑筋来了个急转弯，他指着那仆人骂道："今日晦气，给你摔了罐子，本官原想还要再喝五斤的，现在不喝了，先回去打烂你的屁股再说！"就这么的，县官借坡下驴，让差役们抬着，赶紧走了。这么一来，雷酒人的名声更是叫得响亮了。

这雷酒人如此喝酒，不但把家喝穷了，而且喝垮了自己的身体，家人及其朋友们都劝他少喝点儿酒。雷酒人惆怅地长叹一口气道："你们只看到平日我大碗喝酒的快乐，看不到我心中的烦愁啊！你们晓得，原先我也不是好酒贪杯之人，而是喜好舞文弄墨、钻研医学的勤奋之人，不但会医道，而且写出了几本书。但现今，官府不但禁了我的书，而且时不时地还有人来打探我的活动，生怕我又写什么禁书和有什么违逆之事。唉，你们讲，如此禁锢和提防，我除了喝酒，还能干什么？"这么一说，亲友们也不好过多干涉他喝酒了。

没过几年，雷酒人渐渐地到没钱买酒的困窘地步了，他愁啊，愁到吃不下饭，睡不着觉，整天唉声叹气的。这事让酒壶山的山神知道了，很是同情，于是在一天夜里，托梦告诉雷酒人，叫他在山脚下的桃树林里，找一支开得最红最艳的桃枝，去抽打酒壶山的壶嘴，每打三下，就有让他喝不够的美酒。还告诫他，千万不要多打，以免出大事。

雷酒人万分高兴，第二天清早就去找那上好桃枝。挑好后，他拿着急忙上山去打壶嘴。真的，只抽了三下，那喷香的美酒就流出来了。雷酒人赶紧接住，大喝起来。喝着不花钱的美酒，他当然高兴，可是刚有点儿醉意，那酒就没了，还真不够劲。就这样喝了一段时间，雷酒人熬不住了，在一个晚霞漫天的时候，他爬上酒壶山壶嘴，拿起那桃枝，一五一十地乱打一气。于是，那美酒如同瀑布般飞流而下。雷酒人高兴得手舞足蹈，碗也不要了，直接跑过去，张开大嘴接住，不歇气地狂喝滥饮。喝着喝着，他一个踉跄，跌倒在旁边的水池里了。这时候的水池里没有水，只有源源不断流入的喷香美酒。就这么的，雷酒人喝够了，永远地喝够了，沉醉在酒池里了。是酒醉英雄汉，还是酒醉不幸的愁肠人，人们不晓得了，晓得的是嗜酒的雷酒人永远地去了，不再醒来了，那酒壶山壶嘴也不再出酒了。

芦笛岩与刘三姐的传说

　　讲到芦笛仙宫，与一个民间传说故事分不开。这个故事讲的是伏波山下龙宫里的龙王，请"歌仙"刘三姐来桂林传歌的事。为什么这龙王要请刘三姐来桂林传歌呢？这是有原因的。原来，这个龙宫身居闹市水下，那些虾兵蟹将都有些道行，经常变成红男绿女，到桂林城里游逛玩耍，听说了刘三姐极擅长唱山歌的事，都想听听刘三姐的山歌。于是，他们时不时地在龙王爷面前念叨，说好想听刘三姐的歌。其实龙王爷本人不但想听刘三姐的山歌，而且他听说有一些恶霸和地痞流氓见刘三姐山歌唱得好，人也长得跟仙女一般漂亮，都想打她的歪主意，好打抱不平的龙王爷有心帮帮刘三姐，让她少受磨难，同时也想让她教教龙宫里的水族们唱唱山歌，为生活增添乐趣。就这么的，龙宫里上下一心，都要请刘三姐来桂林唱歌。

　　于是龙王变成一个鹤发童颜的白胡子老人，到桂林打听，知道了刘三姐是罗城人，便驾祥云赶往罗城寻找。罗城的人告诉他，刘三姐已经到柳州传歌去了。龙王立刻化作清风飘到了柳州。不多会儿，在鱼峰山下找到了正在传歌的刘三姐。龙王在近旁听了一会，刘三姐果然唱得好，嗓音清脆缭绕，犹如银铃叮咚延绵，赢得了阵阵掌声与叫好声。可是不久，来了一个恶霸，他带着三个牛高马大的凶蛮打手。恶霸嬉皮笑脸地对着刘三姐喊道："好个漂亮妹子，到我家唱去，包你吃香喝辣不愁，穿绫罗绸缎大把有！"刘三姐气不过，用山歌把这个恶霸臭骂了一顿。那恶霸大怒，与打手们扒拉开听众，直奔刘三姐面前，就要下手抢人。那些听众是敢怒不敢言，眼看着刘三姐就要被抢走了。

说时迟，那时快，只见龙王变的白胡子老人快速抢了上前，挡在了恶霸们面前。恶霸见一个老人出来充好汉，不由得厉声骂道："滚开，老不死的，要不老子一拳叫你见阎王！"老人如战神，岿然不动，目光炯炯，怒视着恶霸一伙。恶霸出手了，一拳打在老人胸口上，老人巍然如山，不晃动一丁点儿。那恶霸却是拳头暴血，痛得倒地喊爹叫娘。那三个打手一起围了上来，准备动手。老人沉声喝道："没看见他的样子吗？想找死的就快点儿上来，不然就快滚！"三个打手一愣，低头看着恶霸主子。那恶霸叫道："还不快点儿抬我走，我的手快要断了！"三个打手赶紧低眉顺眼，抬起主子跑了。

听众们这才围拢过来，七嘴八舌地夸赞白胡子老人好手段，不动手就打败了恶霸。刘三姐也上前表示感谢。老人道："不用谢，我正有事求你呢。"刘三姐问道："有什么事，请老爹说吧。"老人道："我是桂林的，我们那里好多人都想听你唱山歌，我想请你去桂林唱山歌。不晓得你肯不肯去？"刘三姐慨然道："我当然肯去，但是我在柳州还有些事没做完，一个月后可以吗？"老人道："可以。一个月后的今天，我来这儿接你。"

相互道别后，龙王回到了桂林，就着手找寻让刘三姐传歌的地

　　　　　　　　　　　　　　桂林山水名胜与传说

方。因为是水族听歌学歌不同于凡间人，一定要安全隐蔽些。龙宫里不行，因为刘三姐不能下去。他想到了宽大的岩洞，于是龙王先找到了七星岩和穿山岩，觉得都很好，就是离城市太近了，人多眼杂，过于喧闹。他打开龙目，逐一扫视桂林的岩洞，最后相中了光明山中的芦笛岩。这里离城市较远，这儿的乡民又淳朴，且芦笛岩洞口小、肚腹大，可以容纳很多的人。选定后，龙王就派虾兵蟹将前去芦笛岩洞里布置打扫。经过一段时间的打点，清理安排好了一处水晶宫般的宽阔场所。

　　一个月的日子一晃而过，龙王按约定到柳州接刘三姐，却见刘三姐身边多了一个小伙子，他就是刘三姐去年三月三在罗城歌圩对歌时候认识的阿牛哥，两人成了心心相印的恋人。龙王一并把他俩带到了芦笛岩里。只见芦笛岩里数十颗硕大的夜明珠高悬，把岩洞照得通明，那些形状各异的钟乳石晶晶闪亮。这时候的芦笛岩美不胜收，不是水晶宫却胜似水晶宫。刘三姐和阿牛哥从没见过这么美得令人炫目的洞府，惊叹万分。在饱览一番洞内美景后，刘三姐和阿牛哥就开始了山歌对唱，还热心地教水族们如何唱好山歌。刘三姐和阿牛哥在芦笛岩里住了九天九夜，然后又一边游览甲天下的桂林山水，一边在桂林城乡唱山歌、教山歌，足足待了三个月才依依不舍地离开桂林。在离开桂林前的一天夜里，龙王把一个小海螺交给了刘三姐，告诉她，只要在危难的时刻吹响它，就会遇难呈祥，化险为夷。

　　此后，刘三姐和阿牛哥应各处山歌手的邀请，在广西、广东教唱山歌，很是忙碌了一些日子。有一天，他们回到罗城县准备婚礼的事。村里的一个恶霸对刘三姐的美貌垂涎多时，见刘三姐与阿牛哥情投意合，不仅在一起唱山歌，还要结婚办酒，这个恶霸顿时醋意大发，气得咬牙切齿，准备来个强抢恶娶，定要把刘三姐弄到手。

　　八月十五的晚上，秋风微拂，明净的大月亮圆如银盘，静静地挂在树梢。刘三姐和阿牛哥坐在河边的一块岩石上，一边欣赏圆圆的大月亮，一边低声地对着柔情的山歌。忽然见来路上有不少人影晃动，叫嚷着扑来，原来是恶霸带着狗腿子抢人来了。刘三姐和阿牛哥眼见无路可跑，看看眼前波涛汹涌的河水，两人决心生死都要在一起，于是一同高声唱起了愤激的山歌，怒斥恶霸的凶狂和野蛮，祈盼雷公电母劈了那个恶霸。唱罢，刘三姐掏出了海螺，一边吹响，一边拉着阿牛哥的手，在明月下，义无反顾地一同跳进了滚滚的波涛里。

　　就在这时，奇迹出现了，只见河里迅疾跃出一条巨大的金红色鲤鱼，刚好让刘三姐和阿牛哥骑在了它的背上。鲤鱼驮着他俩先飞到那恶霸及打手们的头顶，用巨大的尾巴狠狠一拍，就把他们统统拍死了。然后，鲤鱼直飞云霄，到了南天门凌霄宝殿。原来，这就是那海螺的奇妙了，只要一吹响它，就有鲤鱼精前来搭救，这是龙王事先安排好了的。也是刘三姐与阿牛哥都有仙缘，他俩都就被玉帝赐封为歌仙，位列仙班，可以随时下凡传歌。在刘三姐与阿牛哥位列仙班后，桂林伏波潭里的龙王又一次邀请他们到桂林传唱山歌。不过，这一次不是在芦笛岩里，而是在七星岩里，同样用夜明珠把七星岩映照得如仙宫一般，让刘三姐与阿牛哥再次欣赏到了桂林岩洞钟乳石的奇妙与靓丽。就这样，刘三姐与阿牛哥兴致勃勃地在七星岩里对唱了三天三夜。听众还是那些水族们。至今，七星岩的第三洞天里还可见到"歌仙"刘三姐与阿牛哥的唱歌台呢。

孙大圣与独秀峰传奇

说到桂林第一峰的独秀峰，也应该讲讲关于它的传说。

据说，孙悟空保护唐僧西天取经有功，皈依佛门成正果，被如来佛封为斗战胜佛。至此，孙大圣不必四处奔忙了，除了有时听听佛法讲座，打坐念念阿弥陀佛，是清闲得很的。他是个猴性，又一个筋斗十万八千里，去哪儿都快捷方便，所以无事总爱东跑西溜的。当然，他最爱去的地方仍然是花果山，那里有众多的猴子猴孙嘛，小住几日，算是享受天伦之乐吧。此外就是到处游逛，一边饱览胜景，一边饱餐美食，真个是快乐无忧。

有一天，孙大圣漫游到了山水甲天下的桂林。他先在云头上瞅，哇，这个地方真不错！青山绿水，那些石山小巧玲珑，形态各异，好看！那些大小河道里的水清幽幽的，河里的水草、卵石、鱼虾如在盆景中，清晰可见，妙哉！孙大圣心想："我走南闯北，奔东遛西，看了那么多地方，算这里的山水最好最美，果真是山水甲天下了。"于是，孙大圣按下云头，一个筋斗蹦到漓江里，一会儿猴泳，一会儿潜泳，一会儿仰泳，在水里玩得不亦乐乎！玩了一会，他看见岸边的桃树林里挂满了成熟的大红鲜桃，于是上岸，挑了几个大嚼起来。孙大圣边吃边自语："嗯，挺好吃，就是比蟠桃园里的仙桃差了一点儿。"接着，他又就着清秀透亮的山泉水，美美地喝了一气。吃饱喝足的孙大圣，沿着漓江，时慢时快地溜达了起来，象山、穿山、塔山、净瓶山都让他看得如痴如醉，赞不绝口。当看到净瓶山时，他就有些纳闷了，心里道："这多么像观音菩萨的净瓶呀，可怎么会到这漓江中来？"他百思不解，决定有时间就去问问观音菩萨。接着，他又一路看下去，细细欣赏了绣山、磨盘山、九马画山。只见那平滑如纸的峭壁上，马儿时隐时现，一会儿是三匹，一会儿是六匹，一忽儿又现了九匹。看到变化不定的九马画山时，孙大圣又愣住了："这又怪了，莫不是我当年在天宫干弼马温那会儿，喝醉了酒时，偷跑出来的仙马么？可它们怎么又跑到山岩里面半躲半藏的呢？难道是怕俺老孙来找它们？"想到这里，孙大圣觉得好笑，于是对着九马画山大喊道："仙马们，出来玩玩吧，俺老孙早就不是什么弼马温了，俺现在是堂堂的斗战胜佛了，不管你们的事了。"从山壁里传出回声："不管你们的事了——不管你们的事了——"这时候，九马画山岩壁上显出了九匹马，它们都在向孙大圣叩首表示感谢哪。可是，它们就是不肯出来和大圣玩。孙大圣等了一会儿，不见仙马出来，就叹了一口气道："不出来也罢，俺老孙还要继续游览下去哩，再见了！"孙大圣接着欣赏了阳朔的兴坪风光、龙头山、碧莲峰、书童山、穿岩古榕、月亮山等奇山妙景，真的陶醉了。

第二天早上，孙大圣在桂林城里的一家旅店醒来，第一件事就想到，桂林山水这么美妙，果真是天上难寻人间无双，不能就他一个人享受了，不能忘了师父和师弟们。于是他准备去邀请唐僧等人前来同赏美丽的桂林山水。首先，他要准备些美食，这第一味就是西天取经路上吃到的特别难忘的人参果，再就是王母娘娘蟠桃园里的美味仙桃，其他的就在桂林就地取材吧，听说桂林特产三花酒、豆腐乳、腐竹、米粉、柚子、罗汉果、柿饼、马蹄、荔浦芋等都不错呢！孙大圣是个想到就要做的急性子，当下就在市中心的得月楼订下了一座酒席。然后他一个筋斗翻到了西牛贺洲万寿山，进了五庄观，找到了镇元大仙，讲明来意后，掏出一锭元宝，说要买四个人参果。镇元大仙有些不想卖。孙大圣便拿出如来佛赐的金佛牌，镇元大仙见了，只好接了元宝，叫仙童拿了金击子和丹盘，敲下四个人参果给了孙大圣。收好人参果后，孙大圣又一个筋斗翻到了蟠桃园，向王母娘娘买了十六个大红仙桃。然后一个筋斗回到了桂林，进到得月楼，将这两样珍贵食物交给老板保管，就去邀请唐僧他们了。

　　孙大圣首先来到西天灵山，找到师父唐僧。已升为旃檀功德佛的唐僧非常忙碌，既要听佛祖如来讲佛法，又要将取来的真经誊录，忙得一塌糊涂。见孙悟空说桂林山水如何如何美好，要邀他去游览，唐僧听了很是心动，可是想到眼下正忙的事情，叹一口气道："悟空呀，为师也曾听讲过，桂林山水美妙绝伦，确实是冠甲天下，早就有心要去看看了，怎奈目下事情太多，实在抽不出空，只好过些时日再去了。"孙大圣知道师父的脾性与事业心，不好多强求，只得告别师父，转去流沙河，寻找已升为金身罗汉的沙和尚，可是找了好久没找到。心有不甘的孙大圣，只好去找猪八戒。到了高老庄，找到了已封为净坛使者的猪八戒，恰好沙和尚也在这里做客，孙大圣高兴万分，心想："踏破铁鞋无觅处，得来全不费工夫。"于是，便把邀他们去桂林赏美景、吃美食的话儿说了。猪八戒听了，高兴得嗷嗷叫："哇，真是太好了，美景加美食，可是我老猪渴求的大好事啊！"

沙和尚也欢天喜地答应了。

　　于是，大圣一行三人踏祥云、驾祥风，不多时就到了桂林上空。"哇，桂林真美好，这儿的山水美得迷人啊！"猪八戒与沙和尚情不自禁、异口同声发出了由衷的赞叹。尤其是在象鼻山上空看了一段漓江山水美景后，猪八戒就急吼吼地叫道："别的暂缓，先把这漓江山水全程看完再说。"孙大圣说道："现在已是日落西山时分，肚子也饿了，我已预备了美食，吃饱了才有精力游览。"沙和尚也点头称是。就这么的，大圣三人按下云头，来到了得月楼酒店。酒店老板正站在店门口慌里慌张地东张西望哩，一见孙大圣，赶忙双手作揖，口中慌乱道："不好了，不好了，你放在店里的好东西被抢走了！"大圣诧异道："朗朗乾坤，太平盛世，那个敢来盗抢，岂不是无法无天了？"那老板见大圣不大相信，就详细地补充道："今天中午时分，来了三个面貌凶恶的人，一个是蚂蟥条子脸，一个是蛇脸，还有一个是蛤蟆脸，他们一进店就大叫大嚷：'老板，今天早上有位猴脸客人放在你店里的美食，快拿出来，我们要拿走，不在这儿吃了。'他们一边叫嚷，一边到处看，一瞅见你的那包东西，他们不由分说，拿了就走。等我紧跟着到门口一看，那三个人立刻就不见了，你讲怪不怪？"

　　孙大圣见老板这么一说，立马睁开火眼金睛，往四下里一扫，顿时心中有数了，晓得是这里的蚂蟥精、蛇精和蛤蟆精作怪。于是，他对老板说："没你的事了，我们去找那三个盗贼算账。"说罢，拉了八戒、沙僧就走。

　　那三个盗贼是谁，为什么这么消息灵通，又这么胆大包天，敢对孙大圣的美食下手？原来，那三个盗贼就是潜藏在桂林的三个精怪：蛇精、蛤蟆精和蚂蟥精。这三个精怪中，蛇精的鼻子最灵，是他最先嗅到人参果的异香味，于是急忙找到蛤蟆精和蚂蟥精这两个难兄难弟，说孙悟空将几个人参果带到了桂林的得月楼酒店存放，而他本人又跑远了。蛤蟆精和蚂蟥精听说吃了人参果可以长千年的道行，很是高兴，可是听说是孙大圣的美食，他们又有些担心，怕孙大圣的金箍棒打到头上来。蛇精撇撇嘴，给他俩鼓劲道："怕什么？有道是'强龙难压地头蛇'，况且我们也有千年的道行，功夫不浅，就大胆干吧！"这一下，可谓是贼胆包天了，连孙大圣的美食也敢下手了。却说三个精怪得手后，立马就想吃，可是见有四个人参果，谁都想多吃，一时争论不休。争了好一会儿，不得结果，就决定先把那包美食藏在一个叫西岩的岩洞里，等想好分法再吃。还没等他们想出分食的好办法，孙大圣三人已经找到蛇精的洞门上来了，三个正在蛇洞里争吵的精怪赶紧分散奔逃。按照孙大圣事先的安排，大圣追击蛇精，沙和尚跟定蚂蟥精，八戒则追赶蛤蟆精。

孙大圣追上驾黑风迅疾狂飙的蛇精，抢起金箍棒，一棒打中七寸，蛇精立马滚倒在地。大圣不等他爬起来，掏出金佛牌一晃，蛇精立刻气绝身亡。大圣喝一声："变！"蛇精就变成了一座山，这就是如今桂林北门外的蛇山（又名长蛇岭）。

沙和尚追击蚂蟥精，追着追着，来到了漓江边。蚂蟥精纵身跳进了深潭中，立马又浮出头来，不无得意地叫道："来呀，这儿潭深，礁石、暗洞又多，有本事就下河来玩玩捉迷藏啊！"沙和尚大笑道："哈哈哈，想我八百里流沙河，风大浪高，激流险滩和暗礁多如牛毛，我都如履平地，今看这漓江，如同沟渠罢了。你这小小精怪，竟敢鲁班门前亮斧头，关公面前耍大刀，也太狂妄了！"说罢，纵身而下，只几个回合，就挥动月牙禅杖，将蚂蟥精戳死。随即掏出如来所赐的降妖金佛牌，大喝一声："变！"蚂蟥精立即浮尸而起，露于水面，成了沙洲，这就是今日桂林市中心漓江河段的蚂蟥洲。

猪八戒紧紧追击蛤蟆精，一直追到了叠彩山明月峰脚下漓江边的木龙洞口。蛤蟆精被追得惊慌失措，头脑昏昏，东跳西躲。猪八戒也累得够呛，手挥九齿钉耙边追边砸，可就是砸不着乱跳的蛤蟆精。就在他们两个都累得气喘吁吁的时候，孙大圣剿灭蛇精后赶来了。蛤蟆精见前堵后追的都来了，知道逃不掉了，只好跪地磕头求饶。累狠了的猪八戒，不管三七二十一，举耙就砸。孙大圣赶忙用金箍棒挡住，急切叫道："师弟且慢，问问他那东西还在否，然后再行处置。"接着对蛤蟆精厉声问道："你老实说，偷我们的东西，现在哪儿？"蛤蟆精答道："大圣爷爷饶命，那东西我们还没有吃，都放在西岩洞里。"然后详细讲了西岩的方位。孙大圣对八戒说道："你在这儿看住蛤蟆精，我去看个究竟就来。"等孙大圣拿到了那包美食转来时，猪八戒与沙和尚都在漓江边等他，而那蛤蟆精已被八戒打死了。孙大圣说："也好，免得日后害人，但念其坦白有功，就让他化成石头，永远在这漓江边看美好风光吧！"于是，他将蛤蟆精点化为石，还拔下一根毫毛，变成镇妖塔，压在蛤蟆精石上，这就成了如今可见的木龙渡口山石上的蛤蟆石镇妖塔。

三害已除，美食完璧归赵，夜幕刚好降临，三人欢欢喜喜回到得月楼，大吃起来。最后，还剩下一颗人参果。孙大圣说："我三人来划拳，赢者得吃。"猪八戒一把将那人参果抢到手，笑哈哈道："我老猪被佛祖封为净坛使者，还说这'乃是个受用的品级'，许可我将祭坛上的所有美食一扫而净，你们还不服我么？"说罢，将那颗人参果丢进大嘴巴里，囫囵吞下。孙大圣、沙和尚只有陪着哈哈大笑的分了。

三人吃罢晚饭，一起去赏桂林城的夜景。逛了一会儿，孙大圣带他两进到那个位于市中心的西岩洞里，说道："今日灭了三个精怪，难保日后不会再出精怪，为防止精怪有朝一日来糟蹋这么美好的地方，我现在就召请六十甲子太岁保护神来此洞中值守，我还要将我的金箍棒留在此地，以保桂林山水永远甲天下，以保桂林百姓岁岁平安、世代幸福。"于是，他将金箍棒插于西岩近旁，叫声："长！"只见那金箍棒顿时长得又粗又高，如山般直指蓝天。然后他掏出金佛牌，在金箍棒上敲敲，再向南天门照定，高声叫道："斗战胜佛有请六十甲子太岁，请快快来桂林西岩洞里，有要紧事相商！"不久，殷元帅、郭嘉大将军等六十甲子太岁保护神陆续赶来。孙大圣将要求一讲，太岁们都点头应承。孙大圣还交代："第一，此事我会向玉帝禀报，你们放心；第二，万一有紧要事，你们只要用佛牌敲敲我竖在那儿的金箍棒，俺老孙即刻就到。"说罢，与两位师弟一起向六十甲子太岁保护神告辞，又继续游览桂林夜景去了。

后来，孙大圣留下的金箍棒就变成了今日桂林的"南天一柱"独秀峰，而那六十甲子太岁保护神也信守诺言，天长日久地守护在桂林，并让人将自己的相貌刻在了西岩的石壁上。因为有驻守在西岩里的太岁们镇妖除怪，给桂林百姓们带来了太平，所以，人们后来又把西岩叫作"太平岩"。

穿山与斗鸡山的故事

说到穿山与斗鸡山的故事，桂林人民讲得很有味道。

很久以前，在小东江岸边，住着一对鸡兄弟，他们结伴修道已经有很多年了，都修成了人形。两兄弟的关系很好，不但经常在一起切磋武艺，一起交流修道的感悟，而且连他们各自的门徒也都关系不错。鸡兄弟的友谊，附近的一个乌龟精既眼红，又很不爽。这乌龟精也是一个修道多年，得了人形的角色，但是他的为人很不地道，不仅要称王称霸，还经常干出一些侵犯老百姓的勾当，时不时地干些偷鸡摸狗的事来填饱自己的肚子。鸡兄弟有时也去乌龟精洞府劝他，说修道之人要心向善，不要作恶。乌龟精听了很不舒服，心里嘀咕着，论道法武功，自己和他俩差不多，如果他俩联手，就要强过自己。如果排挤走这鸡兄弟，或是离间他们的关系，才好让自己毫无顾忌地称王称霸，鱼肉百姓。于是，乌龟精就展开活动了，他先是和鸡兄弟交朋友，然后在弟弟面前说哥哥的坏话，又在哥哥的面前讲弟弟的不是，可是这种挑拨离间的手段收效不大。

一次，他知道了鸡哥哥让门徒给鸡弟弟送美食，就在半道上使出障眼法，在那美食里掺进了泻药。鸡弟弟吃了后，大泄了三天，一点儿力气也没有了。恰在这些天里，有一个从尧山下来的鼠精与鸡哥哥发生了争斗，两个武功和道法相当，斗得难分难解，一时分不出胜负。鸡哥哥就叫门徒去请鸡弟弟来帮忙，可是没有请来，说是拉肚子，没力气。鸡哥哥见请不来弟弟，因烦躁而有些分心，打斗中竟被鼠精抓伤了脸。为此，鸡哥哥非常恼火，恨弟弟借故不来帮忙。鸡弟弟也在心里嘀咕："吃了你送的食物，把我泻得要死要活，你不是想害死我么？"这样一来，鸡兄弟俩算是有隔阂了，再加上乌龟精的火上加油，于是兄弟俩反目了。

有一天小东江涨水，鸡弟弟的一个门徒被淹死在江里了。乌龟精说是他亲眼看见，是被鸡哥哥的门徒推下河的。这一下，鸡弟弟愤怒了，提着宝剑找哥哥讨要说法。鸡哥哥说是弟弟在诬陷，在找茬。于是兄弟俩由争吵发展到打斗，斗得性起，两人都现了原形，真是怒发冲冠，金钩对银爪，难分高低。由于他们不时地用巨大的翅膀相互拍打对方，扇起的风尘巨大，简直是铺天盖地，还夹杂着砂石，搞得附近的老百姓都不得安生了。

于是，这里的土地神告到了玉帝那儿，玉帝就派托塔李天王下凡捉拿鸡兄弟。可是鸡兄弟俩不服管，更不愿被捉拿，就东蹦西跑地跟李天王玩起了躲猫猫。李天王忙得心中烦躁，将宝塔高高抛起，罩住鸡兄弟俩。刚好鸡哥哥在小东江东岸，鸡弟弟在西岸，李天王念念有词，然后大喝一声"变"，顿时，鸡兄弟都变成了石山。李天王还不解恨，把个宝塔压在了鸡弟弟身上。就这样，鸡哥哥变成了穿山，鸡弟弟变成了塔山，两山隔着小东江相对而立，似乎还要斗下去的样子。镇住了鸡兄弟后，李天王了解到，鸡兄弟的这场争斗是乌龟精挑拨引起的。他还听说乌龟精时常干些偷鸡摸狗的坏事，民怨很大。李天王大怒，拿出照妖镜四下里一照，发现乌龟精正在漓江西岸边偷吃鸭子，便立即赶了过去，祭出法宝，罩住乌龟精，猛喝一声："变!"乌龟精立刻变成了石山，永远待在了漓江西岸。就这样，漓江东西两岸就多了三座石山：穿山、塔山、龟山（又叫雉山）。有人把这一景叫作斗鸡山，也有人把穿山、塔山组合叫作斗鸡山，或者单独把塔山叫作斗鸡山。

叠彩山下龙
与人的美好
姻缘

叠彩山下龙与人的美好姻缘

叠彩山人文、山水风光佳美，其民间故事也很美。

在很久以前，与叠彩山邻近的伏波山下的深潭里，有一座华丽的大龙宫。夏日的一天，龙王浮出水面，化作一老人，游览了美丽的桂林山水名胜。下午时候，龙王有些犯困，就回到伏波山清凉的岩洞里睡午觉。在嘴巴一张一合之间，龙王一不小心，将护身的龙珠吐了出来，掉在了地上。那龙珠随坡滚到了漓江边的试剑石下，停在了一个石凹坑里。不一会儿，来了一个8岁的小男孩，他是来下河洗澡的。洗罢澡后，他在试剑石下玩耍，看见了那颗龙珠，见珠子熠熠生辉，又圆润好看，就高兴地捡了起来，玩着回家了。

小男孩的母亲看见了珠子，觉得是件珍贵的东西，就问他怎么得来的。小男孩说是在试剑石下捡到的。小男孩的妈妈立刻告诉他，人家丢失了这么珍贵的东西，肯定很着急，应该马上拿回去还给失主，才是诚实的好孩子。小男孩很听妈妈的话，立刻跑到伏波山的岩洞里，正好见到一个白胡子老爷爷在转来转去，神色焦急地在寻找着什么。小男孩走上前问道："老爷爷，您在找什么东西呀？"老人看了看他，说道："一颗珠子，那是我的性命呀！"小男孩把珠子递给老爷爷："是这颗吗？"老人高兴极了，拍着小男孩的肩膀，感激地说："啊，太感谢你了！你真是个好孩子，我会重重酬谢你的！"小男孩摆摆手说道："谢谢老爷爷！我什么都不要。再见了，我要回家吃饭了。"说着，小男孩跑远了。

这天夜里，小男孩做了一个非常神奇的梦，梦里，他骑在一条龙的背上，从试剑石下入水，进入了一座非常华丽宽阔的龙宫。白天见的那位白胡子老爷爷笑呵呵地拉着他的手，一边参观美丽的龙宫，一边问他想要什么东西。小男孩看到龙宫里有很多奇珍异宝和金银钱财。可是，他记住了妈妈常讲的话，为人要诚实，要多做好事，不能随便要别人的东西。于是，他谢绝了老爷爷的好意与赠予。无意间，他看到了八仙桌上摆放着一条白玉作的小鱼，这小鱼不但洁白美丽，而且好像一直在看着他微笑。不知怎么回事，这白玉小鱼像吸铁石一样，把他紧紧地吸引住了。好一会儿，小男孩下了决心，看着老人，指了指那鱼，说道："老爷爷，我只想要那条白玉小鱼。"老人看了看那鱼，又看了看小男孩，犹豫了一会儿，然后点头道："好，可以送给你，可你要保护好她啊！"小男孩认真地点了点头，说道："老爷爷放心，我一定会保护好它的！"

第二天早上，小男孩醒来，想到昨晚上的美梦，觉得很有趣，于是一边回味，一边细看床四周，竟然真的发现有一条白玉小鱼放在床边的桌子上，而且那小鱼也正在看着他微笑呢！"太神奇了！"小男孩叫了起来。她妈妈听到叫声，跑进来问出了什么事。小男孩就把梦中的事讲了出来，还让妈妈看那白玉小鱼。妈妈见了，也觉得很神奇，同时也嘱咐孩子要保护好那小鱼。

有道是"花开两朵，话分两头"。却说那梦中的老爷爷，就是伏波山下深潭龙宫中的龙王，他非常喜欢那个还珠的诚实小男孩，于是就借梦邀请小男孩游览了龙宫，还将白玉小鱼送给了小男孩。可龙王为什么又有所犹豫呢？因为那小鱼是他的六岁小孙女的命符化身，他预感到了两个小孩大有姻缘，所以他才肯送，并且叮嘱小男孩要好好保护白玉小鱼。小男孩走后，龙王想到了一个长远的问题，就是如何帮助小男孩成就功名。

几天后，小男孩家附近搬来一位教书先生，办起了一家私塾教馆，不久就招收了十几个学童，小男孩就是其中的一个。俗话说："光阴似箭，日月如梭。"平安的日子过得飞快，仿佛只是眨眼间，十几年一晃就过去了。当年的小男孩已是20多岁的壮小伙子了，而且学习极好，每次考试都是第一名。这小男孩能获得这么好的学识，除了他自己勤奋学习，还有一个重要的原因，就是那位学富五车的教书先生的特殊施教与大力栽培。原来，那教书先生不是凡人，是龙王变化而来的，他就是要让小男孩学识丰富，出人头地。到了进京城赶考那年的一个初春的晚上，教书先生特地将那男孩带到试剑石前，让他先拜天地与山神，然后焚上三炷香。不久，天上乌云翻滚，第一声春雷隆隆响起，随即雨点落下。先生立让男孩点燃鞭炮，同时叫他跪下，用双手捧试剑石的接地处。先生则在一旁躬身拜天地与山神，同时说道："天地山神保佑，愿我的弟子今年春闱得中头名状元。"

这一年，男孩果然得中了状元。于是，由先生做主，男孩和先生的女儿（龙王孙女）结成夫妻。结婚办酒前的一个晚上，龙王驾祥云直赴南天门，向王母娘娘请求，讨要几匹上好的仙宫锦缎，做小孙女的嫁妆。王母娘娘答应了，并叫赤脚大仙第二天早上向彩霞童子要一坨彩云，好让龙王带回去，因为这一坨彩云一落地，就会变成好几匹最上等的锦缎。谁知这赤脚大仙喝了不少的酒，把"一坨"听成了"一箩"。于是，他在第二天拦住了挑着两箩彩云的童子，说王母娘娘叫他来要一箩彩云。彩云童子见他要这么多，不肯给，还说他是在哄人。赤脚大仙大怒，顿时来了脾气，一把夺过一箩彩云，朝着桂林城中一处空地就倒。这下不得了，另一箩彩云也被弄倒，两箩彩云呼啦啦而下，在那空地上层层叠叠累积，堆成了一座高大的锦缎山。这突然从天而降的锦缎，让桂林人惊呆了，一些醒悟快又有些贪心的人就赶忙跑去抢夺。这一下，赤脚大仙知道闯祸了，赶忙念动咒语，用手往那锦缎山一指，顿时所有的锦缎都变成了石头，谁也搬不动了。随后，赤脚大仙将事情原委讲给了龙王，又赶忙到王母娘娘那儿受责罚去了。

龙王见事情有了如此变故，只好赶回龙宫，叫宫女们加班加点赶织锦缎。这龙宫里织出的锦缎虽赶不上天宫织女们织的锦缎，但在人间也算是最好的锦缎了，作为孙女的嫁妆也还说得过去，龙王也很满意了。而那座天宫掉下万千锦缎累叠而成的石山，就被桂林人叫作叠彩山了。

过了若干年，那男孩摸了试剑石就考上状元的事在民间流传开了，于是试剑石又有了一个名字——状元石。从此，桂林的举子，乃至不少外地的举子，在赴考前都要赶来伏波山摸摸那大有名气又大有福气的状元石，以祈求高中。

木龙洞的传说

　　据老辈人讲，在木龙湖旁有一个大岩洞叫木龙洞，为何叫此名呢？原来这个洞的洞口朝东，每天沐浴着朝阳雨露，日子一久，在洞口长出一棵榕树。这榕树餐风饮露，日夜生长，若干年后，长成枝繁叶茂的大树。夏日的一天，有位住在岩洞对岸村子里的老人，渡江后，坐在洞口的漓江边歇脚。他东看西瞧，无意中盯着那棵大榕树看了好一阵子，竟让他看出了板路。什么板路？原来，这位老人越看这棵榕树，就越觉得其长得像一条张牙舞爪的绿龙。

　　过了几天，在涨了大水后一个晴天的午后，这位老人又有了新发现，他竟然看到榕树的枝叶上挂着一丛湿漉漉的枯黄色的草，很像是刚从水里捞出来的。老人看了后，心里嘀咕开了："真是大怪事了，这榕树长在这么高的山石上，离河水还有老远的路，怎么有这种随大水漂浮的枯草挂上去呢？要小心了！"于是，他回到村子后，告诫那些靠船吃饭的人，今后要小心行船，免得出危险。有的人认为他在讲笑话，没有放在心上。此后，在风平浪静的日子，平白无故地翻了几条船，有一个水性极好的撑船高手，竟然在翻船后不见了踪影。这一下，人们开始恐慌了。有几个人特地去仔细看了那棵龙形大榕树，发现翠绿的枝叶上，有些地方带有红色。于是，恐怖的消息一传十，十传百，说那棵大榕树是木龙精，要吃人了。这么一来，这个村子再也没人敢撑船下水，也没人敢下河洗澡了。只有那外地人还在行船，却不时发生翻船丢人的悲剧。

后来，这事被大慈大悲的观音菩萨知道了，她告诉了玉皇大帝。玉帝大怒，立即派雷神赶到桂林消灭妖孽。在倾盆大雨中，雷神在岩洞上方翻滚的黑云里发出一阵猛烈的惊雷和闪电，将龙形榕树劈死，只剩下了枯枝干叶。于是，木龙祸害消除了，漓江行船恢复安全了。

此后，人们就把这个岩洞叫作木龙洞了，把那旁边不远处的湖叫作木龙湖。

桂林尧山顶蚂蚁堆奇坟

据传，早些年在尧山顶有一座一人多高的很奇特的大土坟，是由众多蚂蚁仅用半天时间衔土堆积而成的。这坟里葬的是谁？蚂蚁们为何要为其辛勤忙碌？这的确是一个谜。相关故事，笔者少年时曾听父亲讲过，后又经多方收集，现特将有关的传说整理如下，供读者朋友了解其中奥秘。

蒙天师测算新屋基地

很久以前，桂林有一李姓富翁，只生得一个独龙仔。一天，李富翁准备扩建房屋，先请桂林城里有"鬼谷子再世"之称的算命先生蒙天师来谋划谋划，并敲定新屋大门的最佳朝向，以求世代财源滚滚、福寿全归、子孙满堂。

蒙天师在李家新屋基地观察良久，一会儿低头掐指，一会儿抬头四望远山近水，神神鬼鬼地舞弄了一个多时辰，这才向等候在一旁的李富翁说道："现在还不好下定论，待到晚上观观天象再说。"

晚上，酒足饭饱过后，恰好是一个繁星满天的无月之夜。蒙天师在东南西北四方各点燃一炷香，对着四面八方祭拜了一番，然后仰头观望了一会，忽见正南方向一星坠地，倏忽不见。顿时，脚下来一阵怪风，那南向的香火瞬间熄灭。蒙天师打了一个冷战，急忙重新点燃那炷香，又待了一刻，四炷香愈烧愈旺，蒙天师这才对李富翁开了口："李员外，你愿听真话呢，还是听假话？"李富翁对方才的事正感怪异，皱眉道："请天师据实指教。"蒙天师瞅瞅李富翁，迟疑道："实话说，恐怕有点儿不中听，员外不要发火才是。"李富翁道："但说无妨。"

蒙天师将将山羊胡子说："据老朽日察地气、夜观天象，此乃龙腾虎跃仙鹤居的宝地。但九九归一，穷富贵贱，总在天意。就此宝地来说，万般皆好，唯有一憾，对于人脉来说，要么是先绝后发，要么是先发后绝，二者必居其一。不知员外意下如何？"李富翁顿时脸显难色，似有不快，但又不好发作，沉思一会儿，问道："难道天师就无破解之法，去掉那个'绝'字？"

蒙天师摇摇头："没有破解之法，地脉、人脉如此，天意如此，不可违。"

李富翁道："那就换块地吧。"蒙天师摇摇头："如此宝地再难寻，况且我算了你家的祖脉，只能在此二选一了。"李富翁再次沉思了一会，叹口气道："若实在是天意难违，那就选那先绝后发吧。"

蒙天师道："好，员外不愧是高瞻远瞩之人。"接着，将新屋的开工日期、大门的朝向及其他事项一一告知李富翁。临走，一再强调，新屋的头门与二门之间，一定要相距一箭之地，以利后世子孙的发展。

尧山顶蚂蚁堆奇坟

新屋建好后三年，李富翁的独儿李公子满20岁了，娶了岭背一个貌美如花的王姓大家闺秀为妻，可谓门当户对。

婚后一个月不到，就是新春大年初三了，有道是"初一仔，初二郎，初三初四女拜娘"。按照习俗，到了初三，李公子就要携新婚的妻子到岭背去拜见丈人、丈母娘了。

这岭背在何处？就在桂林最大的山——尧山的东面。燕尔新婚的李公子夫妇就是要翻越尧山，才能拜见丈人、丈母娘。

大年初三这天一大早，李公子夫妇由用人赶着马车大轿，直奔尧山而去。当太阳爬上尧山顶的时候，他们一行已到尧山脚下。由于山道狭窄崎岖，李公子让两个用人挑着礼品先登山而去，将其余用人打发回家，然后两夫妇慢慢登上了山道的石板路。

快到山顶了，两人虽累得气喘吁吁，但是那一派早春风光很好看，青的树，翠的竹，美的花，还有歌喉婉转的鸟鸣。忽然，山风吹来一阵粗犷雄浑的歌声："妹是红艳一朵花，娇柔鲜嫩路人夸。哥有雄鹰铁钩爪，有心要把鲜花掐。"紧接着是娇柔女声："妹是鲜花万人爱，人人都想伸手掐。妹是鲜花带着刺，不是情哥不准掐。"又是粗犷男声："妹妹有情哥有意，好似蜜蜂要采蜜。绕着鲜花团团转，不得妹心不停息。"又是娇柔女声："蜂要采蜜就来采，哥要妹心就过来。若得情哥贴心爱，红被掀浪喜开怀。"

听着这动听撩人的山歌，李公子回首看着身后的新婚娇妻脸蛋红扑扑的，越发显得艳丽动人。此时已到山顶了，李公子见山的东西两面都不见他人上下，想到拜见丈人、丈母娘的两三天里，按风俗新夫妇在娘家是不能同房住的，此刻不免有些冲动起来，想与美娇妻在这山顶背人处风流一番。当李公子表明此意后，妻子王氏起初不答应，担心让人撞见。李公子就再三央求，最后王氏半推半就，与丈夫在草丛中尽情欢娱起来。

有道是"纵欲必有大忧"。这李公子本来身体就不大好，加上爬山太累，即刻放纵起来，色欲过度，竟趴在妻子身上起不来了。王氏大为惊恐，奋力推开丈夫，探探鼻息，已是毫无气息。王氏顿时大哭起来，望望四下无人，只得擦干眼泪，强忍悲痛，一步一回头地下山，奔娘家报丧去了。

等到娘家人扛着担架，跟着王氏爬到尧山顶寻找李公子时，已是快日挂西山顶了。令他们奇怪的是，好一番寻找后，李公子就是活不见人，死不见尸，只是在其处已堆起了一座高大且形状奇特的土坟，众多大大小小的蚂蚁正匆匆忙忙地四散开去。

王氏认定丈夫就在其内，叫娘家人挖开，好将丈夫抬回去安葬。有一个会看地的人急忙叫道："且慢，让我看看再说！"于是，他带了几个人远远近近地观察了好一阵子，沉思良久后说道："此坟万不可动。不知你们注意到了没有，此坟远看好似一条龙，近看似一巨大的蚁王，这是一块万蚁来朝的宝地，坟主的子孙将来不但大富大贵，而且人丁兴旺，延绵无穷。若是家人动了，就破了旺脉，大为不妙；若是外人动了，就会遭雷劈和天火烧，害其子孙。所以，这事还是与李员外好好商量了再说。"

当天晚上，李富翁知道儿子的死讯后，悲痛万分，痛定思痛，想到蒙天师的预见，决定就让儿子长眠在尧山顶上，不再去惊扰他。不久，李富翁夫妇因思念儿子过度，先后撒手人寰，只剩下王氏一人撑持着偌大一个家。

9个月后，王氏生下一个胖男孩。到了6岁，王氏请名师指教儿子。这男孩聪明异常，凡老师所教的，均即可领会；凡读过的书，均过目不忘。对四书五经，他背得滚瓜烂熟。吟诗作对写文章，他飞笔立就佳作，令人赞叹不已，视为神童。到了20岁那年，他进京科考一举夺魁，打马游街后，留在京城做官。

这个状元郎当了20年的京官后，急流勇退，返回桂林老家。他有5个儿子，均大有才干，有的外出做官、经商，有的在家乡谋事。多年后，李公子的子子孙孙繁衍数百人，把早年建好的数十间房屋住得满满的不算，还陆续在附近另建诸多新屋，年深日久，竟然成了一个热闹旺盛的李姓大村庄。真应了蒙天师那句"先绝后发"的预言。

花桥六龙头、奇花与斩龙剑

　　历史悠久的花桥位于七星景区的大门内，为东西走向，横跨在小东江与灵剑溪汇流处。现在花桥全长120多米，宽6米许，形如长亭，桥两侧花簇翠拥，景色绚美，远看恰似一条绚丽的彩带。据宋代《静江府城图》石刻的记载，此桥始建于宋代，因建于嘉熙年间，故名嘉熙桥，为石砌五孔，到元末明初时被洪水冲垮。明景泰七年（1456年），知府何永全雇工匠在原址重建，为石墩、木桥面，后又毁坏。嘉靖十九年（1540年），靖江王徐妃倡建，改为四孔石桥，并在桥的西段加筑六孔石拱旱桥，以便于排洪。花桥曾易名多次，在明代，以附近花木繁茂，才更名花桥。到了清代，因桥东端有小山突兀高耸，形如擎天巨柱，名天柱峰（现代又叫芙蓉石），遂改名为天柱桥。晚清时期，中国词坛盟主、临桂词派代表人物之一况周颐曾建屋寓居此小山下，他自刻"天柱峰下人家"小印一方，写诗为文时，就盖在词笺上。

　　到了近代，此桥又恢复了花桥之名。花桥道上两边为石栏杆，桥顶盖青色琉璃瓦，桥拱极薄，桥身秀美。那四孔水面桥孔与水中

◇花桥虹影

倒影相连，如同半浮水上、半沉水下的四个圆月，极是好看。对于花桥的美，历代有不少赞美的诗词。清代桂林女诗人朱镇写有《题花桥》一诗："石桥东郊外，近市转清幽。树影分樵路，山光压酒楼。几村临岸见，一水抱城流。花事今消歇，春波泛白鸥。"1965年，政府出资16万元，对花桥进行了加固与整饬重建。近年在西段旱桥东面树了一座"牧童骑牛吹笛"的铜质塑像，增添了情趣，让花桥显得更加俏丽了。

这里还值得一提的是，花桥东头的天柱峰为何后来又叫芙蓉石呢？原来，天柱峰是一座盆景似的小巧玲珑的小小石山，挨近花桥，山脚直插小东江和灵剑溪交汇处。远看，此山好似一朵含苞欲放的美芙蓉，因而后人叫它"芙蓉石"，并刻此名于石上。芙蓉石上最奇妙的景致，是一株苍翠欲滴的石山榕傲然挺立峰巅，遮盖了整座小石山，其粗壮繁多的根须紧扣山岩，从山顶一直延伸至山脚，成为桂林人骄傲的"一树遮山"奇景。后来，有那外行乱侍弄，致其枯死。惜哉！还好，不几年工夫，在其旁又长出两株石山榕并蓬勃生长，如今又已形成遮山之势，将芙蓉石全遮盖住了。妙哉！

芙蓉石西向面河的平整岩石上，在抗战后，为纪念在抗战中牺牲于桂林的三位将军而刻有三行字，其右为"桂林城防司令部参谋长陈公济桓"，中间一行是"陆军第一三一师师长阚公维雍"，左边一行系"陆军第三十一军参谋长吕公旃蒙"，下面是"殉职纪念"四个字。可惜的是，"文化大革命"时将其文字全部铲除了，不复见矣。

来桂林的中外游客在欣赏历史悠久而美丽的花桥时，若是伸头往桥栏杆外边仔细看，就会发现，在花桥水桥段两边石栏杆外，各有3个石雕的龙头，共6个。关于这六个石龙头的来历，在桂林民间是有不同版本故事的，现在就讲讲其中的一个。

这个故事说，在筹建花桥的时候，曾经有和尚为建桥化缘。一天上午，当这个和尚在马坪街化缘时，有个老人很客气地问道："大师父，这修桥的款子还欠多少？"和尚答道："尚欠两孔桥钱。"老人捋着银白色的长须，爽快地说道："那好，由我全包了。"

和尚不相信地瞪大了眼睛，脱口道："老施主莫讲笑话，能出多少就捐多少吧。"老人见他不信，便认真地说道："大师父如若不相信，可请两个壮汉，现在就跟我去挑钱。"随后，老人提出一个要求，他是代表六龙头村人来捐款的，在桥建好后，要在每边各安放好3个石龙头，以纪念六龙头村人做出的贡献。和尚听了，双手合十，口念"阿弥陀佛"，满口答应了。

却说和尚立刻请了两位壮汉，让他们各挑一对大箩筐，跟着老人去挑钱。紧赶慢赶地走了好一阵子，到了六龙头村口的老人家屋前，只见是一间青砖大瓦的高大房子，挺气派的。进得屋来，院子里的东面有一排3间大房间，分别用红、黄、白三把铮亮的大锁锁着。老人从口袋里掏出红、黄、白三把亮晶晶的大钥匙，对和尚说道："大师父，三把钥匙，任你选一把，开了那间房门后，里面的钱财任由他俩尽力气挑。"和尚再次双手合十，念了"阿弥陀佛"后，对老人鞠了3个躬，说道："老施主如此慷慨，让老衲不知如何感谢，我一定照老施主说的办。"说罢，从老人手中拿了一把红钥匙，随即打开了红锁，推开房门一看，和尚与那两个壮汉都惊呆了：哇，里面大大小小的铜钱堆积如山！老人面带慈祥地微笑，说道："红锁铜，白锁银，黄锁金，看来让他们两位挑两担铜钱回去，也就够两孔桥的款子了。"和尚这时惊讶地嘴都合不拢，只有双手合十，反复念着"阿弥陀佛"。那两个壮汉呢，惊讶之余，就赶紧往箩筐里装铜钱了。

经过工匠们的辛勤劳动，一年后，花桥建好了，在临水的石栏杆两边，各安放了3个精美雄壮的石雕龙头，好不威风。

那会儿，新桥正式开通，时兴请有名望的人来踩新建的桥。那天，和尚除了请上一些官员和乡贤大户，还特别派那两个壮汉去六龙头村邀请那位捐钱最多的老人。可是，他两人在那儿找了老半天，不但没找到那位老人，而且也找不见了村口那座挺气派的青砖大瓦房。两人觉得奇怪，向村上的老人打听，才晓得在许久以前，年轻的鲁班曾在这儿跟一位名叫六龙的老师傅学过手艺。这次神奇的捐款，恐怕就是鲁班仙师所为了。

和尚听了两位壮汉的回报，赶紧双手合十，遥拜南天，口中念念有词："仙师保佑，六龙祛邪，花桥永固，千古万年！"

据说，花桥修建好以后，鲁班仙师就将一朵晶莹剔透、价值连城的神奇宝石花，安放在花桥一个拱脚下的深水处。这花有什么神奇？如在洪水时期，若有那作怪的蛟龙或有其他的恶怪，要兴猛浪想冲倒花桥，它就会立刻放射出耀眼的金光，刺得蛟龙、恶怪睁不开眼睛，同时周身针扎一般的痛苦，只得赶紧息浪逃跑，花桥也就安然无恙了。据民间讲，这花桥的名字，就是因这宝石花而来。

有了这么厉害的宝石花，鲁班仙师还觉不够，他担心遇到妖法邪术特别高超的怪物，会盗走宝石花。于是，他又特别在宝石花的近旁，安放了一把非常厉害的斩龙剑，来了一个双保险。据说，有一个武功高强的盗贼，以为水下功夫了得，利令智昏，在一个月黑风高的雨夜，全身涂上保护膏药，又护住眼睛，便胆大妄为地潜到花桥水底，妄想盗取宝石花。就在他接近宝石花的瞬间，只听得一阵紧似一阵的闪电和炸雷，一把雪亮的宝剑带着摄魂夺魄的寒气，直逼盗贼。第二天早上，有人看见那盗贼身首异处，在花桥下的水面上漂浮了一会儿，便沉入水底，不见了踪影。

据民间说，花桥就是因为有了这神奇的宝石花，有了威名赫赫的神剑，几百年来才安然无恙地稳跨在小东江上。

七星景区栖霞寺大门（又称北大门、公园后门）门口，有一座历史悠久的古老石桥，叫葛老桥。这桥为单拱石桥，宽约5米，长约8米，南北走向，横跨在东西流向的灵剑溪上。现如今呈现在人们面前的，是两座并排的单拱石桥，两桥相距约5米。为何要增建一座呢？这不难理解，因为现在七星景区是世界知名的景区了，前来游览的人多了，来往的汽车也多了，一座桥不够用，因此增建一座。对于此桥名的勘定，并在此立石刻其名的，当然是文物部门。为何叫"葛老桥"？据推测，可能是因为在很久以前，此桥是当地的一位葛姓财主为首倡议并带头捐款修建而成，所以就叫作"葛老桥"了。其实在民间对此桥还有另外一个同音不同字的称呼，喊作"阁老桥"，因为此桥与一位在朝廷当阁老的本地人大有关系。据说这位阁老不但为政清廉，而且关爱乡梓，告老回桂林后，慷慨捐资修建了这座桥，因此叫作"阁老桥"。此说有一历史物证，据世居这儿的几位七八十岁的老人讲，20世纪五六十年代，此桥头曾立有一块古旧的石碑，其上刻写有重修该桥的捐款人姓名及他们的捐款数，那上面写的就是"阁老桥"。后来，因为修建七星公园，将这块古石碑移走了，至今不知其下落，实在遗憾。民间叫此桥为"阁老桥"还有一个重要的原因，是因为一副流传久远的佳妙对联，这对联是"六岁娃仔不老称阁老，三十叔父无才称秀才"。接下来，就讲讲民间口口相传的这副对联的来历及其相关人物的故事吧。

据知情的老人讲，在很久以前，阁老桥现今的位置上，横跨灵剑溪上的不是石拱桥，而是几根粗大的圆松木及木板搭成的无名简便桥。在这桥的东面，有一座很大的庙宇，叫东灵庙。东灵庙近旁一个村庄里住有一大户人家，家主是个富有而慷慨大方的人，他时常周济地方上的穷人，人称大善人。这位大善人见东灵庙那么宽敞却只住有两个和尚，每年除了年节和每月的初一、十五烧香拜菩萨的人多些，其余大多数时间都是空闲的。于是，他就倡议在这个庙里办学堂，教育孩子，得到了乡邻们的广泛赞同。之后，他就出资买来桌椅板凳，还动员自己那个很有学识的弟弟来当老师。学堂办起来以后，就有十五六个学童了。这些学童年龄参差不一，最大的有15岁了，最小的才6岁。这最小的学童就是大善人的小儿子，喊作"阁老"，名字挺响亮大气。别看阁老人最小，可却是最聪明的，读书都是过目不忘，背书最快、最流利，对对子也是手到擒来，出口成佳对，学习成绩当然也是呱呱叫的。再加上他像他老子，为人慷慨大方，有什么好吃的，常带来给同学们分享。如此一来，阁老无形中成了这群学童们的头儿，很有号召力的。

一天早上，老师还没有来，十几个学童便在庙里玩耍开了。只见阁老拿出不少的鲜荔枝来，这可是大家平日难得吃到又都非常喜欢吃的好东西。一时间，雀跃欢呼声四起，大家都抢着喊要。阁老大声说道："别急，大家都有份，但是有个条件，得先叩拜我，叫我大学士阁老好才行。"众学童调笑惯了，又都拥护阁老，于是待阁老在高椅子上坐稳，舒展好衣服后，众学童就围了上前，齐齐跪下，一边叩拜，一边高呼："大学士阁老好！大学士阁老好！"就在叩拜的时候，老师走来了，见此情形，大吃一惊，又很为之费解。于是叫众学童坐好后，老师单点阁老站起来，要他对对子。老师道："六岁娃仔不老称阁老。"阁老略加思索，很快接口道："三十叔父无才称秀才。"这一下，老师真是又惊又喜了，惊的是他小小年纪竟有如此敏捷的才思，喜的是自己的侄儿将来必定大有出息。当然，老师心中也有几分恼火："他竟然敢在众学童面前讲我无才！"可转念一想，侄儿毕竟还小，童言无忌，算了，不与他计较吧，只是日后得多加调教，要他戒骄戒躁，促其早成大器。放学后，老师将此事告诉了兄长，大善人也极为高兴，勉励他要对阁老多加用心教诲。

阁老15岁那年，由另一个叔父陪同，一路北上，拜名师求学，习文又练武。5年后，到了会稽（现绍兴一带），在更加有名的书院里，又足足学了5年，成了"学富五车，才高八斗"的饱学之士。学业有成、武艺在身的阁老有志干一番大事业，于是就注意广交杰出的人才做朋友。加上他为人谦逊不张扬，又慷慨大方，对穷困落魄的士人朋友大为关照，很得人缘。后来，他进京赶考，中了进士，做了几任地方官。阁老为政清廉，关爱百姓，政绩不错，很得皇上赏识，于是调进京城，官居大学士。如此，阁老就成了真正的阁老了。由于阁老既有才学，又办事办得好、效率高，为人公道勤谨又谦和认真，所以不但得到皇上的喜爱，当上了太子的老师，而且极受同僚和百姓的尊重。后来，阁老真正的老了，就向皇帝请辞，来了个落叶归根，回到了家乡桂林。当他看到家屋近旁灵剑溪上的桥仍是简陋的小木桥时，顿时连连责备自己，外出当官这多年，竟然忽略了家乡父老的困苦。于是，他立刻走访乡贤老人，征求他们对建桥的意见和看法。在收集了诸多建议后，阁老立刻出资，雇请来各种工匠，建了一座牢实宽敞的石拱桥，获得了家乡人的赞赏和感激。多年后，90岁高龄的阁老仙逝了。之后，家乡的父老乡亲一致决议，把这座石桥叫作"阁老桥"。

城东雷劈山传奇

在桂林东郊的桂大公路旁边有一座奇妙的石山，当地人叫它雷劈山。这座山朝南的一面好似被刀切过一般，光滑、陡峭、笔直。山脚下有一口塘，水里有许多大小不等的山石，相传这些山石就是雷劈山被劈下去的那一半。雷劈山为什么被雷劈成两半了呢？说来，那是很久很久以前的事了。

据当地的老人讲，雷劈山原来叫果山，离它约百米远，有个叫桐园的小村子。这村里的人以农为主，也有靠打猎、捕鱼为生的，日子过得还算平安、和顺。有一年，村子里每天都要不见几只鸡，日子久了，就不明不白地丢失了许多的大肥鸡。村子里没有好吃懒做又爱占便宜的小人呀，那么究竟谁是小偷呢？一天傍晚，有人看见几只壮硕的黄鼠狼进村偷鸡。于是，喜好打猎的人就持箭带狗上果山去捕捉黄鼠狼。可是说来也怪，这些人只闻到骚风阵阵，不仅没有捕到一只黄鼠狼，还丢了几只狗。打猎的人，有的跌断了腿，有的扭伤了腰，有的呕吐连连，十分难受。这样一来，谁也不敢上山去捕捉黄鼠狼了。

就在这一年六月初六的深夜，一个6岁的小男孩起床到屋后的厕所小便，只听得一阵腥臊气十足的风刮来，人就不见了。一家人哭哭啼啼地从天黑找到天亮，也找不到这个孩子。村上的人听到这个噩耗，都吃了一惊，不知道是出了猛兽还是来了什么鬼怪。到了第二年、第三年，又接二连三地发生这类骇人的怪事。惊异之中，有人探听到一个可怕的消息，说是果山上出了个妖怪，是千年得道的黄鼠狼精。这恶怪不但要时常吃鸡，而且每年的六月初六，都要吃一个6岁的童男或童女。这消息一传开，村里人都胆战心惊，慌了手脚，尤其是那些有6岁以下孩子的人家，更是如同热锅上的蚂蚁，日夜不得安生。眼看着又一个六月快到了，村里的一些人家不得不离开这个世居的地方，到远离果山的村子安家。

　　这一行扶老携幼的逃难人群在路上遇到了一位好汉。此人如何打扮？只见他长得浓眉大眼、虎背熊腰，走起路来精神抖擞、脚下生风。身上背的铁弓、宝剑更使他增添了几分英雄气概。却说这位好汉见众人如此行装，又个个面带愁容，心中不解，于是上前打听缘由。一个白发苍苍的老人告诉他，这儿的果山上出了个吃鸡吃人的鼠怪，弄得老百姓不得安生，所以不得不远走他乡。好汉有点儿不信，他想：这么个山清水秀的好地方，朗朗乾坤，哪来什么作祟的鼠怪？可当他听得众人都这么说时，又不得不相信。好汉略微思考了一下说道："各位父老，不用惊慌，我一定为你们除害，你们都转回家去吧。"众人见他模样虽然威武，可是想到那几位猎人的遭遇，又不敢相信他能敌得过那鼠怪。一位老太婆走到好汉面前，说道："孩子，算了吧，那鼠怪可不是好惹的，别连累你丢了性命。"

　　好汉见众人信不过自己，有心露一手功夫，于是随手取弓搭箭，抬头遥望天空，见一群大雁正高飞而来，他便对众人说道："看吧，我要射最后的那只雁，而且要正中颈部。"说话间，群雁已飞临头顶上空，只见好汉弓响箭离，那尾雁哀鸣着落地。一个小孩跑过去捡来给大家一看，果然正中颈部。接着，好汉走到一块大石头旁边，抽出宝剑朝正中劈下，石头立马成了两半，那样子恰似刀切豆腐一般。众人看了，惊叹不已，大为佩服。内中一个中年汉子上前拱手问道："英雄好生了得，但不知好汉高姓大名、家住何方？"好汉还礼道："本人姓雷名铁沙，家住天庭村，专好斗妖魔、除邪怪。"众人听了，都很欢喜，不再细问，都争着要带他回桐园村去。雷铁沙道："小可目下有要事在身，不能即刻同往，紧要时刻再会。"说罢，附着一位老者的耳边，如此这般地嘱咐了几句，然后辞别众人，大步流星而去。

转眼间，令桐园村人心悸的六月初六又到了。这天晚上，全村人都聚集在一个大祠堂里。不大一会儿，一阵香风飘来，众人看时，只见雷铁沙身着青衣青裤而来，背上的铁弓宝剑铿然有声，剑光罩屋。雷好汉叫众人围成一个圈儿，5个6岁的小孩由大人抱着坐在圈内，中间再点上一大把油桐火。一切分配完毕，雷铁沙轻点脚尖，一个纵步，腾身到了屋子的大梁上坐好。约莫三更时分，刮来一股腥臊而冰浸彻骨的怪风，众人顿时感到周身一阵透骨的寒冷。他们惊恐地看着那拴好的厚重大门，只听得"咿呀"一声，门自行打开了。在忽明忽暗的荧荧光亮中，众人见到从外面走进一个怪物。但见它有一人多高，形同黄鼠狼，拖着条硕大的尾巴，直立着昂然而进。这怪物的两眼射出绿莹莹的光柱，在人圈里晃来荡去。那几个惊醒了孩子被吓傻了，不敢哭，只是一个劲地在大人的怀里颤抖。鼠怪看准了目标，张牙舞爪地直向一个胖男孩扑去。说时迟，那时快，只听得"嗖嗖"两声脆响，两只利箭直向鼠怪射来，正中鼠怪双眼。鼠怪哀号几声，迅疾返身往外逃窜。雷铁沙哪里肯放，赶紧跳下地，追了出去。

却说鼠怪发觉后面有人追逼，顿时放出阵阵腥臭浓屁，想熏倒对手。雷铁沙根本不怕这臭气，照样紧追不舍。鼠怪逃至果山脚下，突然来了个急转身，口中吐出无数冰雹，朝雷铁沙劈头盖脸打来。雷铁沙急忙运起无形金钟罩，将自身罩住。然后口中念念有词，吐出众多铁沙，犹如万颗火球，打落冰雹，直逼鼠怪。鼠怪见抵挡不住，将身一扭，不见了身影。雷铁沙见鼠妖逃遁，四处寻找不见踪迹，忙拿出照妖镜四下里一照，发现鼠怪藏在山中心的巨石里。好个雷铁沙，立即招来四海乌云罩住山头，然后挥动斩妖剑，用力向果山正中劈去，顿时雷鸣电闪，只听得"轰隆隆"数声巨响，果山被劈开了，南半部散裂着随刀势倒进了大水塘里。与此同时，滚出一个又大又圆的石球，迅猛地逼向雷铁沙。雷铁沙知道这是鼠怪的最后一招，便冷笑道："哼，末日已到，还敢逞凶！"挥剑一劈，巨石顷刻成了两半，从中跳出鼠怪来。鼠怪知道再也难逃，只得跪下求饶。雷铁沙铁面无情，复一剑，结果了鼠怪的性命。

杀死了鼠怪，雷铁沙将手一挥，乌云散尽。这时，天已渐渐放亮，在不安中度过了一夜的全村男女老少，只晓得夜间果山上空乌云滚滚，电闪雷鸣，不知道结果究竟如何。正在众人心中忐忑之际，从空中传来雷铁沙那雷鸣般的声音："我是雷公的化身，已为你们劈山除害，今后可以过安稳日子了。"听了这声音，众人赶忙跪下，遥望天空而拜。拜罢雷公，众人赶到果山一看，真个不错，那山被劈去了半边，一只特大的黄鼠狼被劈作两半躺在山脚下。众人见了，喜不胜喜，再次拜谢雷公的除害大恩。

从那以后，果山就改名为雷劈山了。

　　蛇山，又名长蛇岭，横跨灵川、潭下、定江三个乡镇，长达十多千米，山势绵延，扼湘桂铁路、桂黄公路咽喉，为桂林北郊右翼屏障。因地势险要，自古以来蛇山就是兵家必争之地。长蛇岭主峰海拔480多米，名曰摩天岭。这里，有一段"长城"，呈封闭式圈建，多用山上的石块就地垒成，高约5米，宽约1米，依山势走向筑建，将主峰西侧几个低矮、平坦的数平方千米的小山坡围在其中。"长城"设有东、西两个主要出入口，"长城"内有一股山泉，自东向西，一年四季长流不断，能灌溉民良寨等村屯的数百亩良田。至今，仍可看到灌木、杂草中的"长城"那时隐时现的各种掩体工事和纵横交错的战壕。据传太平天国的洪秀全及抗战时的中国军队都曾在这山上安营扎寨，但不知这是否就是他们垒的战壕。有关他们英勇抗敌的壮烈故事也不少，最难忘的是1945年光复桂林的大会战中，抗日军民在桂北地区与日寇展开殊死搏斗的壮烈之事。当年，在长蛇岭战役中，国民革命军第九十四军一二一师三六三团，在中共灵川特支、抗日自卫队等地方抗日武装的支持配合下，运用越点攻击战术，主动深入敌后，占领并坚守长蛇岭阵地。三六三团在友军的配合下全歼被包围的日军，守住了通往桂林的咽喉要道。在此战役中，三六三团付出了重大的牺牲，全团伤亡过半，其中一营官兵几乎全部战死，至战斗结束时全营只剩7个人。他们壮怀激烈，慷慨牺牲，以少胜多，痛击日寇，取得最后的胜利，他们为国献身精神令人敬仰、赞叹，我们后辈应该永远牢记！

桂林民间在评价桂林的众多山时，老辈人有这么一句话："高不过侯山，大不过尧山，长不过蛇山。"其实，就桂林的石山来讲，最高的当然就是城西海拔600米的侯山了。但是与位于城东的土石混杂的尧山比起来，尧山最高的主峰海拔为909.3米，比侯山高了许多。说到蛇山，探究其名的来历，除了它的外形特征，还有一段故事呢。

那是很久以前，桂林城北有一个叫夏老东的人，他家世代以捉蛇为生，传到他时，抓蛇的本事更高强。他根本不必到山郊野外去，只需在家里念几句咒语，所要的蛇就会自动爬来，如同唤鸡狗一般。他的蛇药也很厉害，不少被蛇咬伤的人，经他医治，都是药到毒消。有一次，他在家里把玩一条毒蛇，不小心被咬着了手，他不慌不忙，好像无事一般，还陪着客人喝了二两酒。客人见他的手渐渐地肿大起来了，很是着急，劝他赶快想办法。夏老东这才慢慢地从衣袋中拿出一粒药丸，放在口中嚼着，然后合着酒一同喷到伤口上，再用另一只手上下又挤又压，那肿大的手便消了下去。他的一个徒弟拿张纸放在伤口的上方约一寸处，还能见到从伤口挤出来的毒气吹动纸片呢。

夏老东捕蛇的绝技传到县官耳朵里，县官不相信，传令要夏老东表演唤蛇的绝技给他看，否则要按造谣惑众治罪。一贯不喜欢巴结权贵的夏老东，这次也无可奈何，只得按县官的指令办。一个风

桂林山水名胜与传说

和日丽的中午，夏老东在自家门前的草坪上表演唤蛇的本事。消息传出，赶来看热闹的男女老少真不少，硬是把草坪围得水泄不通。那个胖县官坐在一个事先搭好的高台上观看，旁边还围着几个拿刀持棍的壮硕的差役。唤蛇表演开始了，只见夏老东口中念念有词，不出半袋烟工夫，果然见一条条大小不等的眼镜蛇、金环蛇、银环蛇、五步蛇、菜花蛇……各种各色有毒的、无毒的蛇，都摇头摆尾地来了。这些蛇，有的从空中飞身而下，有的从地下钻出来，还有的硬是从人缝中挤进来。这一下，惊叫声、赞叹声、拍掌声四起，整个草坪上的人们都轰动起来了。有一条大蛇从空中降下来时，那水桶般粗大的尾巴碰到了县官的脸，把高高在上的县老爷吓得四脚朝天往下掉，好在下面的差役手忙脚乱地接住，那肥县官才没有跌伤筋骨。大伙儿见了，禁不住手舞足蹈地大笑了起来。肥县官又怕又气，怀疑是夏老东故意作弄他，出他的丑，本想发作，可是找不到证据，一时没借口，又怕夏老东再暗使手段，让毒蛇咬自己。如此，只得懊恼地暗吞一口气，装着无事一般地重新坐好。

夏老东见所请的蛇都来齐了，正要进行耍蛇表演，却见一条小花蛇不请自到。这小花蛇进入场中，先向夏老东点了三下头，然后爬到一条最大的蛇的旁边。那条尾大如桶的大蛇见了，慌忙让位，把最好的位置让给了这条小花蛇。夏老东看到这一切，心中顿时一惊，心里道："对头来了。"此刻，夏老东虽然有点儿担心，但不表露出来，脸面上仍然是波澜不惊，从容得很，按预先安排，继续有条不紊地进行耍蛇表演。他耍蛇如同玩蚯蚓一般：随手将蛇拈来，时而让蛇缠住全身，时而将蛇盘在头顶，时而与蛇亲嘴，时而把手伸到大蛇的嘴里……观看的人惊呆了，有的张大了嘴巴，有的瞪圆了眼睛，有的擦着额头上的冷汗，有的吓得脸色发白、脚打战……约莫一个时辰后，表演完毕，众人这才如从睡梦中清醒过来，长长地舒了口气，发出雷鸣般的叫好声。夏老东抱拳叩谢四方，口中连连说道："感谢各位父老捧场！感谢众人夸奖！"然后，口中念念有词，放走了所有唤来的蛇，唯有那条小花蛇赖着不走。夏老东的一个徒弟要将这条蛇打死，被夏老东叫住了。他走过去对小花蛇说："我俩并无冤仇与过节，两善为好，老兄要走，我当礼送；若要留下，请进笼安歇。"那蛇也不搭理，自个儿爬进了夏老东身边的笼子里。在家中吃过晚饭后，夏老东对徒弟道："别小看那条小花蛇，它是这一带的蛇王，你是打不死它的。就说我吧，能否留个尸身在人间就看今晚下半夜的事了。"那徒弟以为师父喝多了酒讲胡话，根本不相信。夏老东也不多加解释，只嘱咐道："今天你到村东去住，到了下半夜，如果你没听到雷声，天明后就在棺材里装进我平时穿的几件衣服去葬了，算是对师父的一点儿孝心；如果有隆隆雷声，那就是我命不该绝。"说罢，将酒瓶里剩下的半瓶白酒咕咚咕咚地一气喝了个底儿朝天。

　　果不出夏老东所料，到了下半夜，那蛇从笼子里爬了出来。只见它目光如炬，头一抬，背一拱，尾一摆，顿时现了蟒蛇的原形。它接着滚动身体，身体越滚越大。不一会儿，只听得"轰隆"一声巨响，夏老东的房子被蛇撞倒了。好在夏老东早有准备，此刻正在屋外的草坪上凝神运气候着呢。此时再看那蛇，简直是大得吓人：蛇头高昂像座山，身体长得看不见尾。夏老东艺高人胆大，在那巨蟒张开岩洞般血盆大嘴扑来的一瞬间，只见他沉着冷静，立如磐石，口中念念有词，举起右手，以五雷击泰山之势，迅猛地向巨蟒劈去。顿时，电光闪闪，雷声阵阵，狂风四起，飞沙走石，大树为之颤抖。那巨蟒的鳞片立刻竖起，顷刻间弹出无数钢铁般坚硬的鳞片，片片

　　　　　　　　　　　　　　桂林山水名胜与传说

飞向夏老东。夏老东纹丝不动，只是将左手掌也扬起，与右手掌并排，再次念动真言。这一下，雷电光更强烈，道道劈向巨蟒。那猛烈的狂风卷起又多又大的砂石，将飞来的蛇鳞尽数击退，与砂石一起重重地打在了巨蟒的身上。巨蟒立刻全身发抖，鲜血四射，痛得在地上乱滚起来。滚啊滚啊，一片树林被巨蟒压倒，土丘成了平地，平地成了水塘。

天亮了，夏老东的徒弟怀着忐忑不安的心情来看师父，见师父杀死了一条巨蟒，惊得连舌头都吐出来了。不一会儿，县官也带着一帮人闻讯赶到，当他看到全身沾满蛇血的夏老东和那条如山一般高大且一眼望不到尾的巨蟒时，才不得不佩服夏老东的手段高强。看了一会，县官的馋劲上来了，赶紧叫人去割点儿蛇肉下来。可是，当派去的人拿刀上前砍蛇身时，刀都砍缺了，也没砍下一点儿，那巨大的蛇身上只不过有几道痕迹而已。原来，这巨蟒死后不久，就变成土石夹杂的大山。

从此，桂林北面就多了这么一座又长又大的山，人们叫它蛇山。

骑马山传奇

在桂林东面的朝阳乡乌山岭村与风动工具厂交界处，有一座小石山，很像是一位戴着头盔、身披大氅、鼓着圆圆的大眼睛注视着前方，手抖缰绳，奔向战场的英姿威武的将军骑在雄骏的战马上。那战马呢？昂首挺胸，鬃毛抖擞，马尾翘起，似正在撒蹄狂奔。若是晴日，还可见其后的乡间大道上满是滚滚沙尘，活灵活现一副大将军跨骏马疾驰战场图。这山就叫骑马山。讲到这骑马山的来历，还有一段流传久远的令人热血沸腾的保家卫国的战斗故事呢。

据说在很久以前，桂林出了一个能文能武的杰出人物乌将军，他多年在外做官，还镇守过边关，由于政绩不错，又多有战功，因此受到皇帝的青睐与重用，被调到京城做统管禁军。有一年，南方有一小国，自恃兵强马壮，就想劫夺北国的大好河山。他们的将领率领着10万大军入侵，一路杀人放火、夺关斩将，直至占领了重镇桂林，真是好不嚣张、好不可恨！

乌将军得知这一消息后，大为气愤，立即向皇帝上书请战，誓死保家卫国。皇帝知晓乌将军的才干，就派乌将军为总管大将军，

◇将军与战马——骑马山

统领10万大军，急赴南方边关，抗击入侵者。

却说这乌将军有两个左膀右臂似的得力战将，一个是胖乎乎的和尚将军，一个是瘦精精的螺丝将军，都是有勇有谋、能征善战的猛将，且又是从家乡桂林带出去的亲兵将领。在到达桂林后，乌将军亲领2万大军为中军，率先奔袭侵略军。和尚将军与螺丝将军各率4万大军，从左右两路悄悄包抄敌军后路。

在进攻前，乌将军做好了两件事。一是派人分别侦察了桂林四个城门内外的敌情和路况，发现东门城内外守备力量较弱，决定选东门为突破口。同时，派了50名精壮士兵，乔装成当地百姓混入了桂林城，作为内应。为了做到不扰民、不惊动敌人，乌将军还向部下官兵告诫道："骑兵一律不得从村庄里经过。"骑兵总是由乌将军亲自率领，绕村而行，遇桥过桥，遇河涉水。所以，附近一带的老人，在讲到骑马山的传说时，总会讲到这么一句话："人从庄上走，马往桥上过。"还夸奖道，"乌将军爱民啊！"

黎明前，大雾漫天，伸手不见五指，乌将军率领2万大军迅疾前行，一路上是马不嘶鸣、兵将不语，如猛虎衔枚出山。可是，不幸的事情发生了，在经过乌山岭村旁时，身先士卒的乌将军及身边的众多兵将都莫名其妙地掉进了一个巨大的水坑里。事先侦察时，这一路线上并没有什么大水坑或池塘，而且敌人也未发觉什么，不可能在半夜里一下挖成这么大的陷阱啊。

这究竟是怎么回事？原来，真是人算不如天算啊！就在这天半夜里，乌山岭村旁发生了地陷，突然现出了一个方圆数十丈的巨大水坑。对这突发事件完全不知情乌将军就这么陷进了大水坑里，一时难以爬出来。而就在这时，被地陷的低沉轰隆声惊动了的敌军巡查小分队刚好来到，发现了乌将军的部队，他们立即返回大营调兵。于是敌人的先头骑兵部队迅速赶到，立刻向陷坑中的乌将军他们疯狂射箭。乌将军身边的将士们中箭倒下了。乌将军中箭最多，可是他没有倒下，依然稳坐在战马上，挥剑向前，仿佛正在指挥战斗。

很快，乌将军的后续部队从大水坑的两边冲上来了，与敌军赶来的大部队展开了激烈的战斗。正当乌将军的部队处于人少势弱的不利状况时，和尚将军与螺丝将军率领的8万包抄大军赶到了。在经过一番惨烈的厮杀后，敌军溃败了，逃走了。和尚将军与螺丝将军这才得以接近依然稳坐战马上的乌将军他们赶到乌将军身边一看，顿时大吃一惊。为何？原来乌将军与他的战马都已经仙化为石了。和尚将军和螺丝将军与乌将军情同手足，见到如此情形，大为悲痛。

他俩将部队交由其他将领带领后，就守卫在乌将军身旁，不吃不喝，不久也都仙化为石了。

于是，在乌山岭村旁就多了这么三座呈"品"字形排列的石山。在前面的是骑马山，就是乌将军和他的战马。其后一座叫罗汉山，是和尚将军变成的，有着胖乎乎、圆溜溜的和尚头，宽阔而肉嘟嘟的肩膀，高高凸起的大肚子，那眼睛仿佛正注视着前方的骑马山。还有一座是螺丝山，那螺纹一路向上，直盘旋到山顶，这山就是螺丝将军变成的。

金鸡岭上金鸡鸣

很久以前，桂林东郊的一座土岭上，住着一老一少。老的年近八十，是个体弱多病且又双目失明的老太婆；少的年方十六，是老太婆的孙子，名叫银娃。这老少二人住山靠山，那满山满岭的柴草和枯树枝就是他们的生活来源。一天，银娃卖了柴火归来，走到岭腰，突然眼前一亮，他看到路边草丛中有两个金光闪闪的大鸡蛋，捡起来仔细一看，却是两个五光十色的石蛋。

回到家里，银娃兴奋地喊道："奶奶，你老人家来摸样好东西！"银娃奶奶听了，拄着拐杖，摸索着边走边问："娃儿，什么好东西呀？""一对美丽光滑的石蛋！"银娃说着把石蛋递给了奶奶。银娃奶奶接在手中摸过来摸过去，摸着摸着，她感觉到一股暖气缓缓地从心间升起，慢慢地上升到双目中，那干枯多年的眼睛满满的润滑了，不一会儿，她那失明多年的眼睛突然亮爽了。银娃奶奶惊喜万分，禁不住流出眼泪，滴到了这宝贝石蛋上。此刻，她体内那股暖气又由上而下，缓缓地灌注到她的手脚里。银娃奶奶感觉自己年轻了，手脚有力了，人的精神也爽快多了。于是，她欣喜地放开拐杖，利索地走了起来。银娃奶奶边走边说道："娃儿呀，这石蛋真是神奇的好东西呢，它不但让我的眼睛亮了，而且我一身的毛病也都没了。"银娃见了，欢喜得跳了起来。

不出三天工夫，银娃捡了一对能除病消灾的宝蛋的消息在岭上岭下传开了，附近村子里有病的穷人都来找他。银娃跟穷人心连心，每次总是满足他们的要求，让他们摸摸宝蛋，治好疾病。后来，这事情让当地的大财主"狠心鬼"知道了，他家的人虽然个个都吃得肥头胖耳，也没啥病痛，但是他想，如果把宝蛋弄到手，那四村八乡的人就会来求他治病，就得送钱送礼上门，这就等于栽了一棵摇钱树呀！"狠心鬼"越想越美，恨不得把那神奇的宝蛋立马搞到手。于是，便叫一个狗腿子挑了一担米到银娃家，要换取那对宝蛋。没过多久，那个狗腿子回来报告道："老爷，银娃那小子不仅不领情，还骂了你呢。""狠心鬼"听了骂道："好个野小子，敬酒不吃吃罚酒！"骂罢，"狠心鬼"眉头一皱，顿生一条毒计。只见他把个肥脑壳一拍，叫道："来人呀！"一帮狗腿子应声来到。"狠心鬼"附着奴才们的耳朵，如此这般地吩咐了一番。

一天傍晚，银娃刚吃罢饭，忽然听到一阵敲门声。银娃赶忙把门打开，看到一个头包蓝色烂布、身穿黄色烂衣服的胖老头，拄着根拐棍靠在门边喘气。银娃忙问："怎么了，老伯？"那老头有气无力地哀求道："年轻人，行行好吧，我病得快要死了，求你救救我的命吧。"银娃二话没说，赶紧把这可怜的老头扶进了屋里。银娃奶奶见来人似曾相识，便问道："大哥，你是哪里人呀？"胖老头含糊其辞地回答："我那天打雷劈的不孝儿子，见我有病，就把我赶了出来。"银娃奶奶注视着老头子，正在思索时，银娃已经把宝蛋拿了出来，并交到了胖老头的手上。那个胖老头接过金光四射的宝蛋，顿时得意忘形地大笑了起来："哈哈哈，真是百闻不如一见呀！这对宝蛋美啊！今日才是宝归有钱人啦。"说着，一把抓下头上的烂布包，露出了一个圆圆的肥脑袋。银娃奶奶醒悟过来，气得浑身发抖，指着狡猾的财主骂道："'狠心鬼'，还我家的宝蛋！"银娃见上了财主的当，一个箭步冲到"狠心鬼"的面前，要夺回宝蛋。可是，哪里夺得回！"狠心鬼"一声呼叫，埋伏在屋子旁边的狗腿子们一拥而进，七手八脚地将银娃老小两人打翻在地，然后护着"狠心鬼"扬长而去。

　　第二天早上，正当"狠心鬼"满心欢喜地欣赏着抢来的宝蛋时，却见他的父亲"老狐狸"一脸痛苦，一瘸一拐地走了过来。"狠心鬼"赶忙迎上去问道："爸，你的脚怎么拐了？""老狐狸"叹气道："唉，真倒霉，我刚才跌伤了脚，这会儿正痛得狠呢！""狠心鬼"急忙安慰道："不要紧，我这儿有对包医百病的宝蛋，只要你摸上一会儿，就会万事大吉了。""老狐狸"惊喜道："莫不就是银娃的那对宝蛋么？""狠心鬼"点头道："正是，现在归我们了。""老狐狸"迫不及待地要过"狠心鬼"手中的宝蛋，急忙抚摸了起来。可是，说来也怪，不摸还好，这一摸，"老狐狸"的脚却痛得更厉害了，简直是钻心割肺地痛。只见他痛得倒地乱滚乱踢了起来，口里还一个劲地大叫："痛，痛呀，痛死我了！"见此情景，"狠心鬼"吓了一大跳，站在旁边手足无措，一时竟不知怎么办才好。那"老狐狸"乱滚乱叫了一阵子，而后是大口喘粗气、手脚抽筋，最后不动也不哼了。狠心鬼以为老头子滚累了，睡着了，便叫狗腿子往床上抬，可是抬起的却是一个硬邦邦的死人。"狠心鬼"吃了一惊，上前用手一摸，"老狐狸"没一丝气了。这下子，"狠心鬼"气得发疯了，一把夺过死人手中还紧紧抓着的石蛋，狠命地朝地上摔去。只听"啪啪"两声，石蛋裂开了，从里面跳出一对金鸡来，刚好一公一母，它们那浑身的羽毛光耀人眼，美丽极了。"狠心鬼"看得眼花缭乱，扑下身去要抓金鸡。可这对金鸡伶俐得很，东跳西蹦，"狠心鬼"总是抓不着，直累得他满脸流汗、气喘吁吁。"狠心鬼"抓不到金鸡，恼羞成怒，回头见狗腿子们呆若木桩般的站在原处不动，便开口骂道："你们这些蠢货，还不赶快给我逮住它们！"狗腿子们这才如梦初醒，赶紧一齐围上去抓金鸡。此时，那对金鸡已冲出财主家的大院，朝着银娃住的岭上跑去。一路上，它们不慌不忙地蹦蹦跳跳，越跑越欢，越跑越快，总叫"狠心鬼"他们捉不住。有时追得近了，那只母金鸡就翘起屁股"噗噗"两声，屙出两粒黄灿灿的金豆子。"狠心鬼"和狗腿子们见财眼红，一个个如同饿狗抢屎般扑上去就抢。就这样，跑跑停停的，"狠心鬼"及狗腿子们的衣袋里都装了不少的金豆子。约莫一顿饭的光景，金鸡双双跑进了银娃的家里。尾追而来的狗腿子刚要跟着冲进屋去，却不料那大门突然迅速关上，那门板重重地打在了狗腿子们的额头上，直打得他们眼冒金星，头起蛋大的青包，一个个跌倒在大门之外，痛得喊爷叫娘。

却说屋内，银娃正跪在奶奶床前，对着即将断气的老人哭泣。忽然看到一对金鸡进屋，银娃是又惊又喜。听到门外的撞门和叫骂声，他顿时又气又恼，于是顺手拿起一把砍柴刀，向门口冲去。就在这时，忽然听到雄金鸡叫道："银娃哥，先不理他们，赶快救奶奶要紧。"银娃先是一愣，转身看时，只见母金鸡屙出两粒金豆，同时叫道："奶奶吃金豆，奶奶吃金豆。"银娃赶忙捡起金豆，舀来水让奶奶服下。奶奶服下金豆后，伤痛全消，立刻精神抖擞地坐了起来。正在此时，只听得"哗啦"一声，大门被撞开了。"狠心鬼"两手叉腰，得意地冷笑道："哼哼，看你们还能逃出我的手心！"说罢，指挥狗腿子们冲进屋里抓金鸡。那一对金鸡见他们来势汹汹，便同时翘起了屁股。"狠心鬼"与狗腿子们以为又要得到金豆子了，高兴得手舞足蹈，一个个睁大眼睛，张着贪婪的大嘴，凑近着紧紧盯住鸡屁股。转瞬间，急速射来一排排又臭又腥的、热辣辣的鸡屎，喷得"狠心鬼"和狗腿子们一头一脸一嘴都是鸡屎。

"狠心鬼"见上当了，气得眼睛发绿，"哇哇"怪叫着，和狗腿子们一起恶狼般地扑向了金鸡。金鸡早有准备，它们"喔喔喔"地连叫三声，一振金翅，冲向恶人们。只见金鸡用尖利的嘴啄，用有力的爪子抓，展开翅膀狠狠扑打。"狠心鬼"和狗腿子们被那对猎犬般大小的金鸡扑打得晕头转向，满脸血痕，全无还手之力，只有招架的分儿。银娃赶紧安顿好奶奶，挥舞着长长的打狗棍上前助阵。"狠心鬼"和狗腿子们抵挡不住，连滚带爬地退了出去，如丧家犬般抱头鼠窜，急慌慌地逃下岭去。

"狠心鬼"和狗腿子们逃到岭脚底，见银娃和金鸡没有追来，才心有余悸地停住了脚。此刻，一败涂地的"狠心鬼"想到口袋里的金豆子，又得意起来。他急忙伸手进口袋里掏摸金豆子，谁知不但没有摸着金豆子，反而让什么东西咬住了手指头，直痛得他喊爹叫娘。当他狠命地抽出手来看时，顿时吓得魂飞魄散，竟见到5条小毒蛇咬住了他的5根手指头，原来是那些金豆子都变成毒蛇了。不一会儿，在从岭上传来一阵阵嘹亮的"喔喔喔"的欢叫声中，这伙坏蛋全都被毒蛇咬死了。

从此，这岭上天天响着令那些为富不仁的财主心悸、让善良的穷人们欣喜的金鸡的洪亮鸣啼声。于是，这里的人们就把这岭叫作金鸡岭了。

羊角山的来历

　　传说在孙悟空大闹天宫的时候，由于玉帝正全力以赴地围剿孙悟空，对仙界的管理略微放松了一些。这时，久生凡念的羊仙——一头特大的山羊，瞅准时机，悄悄地离开了南天门。

　　到了凡间，羊仙心情舒畅，心想，还是人间好，还是自由自在的好。它一边吃着鲜美肥嫩的青草，一边扬蹄东张西望地蹦跳着。就这样，羊仙日复一日、月复一月地在人间游玩着，闲逛着，几乎走遍了人间的山川大地。一天，羊仙来到一个地方，这里有众多的石山，座座小巧玲珑，形态各异。石山中岩洞多而幽深，河里清水悠悠，倒映着秀美的石山。这里到处风景如画，空气清新；到处草茂花香，到处莺歌燕舞。它很快就陶醉了，觉得这儿真是个天上难寻、地上无双的美好乐园。于是，羊仙再也不东游西逛地四处乱跑了，决定在这山清水秀的地方定居下来。

　　日子一天天过去了，玉皇大帝在众仙家的大力协助下，好不容易把爱惹是生非的孙悟空暂时稳定了下来。高兴之下，他举办了一个邀请全体仙界人物参加的大宴会。那些牛仙、马仙、猪仙、狗仙、鸡仙、猫仙……都来了，唯独不见羊仙。玉帝向众仙家问道："谁知道羊仙的去处？"内中闪出太白金星，他上前奏道："臣下知道，羊仙已下到了凡间。"玉帝大怒道："这还了得，找回来定要严加惩罚！"当即传下令牌，叫太白金星到凡间寻找羊仙，务必三天内拿归天庭。

太白金星领了圣旨，急急忙忙出了南天门。他站在浮云上向神州大地仔细观望了两天两夜，终于在江南一个风景如画的地方看到了羊仙。太白金星心想，难怪羊仙忘了归天庭，原来是跑到那山水甲天下的桂林去了。正要按下云头前去捉拿羊仙，但是转念一想，这羊仙个性刚强，脾气暴烈，不可硬来，只可智取。想罢，他把那个地方仔仔细细观看了一番，发现离羊仙不远的地方有一块沼泽地。太白金星计上心来，把令牌凌空由羊仙的面前往沼泽地方向一划。只见划过的地方，出现一条狭长的草带。那些草长得特别鲜嫩，又特别清香扑鼻。边吃边玩的羊仙见到如此鲜美、清香、可口的青草，高兴万分，便顺着这条狭长的草带一路吃了过去。不知不觉间，羊仙走进了沼泽地。

太白金星见羊仙已上了圈套，忙选了一块干硬的草地，降了下去。此时，羊仙的四只脚已经深深地陷入了烂泥中。羊仙大吃一惊，知道误进了沼泽地，拔脚要退，可是哪里还能退得出？它抬头四望，看到太白金星正望着自己发笑，心里明白了八九分。羊仙不由得怒火中烧，气冲冲地问道："太白金星，我与你无冤无仇，为何今天你要如此坑害于我？"太白金星并不分辩，只是拿出令牌来，高声叫道："你违犯天条，私下凡尘，已构成大罪，我特奉玉皇大帝之命，前来捉拿你。"说罢，将令牌在空中划了一圈，那令牌变成了一条长长的黄带子，直往羊仙面前伸去。羊仙望着眼前的黄带子，心中很明白，如果用嘴咬住它，便可得救。但是，一出沼泽地，便会被它缚住颈子，由太白金星牵上天庭，受到严厉的处罚，从而失去自由。想到这里，它那冒火的眼睛盯住太白金星，愤怒地大叫道："我宁愿这样死在人间，也不愿上天庭受活罪！"说着，把头倔强地扭向一边，既不望太白金星，又不去咬住那黄带子。太白金星见此情形，晓得羊仙不会降服，冷笑道："哼哼，好一个宁死不屈的羊仙！只可惜，要不了多久，你就会葬身泥潭，既看不到仙界的云霞，又看不到人间的美好风光啦！"羊仙知道求情无用，只是把头转过来，怒视着太白金星，任身子慢慢地往下沉。

这时候，太白金星记起玉帝给的期限，无可奈何地叹了一口气，驾着黑云，孤身往天庭奔去。

此后，经过了不知多少个春秋，也不知经过了多少风吹雨打，羊仙的肉体已经化为泥土，只是它那对巨大的羊角仍然留在地面上，并且化作了石山。这就是现今位于桂林东面的羊角山。

秤钩乌石山

在20世纪50年代末，桂林东郊和平村村民在村子北面的几个土岭间一块叫铜盆井的洼地挖了一个小水库，名为乌石山水库。这里只有几座小土岭，根本没有什么石山，那水库为何如此取名呢？据该村的老前辈讲，很久以前，这儿的确有一座叫乌石山的石山。那么，这石山后来为什么不见了呢？这就得从头说起了。

记不清是什么朝代了，清秀挺拔的乌石山耸立在这儿的土岭中，山上树木繁茂。离乌石山不远的地方，住着一个叫秦二的壮实后生，家中还有个眼瞎、体弱多病的老妈妈。人说近河靠打鱼，近山靠砍柴。秦二无田无地，又没有本钱去经商，每天就靠上乌石山打柴卖柴度日。

后来，遇到一个干旱年头，田里的禾苗干得蔫了，岭上的草被晒得干枯了，附近村子的农民愁得要死，一个个烧香焚雨帽，求天拜地，祷告菩萨，盼着龙王爷早些降下救命的雨水。可是，一天又一天过去了，天空仍然高挂着火热炙人的大太阳。云呢？不见一点儿影子。到处都干得冒烟，连人畜吃水都越来越困难了。对这令人愁苦的大旱情形，秦二看在眼里，急在心上。他一边和大伙一样，向老天爷求雨，一边漫山遍野地跑，希望能找到解燃眉之急的泉水。可是，他奔走多日，还是一无所获。

一天中午，愁眉不展的秦二正在乌石山下捆扎刚砍下的柴火，突然见到一位鹤发童颜、慈眉善目的白胡子老翁迎面走来，他微笑着对秦二说道："后生仔呀，你蛮勤快哩！""唉，这又有什么用！你看，庄稼都快干死了，乡亲们差不多要去讨米要饭了。"秦二叹了口气，无比忧愁地答道。老翁道："听说这乌石山下有口源源不断的泉水，假若能把这山搬开，乡亲们用水就不会发愁了。可这样一来，你就没地方砍柴了。"秦二心直口快地说道："只要乡亲们有了水，我个人就是饿死也心甘。"接着，他看了看老人，不相信地摇了摇头，"老伯伯，莫讲笑话了，这么一座大石山，谁有本领搬走？除非神仙下凡差不多。"老人笑眯眯地看着秦二，从身后拿出一个特大的秤钩，说道："这山顶上有个洞，只要你爬上去把这钩子勾牢实，我自有办法。"

秦二心想，不妨试一试吧。于是，他接过那二三十斤重的大铁钩，一转身便往山上爬。爬了好一阵子，终于在山顶处找到了一个石洞，他忙将大铁钩勾了上去，刚好合适。停了片刻，再用手去摇摇，秤钩居然纹丝不动，就好像生了根似的，秦二这才放心地返身下山。

当晚半夜时分，突然雷电交加，狂风大作，大小树木被风吹打得噼啪乱响。第二天清晨，秦二想起昨天白胡子老人的奇特言行，联想到夜里的怪异天气，觉得这里面定有什么名堂。于是，他急急忙忙往乌石山赶去。一到那里，秦二大吃一惊："啊呀，乌石山不见了！"只见那凹陷处有一个大铜盆，盆里有个鲜红的大桃子。秦二走近前去，就听到下面有"轰隆轰隆"的声音。他奋力搬起大铜盆，地上立刻就现出个铜盆般大小的泉眼，汩汩地往外翻滚清澈的泉水。这时，秦二方才明白，原来白胡子老人是神仙。他高兴极了，拿着铜盆与桃子，赶紧三脚并作两步，飞快转身回家，放下铜盆，将桃子给了老妈妈。然后拿了一把大锄头，叫起村坊上的人，告诉他们有泉眼这一特大的好消息。于是，众人也扛锄提铲，跟着秦二，风忙急火地往泉眼处飞奔。到了那里，大家欢天喜地，齐心合力的挖沟挑泥，花上一天工夫，就把奔涌不息的泉水引到了干裂的田里。

田里有水了，禾苗得救了，乡亲们眉开眼笑了，都夸秦二是个好后生。当秦二回到家时，看到老妈妈眼睛明亮了，身体健康了，正笑眯眯地看着那铜盆里出现的满满的一盆铜钱。原来，那桃子是仙桃，老妈妈吃了，就把病治好了，眼也亮了。万分高兴的秦二猜想，可能这是那个神仙对自己的奖励。于是，他用这一盆铜钱买了几亩地，建了一间大瓦房，辛勤劳作，过上丰衣足食的好日子。

从此，当地人就把那处泉眼取名为铜盆井了。乌石山呢？据说是被钩到对河的柘木、二塘一带去了。

丫头山与龙陷塘

在风景如画的桂林城北面，有一个名叫龙陷塘的村子。从这个村子往南约2.5千米，有一座小石山，远远地望去，好像是一个少女站在那里。相传这座小石山是一个名叫丫头的小姑娘的化身，所以当地人就叫它丫头山。说起这龙陷塘与丫头山，还有一段催人泪下的凄惨故事呢。

在很久以前，龙陷塘村并不是现在这个名字，而是叫陈家村。那时，陈家村有一个叫陈八旗的大财主，他有钱有势，坏主意特别多，害了不少的穷人，所以村上人背地里都叫他陈扒皮。有一年，由于粮食歉收，有个叫季同福的人向陈扒皮借了一担米。第二年，本利一翻，一担米变成十担米。本来一贫如洗的季同福，这下可傻了眼，还不起这阎王债，怎么办？一天，陈扒皮的狗腿子皮笑肉不笑地走来对季同福说："老弟，不用愁，我家陈老爷发善心，说只要你去干三年活，你女儿去看三年牛，就算是以工抵债。这可是为你着想啊！"季同福听了闷声不响，那10岁的女儿丫头对他说道："爸爸，我们不去！"可是，不去能行吗？说不定明天就大祸临头，这是有先例的啊。季同福想到这里，摸摸女儿的头，掉下了眼泪。他叹一口气，无可奈何地答应了那狗腿子。

就这样，季同福和女儿到了陈家。从此，父女俩和陈家的长工一样，天天起早摸黑替陈扒皮干活，干啊干啊，干的是牛马活，吃的是猪狗食，父亲累弯了腰，女儿瘦得皮包骨。到了第三年夏天，眼看着再过半年就可以回家了，季同福父女俩在艰难困苦中渴望着这一天。而陈扒皮呢，这会儿更是变着花样儿来折磨他俩。12岁的丫头原来每天只看5头牛，现在要加割一担青草回来；中午原先还能带些残汤剩饭去吃，现在只给两个连狗都不吃的又咸又苦的糠饼充饥。这东西是最干口的，为了解渴，丫头天天用爸爸做的土水壶——一个挖空了的老葫芦装水带着走。

当陈扒皮知道这事后，便恶狠狠地对季同福父女呵斥道："穷贼头，竟敢把我家的葫芦和水偷到外面去，今后如果还是这样，再加三年！"说罢，凶狠地从丫头手中抢过那老水壶，用力地往地上摔去，成了两瓣。从这天起，可怜的丫头再也不能随时随地地喝水了。有时口干难受，找不到干净水，她只能喝几口牛碾澡碾过的泥浆水。因此，她恨透了那个凶狠歹毒的财主陈扒皮。一个炎夏的中午，烈日当空，天干物燥，连牛都躲在树荫下不肯出去吃草了，只有几只知了在树叶下拼命地叫喊："热呀、热呀，热死人啦！"这个时候，汗流浃背的丫头，因为饿得要命，用力地嚼着干硬的糠饼子，吃后更加觉得口干难受。可是，近处又找不到水，想到两里外有一口极清凉的泉眼水，她便拼命跑去。一路上，丫头身上的汗水在流淌，燥热难当，心里干得好像要冒火。跑啊跑啊，好不容易跑到了那个泉眼边，丫头慌忙用双手捧起泉水就赶紧往嘴里送。一口，两口，三口，四口……真是又甘甜又清凉哟，她觉得这是天下最好喝的东西了。于是，她索性把头埋下去，用嘴直接伸进水里猛喝起来。喝着喝着，丫头感到心中一阵剧痛，顿时天旋地转，两眼一黑，她的整个身子扑了下去，她要在这清凉的泉水坑里永远地喝下去。

太阳落山了，季同福见女儿还没回来，便要去找。可是，管事的狗腿子把鞭子一扬，厉声说道："谁让你去找！快干活！"季同福几次恳求都不行。陈扒皮这会见丫头还没有回来，也很着急，担心那些牛出了事，便打发狗腿子骑马出去找。过了好一会儿，那狗腿子回来把丫头倒在泉水中的事说了。陈扒皮听了，赶忙问："我那五头牛呢？"狗腿子说："我已经叫季同福赶去了。"

却说季同福急急忙忙地赶到女儿每天放牛的地方，找到了牛，也找到了女儿。当他看到女儿死在泉水坑里时，顿时心如刀绞。看那泉水不过两尺来深，知道女儿定是因干热，喝急了泉水，炸肝而死。季同福伤心欲绝，把女儿抱起来，眼泪不断地落了下来。这时，陈扒皮的两个狗腿子来了，他们连声催促道："快，快走，先把牛赶回去再说。"季同福如同没听见似的，仍然一动不动地待在泉水边。那两个狗腿子见季同福不动，用手中的鞭子没头没脑地朝他打去，直打得他满脸血痕。季同福火冒三丈，把女儿的尸体一放，愤怒地直向狗腿子扑去，欲要拼个你死我活。怎奈这两个狗腿子身强力壮，又受过专门训练，把季同福打得死去活来，然后绑在牛背上驮了回去。

陈扒皮听了狗腿子的报告，冷笑了两声，对从昏死中刚刚苏醒过来的季同福吼道："哼，想死啦？你女儿贪喝，死得活该，她没有做够三年，我还要你补呢！"季同福听了这没人性的话，气得又一次昏死过去。陈扒皮冷酷地对狗腿子吩咐道："该送他回老家了。"正说着，长工们扛锄提铲地从地里收工回来，见到如此惨状，十几双愤怒的眼睛盯着陈扒皮。陈扒皮心里不由得暗暗一惊，知道此刻是众怒难犯，弄不好那些锄头铲子会打到自己的头上来，于是贼眼一转，训斥那两个狗腿子："你俩怎么搞的？看人跌成这样子啦，还不快去请人来医治！"说罢，还亲自给昏迷中的季同福解了绳子。接着，他转过脸去，挤出一丝假笑，对长工们说："看，天要黑了，你们快去伙房吃饭、休息吧。"长工们压住心头怒火，转身走开了。陈扒皮还故意大声地叹了口气道："唉，真是天有不测之风云，人有旦夕之祸福啊，真可怜！"说罢，他马上叫狗腿子把季同福抬到一个房间里。

夜深了，陈扒皮带着四个狗腿子来到季同福躺着的房间里，用破布一把堵住季同福的口，还把手脚捆个结结实实，然后往大草袋里一塞，由两个狗腿子抬了出去。到了一处乱坟堆，两人找到预先看好的土坑，把大草袋往里一丢就填泥土。刚铲了两铲泥，忽听得一声老虎的吼叫声，这下可把两个狗腿子吓毛了，两人心惊肉跳的，连忙飞似的逃了回去。那陈扒皮正在等着呢，见他俩回来了，忙问："没惊动那伙穷鬼吧？"两个狗腿子抢着回答道："他们谁也不知道。我们刚放下那死鬼，就来了一只老虎，把他叼走了。"陈扒皮不放心地追问道："是真的吗？假如扯谎，小心我扒了你们的皮！"狗腿子连连点头道："是、是、是，大爷，我们不敢扯谎。不信的话，明天我们去找他的衣服和骨头回来，给大爷您过目。"陈扒皮这才放心地点了点头。

方才可真来了老虎？没有，那虎叫声是一个打过猎的老长工学叫的。原来，陈扒皮那番假惺惺的鬼话，长工们谁也不相信。大伙儿商量后，决定分成两伙，一些人去找丫头的尸身，一些人去暗中监视陈扒皮他们的行动。这些跟踪而来的长工见吓跑了狗腿子，赶忙把季同福救了起来。可是一摸，季同福手脚冰冷，气也没了。此情此景，激起了长工们的万丈怒火，一个个咬牙切齿，摩拳擦掌，要为季同福报仇。正在这时，突然电闪雷鸣，大雨哗啦啦地瓢泼而下。随即，从陈家村那边传来惊天动地的一声巨响，还见到一道耀眼的白光冲天而起，直上云霄。让大家奇怪的是，他们谁也没有被淋湿一丁点儿。就在他们惊疑不定的时候，去找丫头的那伙长工赶来了，他们周身上下也是干干爽爽的。那个学老虎叫的老长工问道："你们找到了丫头吗?"一人答道："找到了，可是她站在泉边谁也拉不动，仔细一看，才晓得已经变成石头了。我们站在那儿待了一下，却见泉水中飞出一条白龙，直朝我们村上奔去。"大家越发奇怪了，七嘴八舌地议论了一阵后，决定一起去找陈扒皮这吃人不吐骨头的恶狼算账。

他们回到村子里，发现陈家大院不见了，原来的地方变成了一个深深的大水塘。长工们明白了，陈扒皮和狗腿子们都完蛋了。天渐渐地亮了，昨晚的事很快传遍了全村，男女老少都赶到这个突然出现的水塘边，大伙儿议论纷纷，对于陈扒皮的死，无不拍手称快;对于季同福父女的不幸遭遇，都万分同情。这时候，不知是谁说道："走，我们到那泉水边看看去。"于是，人们呼啦啦地一起向丫头倒下的地方走去，相距还很远，就看见丫头正朝大家笑呢，只是人变得很高大了。走近再细看时，原来丫头已变成一座小石山了。此刻，她正迎着大家，向陈家村眺望。为此，大家就把这小石山叫作丫头山，后来又叫它丫髻山，那陈家村就改名为龙陷塘村了。

城北教子岩的故事

　　教子山位于桂林偏北面的地方，东侧是有名的宝积山、鹦鹉山，东南角是鼎鼎大名的老人山。沿桂林中山北路至观音阁左拐200米即到，是养在名城深闺里的尚未开发的娇俏石山。教子山有两个山峰，分别是南峰与北峰，高度30~40米，两峰均如巨笋擎天凸起，直刺蓝天。从另一角度远视，又像一具两头翘的巨大马鞍，亿万年来静置在那，仿佛在殷殷期待着独具慧眼的天神巨人来提用。教子山山体上下植被茂密，林木繁多，岩石粗犷嶙峋，好像是林野间顶天立地的勇武的巨人汉子傲视苍穹。其山脚周长约800米，现在有不少市民居住在此。

　　在教子山下部，有一个蛮大的岩洞，据传旧时是一位先生教子弟读书的场所。此先生学富五车，阅历多多，且教学有方，他的学生有不少人成了有学问、有教养的乡贤、举人。听说，就连连中三元的清雍正年间东阁大学士兼工部尚书的陈宏谋的玄孙辈陈继昌，也在这里求过学。这位教学先生真可谓是久负盛名哪！因此，不但附近一带人家的都把子弟交给他教育，而且离此很远的人家，也有送孩子来读书求学的。一时间，此山就成了名声远播的教子山，那岩洞就成了名副其实的教子岩了。

后来，这位先生因言获罪。有一天，先生正在讲学，突然来了一阵怪风，把讲台上的书翻了起来。见此情景，先生联想到诗人徐骏因诗句"清风不识字，何必乱翻书""明月有情还顾我，清风无意不留人"而被雍正皇帝认为是存心诽谤，依大不敬律斩立决的事。先生对此进行了一番旁征博引的讲评，言语间颇有为徐骏鸣不平之意。这事被学生传了出去，让那心怀叵测的不良小人听到了，急忙去官府告发。于是，官府下令追查。那位教书先生就倒霉了，被押入大牢了。学生也就如云飘散，教子洞就此空寂，不再有读书声了。不久，有那胆小怕事的人搬来砖石，运来灰浆，将此岩洞严严实实地封堵了起来。从此之后，教子山就空有其名了，教子岩也荒废了。

据当地一耄耋老人讲，教子山还有另外一个名字——叫子山，山下的岩洞叫叫子洞。为何又有此名呢？原来，旧时穷人多，时常吃不上饭的叫花子也多。叫花子住什么地方呢？要知道，桂林城里、郊区及四乡的石山多，岩洞也多，那些岩洞不但能遮风避雨，而且冬暖夏凉，又无人管辖，于是就成了叫花子们的理想居所。为何别处的岩洞不叫此名，单单此岩被喊成叫子洞呢？据老人讲，那时在叫子山下住有两兄弟，那哥哥心地善良，又懂用草药治病，见住在洞里的叫花子可怜，就时常接济他们，对生病的，还免费给予治疗。就这么的，一传十，十传百，不少叫花子慕名前来。于是，住在那岩洞里的叫花子就越来越多了，那山那洞就有了叫子山、叫子洞的名字。有一天不幸的事发生了，那位哥哥冒雨上山采药，一不小心踩滑了，跌下山沟死了。这真是"好花不常开，好人不常在"啊！

好心的哥哥走了，坏心眼的弟弟就搞怪了。他听一个算命的讲，叫花子人穷带霉运，会惹穷附近的人家。为了赶走叫花子们，这个弟弟就叫人运石搬浆，把那岩洞给封死了。如此一来，叫花子们就再也不来这里了。可是，那弟弟没高兴多久，自己也成了讨米要饭的叫花子。为何？原来，这个做弟弟的不但心眼坏，而且吃喝嫖赌偷样样都干，蛮叫村邻们恼恨的。几年折腾下来，他搞完了家产，搞穷了自己，成了妻离子散、无家可归的穷光蛋。因为他先前坏事干多了，穷时无人接济，时常是讨告无门，忍饥挨饿。最后，在一个寒冷的冬夜，这个狠心的弟弟因冻饿而死在一个破庙里。

好心的哥哥走了，叫花子不来了；坏心眼的弟弟死了，故事却留下来了，叫子山、叫子洞的名字也流传下来了。

老虎山与屏风山顶金鸡的传说

　　在彭家岭的南面有一座石山，名叫屏风山。为什么叫屏风山呢？原来，这座石山像一面特别巨大、特别厚实的屏风，挡住了北面吹来的寒风，成为山南一带居民的御寒屏障，故此得名。屏风山平缓的山顶上有一块独立的巨石，从山的南面远眺，巨石很像是一只昂首啼鸣的雄壮的大公鸡。但是，若是爬上山顶，不管从哪个方位看，也不管怎么观察，都看不见这只大公鸡。这是为什么呢？这其中就有一个故事了，而且这个故事还与屏风山西北面一座石山大有关系呢。原来，在屏风山西北一两千米处有一座山，山南的人叫它猫儿山，山北的人叫它老虎山。相传，这座貌似乖巧的猫儿，实则是威猛老虎的石山，就是屏风山顶金鸡的守护神。

　　这个故事还得从很久以前说起。据说那时在屏风山下的一个村子里，住着一个又懒又贪的家伙，人称赖皮。有一天，赖皮听说屏风山顶有一只肥实的大公鸡，每天晴朗的清晨，总是"喔喔喔"地叫着唱着，催人们早早起床去耕作，以便过丰收的好日子。还有人悄悄传说，那大公鸡每天一开叫，在那初升的太阳照耀下，周身金光闪闪，完全就是一只金鸡，是个无价之宝呢！赖皮知道这事后，心想，假若得到了这只金鸡，不是要发大财了么？不是就一世吃喝玩乐都不愁了么？于是，他就动起了贪婪的歪脑筋，想将这只金鸡据为己有。

这一天是个大晴天，赖皮特地起了个大早，吃饱喝足后，果真听到金鸡在山顶上发出了洪亮的啼叫声。赖皮兴奋起来，拿起一把大铁锤和一个大麻袋就往屏风山上爬。爬啊爬啊，一路上跌了几跤，又被划坏了衣服裤子，他憋着一股贪心，还是一股劲地往上爬，一直爬到太阳升到东边尧山顶上一人高时，终于爬到山顶了。这时，金鸡早已不叫了，赖皮在清亮的晨光中睁大眼睛努力搜寻，眼前除了山石就是荆棘矮树，根本就没有什么金鸡。起了这么一个大早，费了这么大的精力，衣裤也划破了，又跌了个鼻青脸肿，真是划不来。赖皮一屁股坐在岩石上，一个劲地唉声叹气。他怀疑别人骗了他，根本没有什么金鸡，也许是山上的野鸡在叫吧？

当赖皮回到山下，找到说山上有金鸡的人，讲他是在骗人，自己上到了屏风山顶，那里根本没有什么金鸡。那个人听他说完后，知道他是被贪婪蒙了心，笑他是个笨猪，然后半真半假地撩拨他，说他去的不是时候，应该在金鸡开叫第一声时就守候在那里，才可以看得见金鸡的真面目。赖皮给虽然半信半疑，但是贪心作怪，决定再试试看。

这天傍晚，赖皮背起棉被，提锤拿袋上了屏风山顶，选好一块大岩石下，睡了下来。到了下半夜，突然间风起云涌，大雨哗啦啦而下，把赖皮淋了个透湿。赖皮好不狼狈，水鸡仔似地连滚带爬下了山。村民们知道这事后，都骂赖皮是没安好心，是癞蛤蟆想吃天鹅肉，是没好结果的。赖皮挨了天老爷的这一次好整，又被村民咒骂讥讽了好一整子。可他仍不死心，总想暴富发横财。

过了一段时间，赖皮瞅准了一个月明星稀的晴朗之夜，摸黑爬上了屏风山顶。果然，第二天是一个大晴天，赖皮半睡半醒地待在一块岩石下。东方泛出了鱼肚白，天将要亮了，赖皮拼命睁大眼睛，仔细地看着周围的一切。突然，一阵"喔喔喔"嘹亮的鸡啼声就在身边响起。赖皮惊喜万分，哇，身边的岩石不见了，只见一只浑身金光闪闪大公鸡，向着东方即将升起的太阳，正在昂首挺胸地啼鸣呢！惊喜之下，赖皮赶紧抓起大铁锤，向金鸡猛捶过去。只听得"当当当"的响声，那金鸡既没有飞走，又没有被捶倒，仍然是昂首啼鸣，只是那声音有了变化，显得急促而高亢。

赖皮见连锤几锤，金鸡都没倒下，看那金鸡的脚虽然不像一般的鸡那么细，但也不过牛腿般粗罢了，怎么就捶不倒呢？猛然间，赖皮想起，有人说过，要向着金鸡的腿猛锤七七四十九锤，才可以捶断。于是，赖皮就一边挥锤猛捶金鸡腿，一边在心里数着数。当他数到40下时，金鸡开始晃动起来。就在这一瞬间，突然刮来一阵狂风，接着扑来一只凶勇的斑斓猛虎，只见它圆瞪着灯笼般的怪眼，张开血盆大口，一口就把赖皮生吞了去。金鸡转危为安，又稳稳地挺立在山顶上了。

从此，附近的人们再也听不见金鸡的啼叫了，但是那金鸡仍然挺立在屏风山顶上，从远处仍然可以看得见，可是无论什么时候，也不管是谁，若爬上山顶，就再也看不见金鸡了。据说，金鸡已经躲到岩石里面去了。而那生吞赖皮的猛虎就是专门保护金鸡的，它如今还卧伏在屏风山的北面，仍旧是日日夜夜都目光炯炯地看护着屏风山顶的金鸡。无事的时候，它纯粹就是一座石山，山南的人看它像猫，就叫它猫儿山；山北的人看它像虎，就叫它老虎山。

桂林穿山的西面，小东江的西岸，有一座小石山，因它的山顶有一座古塔，所以人们叫它塔山。塔山北侧有一石柱裂出，仿佛神工鬼斧从峰顶直劈地面，当地村民叫此石柱为蜡烛峰。说到这蜡烛峰一名的来历，有一个传说。

很久以前，塔山下的村子里出了一个很聪明的娃仔，全家就住在塔山下，他非常好学，每天勤学苦读。有时读书读累了，他就爬上塔山顶，眼望着北方京城的方向，自言自语道："将来我长大了，一定要做一个有作为的男子汉！"这时，一个不认识的老人出现在他的面前，说道："好样的，有才学的人，就应该有作为；有作为的人，就应该勤政为民。"然后老人指着塔山裂出的一个石峰告诉他："这叫蜡烛峰，日后对你有警示作用。如果它红了，你就该退隐避祸了。"

这个娃仔长大后，就外出遍访名师，学文学武，才学、武艺大有长进。后来他外出做官，由于为政清廉，又很有政绩，得到皇帝的赏识，入京做了大官。但是，由于他不与贪官污吏同流合污做欺压老百姓的事，还处处为百姓主持公道，秉公办事，打击那些鱼肉

◇塔山夕照（何恒光摄）

百姓的贪官污吏，因此得罪了京城的一些权贵。那些权贵暗中勾结起来，要诬害他，说他在镇守边关时，不但收受了一些人的钱财，私放了一个罪犯，而且还与境外的人关系很好，有谋反的嫌疑。那皇帝是一个多疑的人，也不多加调查了解，就要撤他的职，还准备将他打入大狱。塔山山神得知此事后，当晚就托梦给他夫妻俩，说塔山蜡烛峰红了，劝他急流勇退，立刻返回家乡，方可保平安。但是他不相信，自认为无过错，第二天照样要去上朝。他的妻子苦劝不住，就要强拉住他，不料只拉住他的一只脚，拽下了一只朝靴。因为上朝时间快到了，他来不及生气，赶紧用纸画了一只朝靴，匆忙坐轿走了。这官员穿纸朝靴上朝的事被人发现了，那些权贵恰似瞌睡遇着枕头，又像打了鸡血针，当庭就告他犯了欺君大罪，把他打入大牢。他的妻子晓得后，又急又怕，不知怎么办才好。就在这天半夜里，突然雷雨交接，闪电一个接着一个，硬是把牢门劈开了，塔山山神乘云驾雾赶到京城，施仙法救了他，并把他全家带回了桂林。当他们来到塔山下时，果然见到蜡烛峰燃得彤红。从此，那官员不再出仕，隐居塔山下，过起了平民的日子。

九娘庙的传说

由桂林解放桥而下至訾洲的一段漓江东岸建有九子娘娘庙。说到这九娘庙的修建，有一段来由。

相传，古时候有个船家，经营从桂林至梧州一带的客运。一个天清气朗的下午，船家在梧州一个码头停船，等待乘客，不多久，先后有多个客人登船。此时天色将晚，船要等第二天才能起程。于是，船家忙着打火烧晚饭。这时候，来了一个妇人，还带着9个儿子，说要搭船去桂林。那妇人衣破裙旧，9个大小儿郎都瘦瘦的，个个面带饥色，看来是穷苦人家。船家心善，也不计较他们是否付得起船钱和饭钱，让他们进了船舱，还招待他们吃了晚饭。过后不久，船家和众位客人都困了，于是早早睡下。

到了夜深人静之时，突然变天，顿时刮起了大风，乌云盖顶，雷声阵阵，江中浪头也一阵更比一阵高。只是那船却是平稳得很，一点儿也不摇晃，加上因为睡得沉，众人都不晓得这风急浪高的险恶事。

第二天早上醒来，船家走出舱来一看，怀疑自己花了眼。原来，这船已经到了桂林訾洲沙滩江边停住。众乘客都出来了，一看眼前事，也都大呼奇怪。要晓得，从桂林行船到梧州，顺风顺水也要四五天，何况逆水而上。他们只晓得夜里有疾风大雨，想不到一夜之间，船不摇，力不费，睡一觉，就平安到了桂林，众人大感不可思议。船家清点一下客人，独独不见了那穷妇人和她的九个儿子。

这事越传越神，大家都说那妇人是神仙，也有人说那船家是好心得了好报。为了感谢神灵，求仙家娘娘护佑，于是有人便在那客船所停处岸边修了一座庙，塑了九子娘娘的身形，取名九娘庙。很长一段时间里，这庙信众多，香火还很旺盛呢！

听老人讲，有个关于七里店金钵的传说。

以前流传着一个童谣："上七里下七里，金钵藏在田心里。"纸马铺村就在七里店近旁，不少人惦记着那个很值钱的金钵，他们到七里店附近的田里去挖地三尺地找，又去田心里村找，可就是白费功夫，没有人找到那个金钵。

有一天，有个卖油郎挑了一担桐油路过七里店，不小心踢着一块石头，打了一个踉跄，那油篓里的桐油洒了不少在地上。卖油郎心疼了，想捧起那地上的桐油回家后自己用，可一时又找不到东西装。捧进油篓吧，又怕弄脏了篓里的油；不捧吧，看着那地上的油，又很舍不得丢弃。正当他左右为难的时候，有个声音在他的耳边响起："这里有个插香存灰的老香钵，你可以拿去洗干净用呀！"原来，那时七里店、五里店、三里店都建有亭屋，方便往来的行人躲雨、乘凉和休息。这亭屋里的一面墙边有一张供桌，上面供有菩萨，桌上摆有一个蛮大的香钵，供善男信女烧香插香求菩萨保佑。这个卖油郎是个实诚人，为人老实，做买卖讲究诚信，从不欺骗顾客，在家又是个大孝子，极为孝顺父母，很得人们的称赞。当他听到了这提醒的话语，左右细看，原来是一个坐在七里亭屋边的白胡子老爹在对他说话。卖油郎当即说道："这样好是好，可是会耽误别人烧香啊！"那老人微笑道："不要紧，你只管拿去用，我就住在附近，马上回家捧一个来。"说罢，起身走了。于是，卖油郎朝老人高声叫着："谢谢大爷！"然后就进亭屋里捧起那香钵，找到田中一处泉水坑里，把那裹满灰尘和油垢的香钵擦洗干净后，就转回来把那洒在地上的桐油捧进钵里。

卖油郎回到家后，拿个瓦罐装了脏桐油后，就将那香钵擦洗干净，准备送回原处。谁知这一擦洗，竟然发现这香钵是个金钵。当卖油郎正在惊异之际，耳边又响起先前那位老人的声音："老弟，我知道你是个好后生，这金钵是特意送给你的，不必再送来了。"卖油郎四处看，不见那位老人，知道遇到神人活菩萨了。第二天早上，卖油郎赶忙买了香纸蜡烛和供品，赶到七里店的亭屋里，朝着菩萨再三拜谢。

靖江王陵是有故事的。在这儿有一座石山，叫挂纸山。为什么叫这个名呢？

相传明末清初的时候，尧山脚下的一个村子里，有个以打柴为生的青年，名叫二喜。初冬的一天，二喜进城卖柴火，遇到个柴多价贱的日子。直到太阳落山，他才拖着疲惫的身子往回走。

当二喜走进靖江王陵墓地时，天色全黑了。走着走着，他突然发现路边一座茅草乱长的大坟边，有个衣衫破烂的白胡子老人，正坐在一小块空地上烧柴烤火。二喜走近了，老人招呼道："小伙子，过来烤烤火吧。"二喜正感到有些冷和累，就凑到火边蹲了下来。老人问道："你带有什么吃的吗？我饿得好难过呀。"二喜是个心地善良的人，连忙从荷叶包里拿出仅有的两个粑粑递了过去。老人也不客气，拿到火边烤了就吃。吃完粑粑后，老人脸上有了光彩，他高兴地捋着白胡须，朝身边的大王坟一指，说道："小伙子，你跟我到里面去一趟吧，有好事。"二喜朝王坟一看，顿时吓了一跳，原来还好好的一座大土坟，现出了一条通道。二喜见老人慈眉善目地微笑着，没有恶意，就放心地跟着老人走了进去。不一会，就看见里面放满了一坛坛的金银，白的，银光闪闪；黄的，金光灿烂。老人微笑道："你是个好心人，喜欢多少就拿多少回去吧。"二喜谢绝了老人的好意，说："老大爷，这些东西都不是我的，我一样也不能乱拿。我要走了，家里人正等着我呢。"说罢，便辞别了老人。

当天晚上，二喜梦见白胡子老人拿了两块金子来酬谢他。早上醒来，见床头果然放着两块金子，心中更是惊奇。没几天，二喜得金子的事传遍了全村。一个外号"老财迷"的财主听了后，日思夜想，老打主意如何把全部财宝弄到手。一天，他派狗腿子把二喜叫来。二喜刚进门，"老财迷"把眼睛一瞪，大声喝道："你个穷鬼，老实讲，你那金子是不是偷我的？"二喜恨透了这个狠心的老财主，听他这么乱讹诈，真是怒火中烧，他盯着"老财迷"说："你莫乱咬人，谁偷了你家的东西？""老财迷"恶狠狠地追问："你穷得饭都吃不饱，住的是烂茅房，穷得叮当响，哪来的金子？"二喜气不过，便把白胡子老人送金子的事，从头到尾地讲了出来。

"老财迷"一边听，一边在心里盘算。等到天一黑，"老财迷"就带着四个狗腿子向那座王坟走去。到了那里，果然见到一个白胡子老人在坟边烤火，他走过去问道："老头子，你肚子饿了吗？"老人打量着这伙人，见他们都带着大布袋，早已明白了几分。他摇摇头说："我不饿。""老财迷"贼眼一转，挤出一丝笑意，说道："老哥子，讲客气啦？来，我带了些上好的酒菜，过来喝几杯，暖暖身子吧。"说罢，叫狗腿子摆好酒食、碗筷，白胡子老人不再推让，他拿起筷子就夹菜，举起杯子就喝酒。

不大会工夫，酒足饭饱，"老财迷"心想："该酬谢我了吧？"谁

　　　　　　　　　　　　　桂林山水名胜与传说

知老人把油嘴一抹，起身就要走。"老财迷"急了，赶紧上前拉住白胡子老人，叫道："你怎么连谢也不谢我一下呢？"老人不慌不忙地反问："拿什么谢你呢？我是个穷光蛋呀！""老财迷"气急败坏地说："哼，拿什么？你别装蒜了，还记得那个穷小子吗？你吃了他两个粑粑，就送他两块金子。如今我请你吃了一席酒，还不该拿几坛金子来送我吗？"老人哈哈大笑道："金子？有的是，可惜你不配得到它们。""老财迷"气得哇哇乱叫，咬牙切齿地叫道："给我用力捶他，给我打死他！"狗腿子们一拥而上，按倒老人就是一顿拳打脚踢，把老人打得昏死过去。

"老财迷"见白胡子老人始终不肯拿出金子来，便折了一根竹子，在竹子上挂了一张白纸，悄悄地插在了这座王坟上。心想："明天，我要挖你个底朝天！"

第二天早上，"老财迷"带着狗腿子来了，他们扛着锄头、铁锹和铲子，挑着箩筐，来到王坟墓地。"老财迷"登高四望，心里一沉："怪了，我明明记得昨晚做了标记的王坟只是一座，而现在那几百座王坟及将军的大土堆墓上都插了一根竹子，竹子上面也都挂了一张白纸。这是怎么回事？"他凑近一座大坟细看，只见那纸上写了十六个字："善有善报，恶有恶报。不是不报，时候未到。""老财迷"看罢，气得浑身发抖。过了好一阵子，"老财迷"肚子里的祸水一翻，便叫狗腿子们去找昨天晚上烧火的地方。哪晓得，所有的王坟边都有一个圆圆的火烧过的痕迹。"老财迷"又恼又恨，心想：挖吧，不知道是哪一座；不挖吧，又不甘心。最后，他吩咐狗腿子们准备酒菜，要在这里守一夜。

太阳落山了，月亮上来了，四周是凉飕飕的夜风，还有稀奇古怪的浅唱低吟声。坐在一座王坟边的"老财迷"心里慌慌的、怕怕的，想走又不情愿走。正在这七上八下的时候，他突然发现那个白胡子老人迎面走来，"老财迷"赶忙叫狗腿子们上前捆人。老人朗声笑道："不用动手动脚，我这是报答你来了。""老财迷"半信半疑，盯住老人，刚要问话，只见老人朝他身边的王坟一指，叫声："开。"顿时，那王坟裂开了一条通道，里面射出黄灿灿的金光来。"老财迷"高兴得发了狂，他和狗腿子们一起拥进了坟内。他们定睛一看，嗬！金银财宝多极了，方的、圆的、长的、短的、厚的、薄的……一块块，一坛坛，看也看不够，数也数不清。"老财迷"他们都笑眯了眼睛，乐歪了嘴巴，恨不得像狗舔屎一样，一下子把所有的金银搬个精光。可是，谁知道又出怪事了，不论他们花了多大的力气，却没法搬动一个坛子，也拿不动一块金子、银子，这些金银财宝都好像生了根似的。"老财迷"气疯了，对站在坟外的白胡子老人恶狠狠地狂喊："你又在搞什么鬼啦？老子劈了你！"吼罢，抢过一把锄头就要冲出去。这时，只听得老人高声说道："时候已到，一切都报！"猛然间，"轰隆隆"一声闷雷响过，通道不见了。"老财迷"一伙全被从四面八方挤压过来的泥巴埋住了。

从此，二喜村边的那座石山就叫作挂纸山了。

　　　　　　　　　　　　　　　　桂林山水名胜与传说

民间传奇故事

百里漓江千幅画

桂林山水甲天下

兴安灵渠与桂林米粉传奇故事

一、修渠士兵病倒，史禄悬赏求良方

公元前219年，秦始皇下令，要沟通湘江与漓江，派史禄为总监管官。于是，灵渠的挖掘工程开始了，秦军的数十万万士兵用锄头挖，用肩膀挑，用木轮车拉，开渠工程在艰难而缓慢地进行着。一个红日刚露脸的早晨，史禄在将军路豹、赵朗的陪同下，骑在雄俊的战马上，一路巡查工程进展情况。看了一会儿，史禄对路、赵二将军说道："这工程开工已有半年啦，进展太慢了。"路豹道："工程进展缓慢是有原因的，近来有不少士兵病倒了，还死了几个，照这样下去实在不大妙。"史禄问道："为何不想办法医治呢？赵将军，你去叫医官刘正来。"赵朗应道："是，末将这就去请。"说罢，打马飞奔而去。

不久，刘正骑马赶到，对史禄拱手道："史大人，在下前来听令。"史禄问道："近来有不少士兵病倒了，你可有什么灵丹妙药？"刘正答道："禀报大人，我和几位医官已经尽力救治了，可效果不大，恐怕要另想办法才行。"史禄道："什么办法？"刘正道："我们这些士兵多为北方人，到此南蛮之地，瘴湿气太重，很多人因水土不服而病倒，所以一般的药物难以见效。我想，是否可向这里的乡民请教，以求救治良方？"史禄点头道："嗯，可以，今天你就去告之兴安县令，叫他出悬赏榜，凡有进献妙方而见效的，重赏30两黄金。"

兴安县令蒋仁得到史禄的指令后，马上草拟悬赏榜多份，在闹市街头、山村庙宇等处广为张贴。可是，时间一天天过去了，直到第五天的太阳偏西，仍没有谁来揭榜。史禄一天两次派人来催，蒋仁急得头上冒汗两脚跳。这揭榜的人不见，却有议论钻进了他的耳朵，有百姓说："这个悬赏榜谁敢揭呢？县衙有两头狼呢！"蒋仁明白，百姓所说的两头狼，指的是自己与县衙捕快都头罗风，百姓给他这个县令取个外号为"贪狼"，叫罗风为"恶狼"。"真胆大妄为，竟敢给本县及都头起如此恶毒的外号，老子查出是哪个，非扒他的皮不可！"蒋仁恨得咬牙切齿，怒火中烧。

二、良药救人，米粉济苍生

却说这悬赏榜也让兴安县城近旁小村的老郎中华良看到了，他家世代行医，有专治疑难杂症的家传秘方，加上他虚心好学，肯钻研，那医术更是炉火纯青了。经他的手救治的病人不知有多少，大多药到病除，因此他家中挂了不少诸如"世代良医，造福桑梓""药到病除，救死扶伤""扁鹊再世，乡邻万幸"之类的大红锦旗。本来，对于揭榜，华良是蛮有把握的，可是正如百姓们议论的，他也怕那两头"狼"啊，担心一旦治好了那些士兵的病，反惹来大麻烦，因此一直犹豫不决。正当华良决断不下之时，他的爱徒秦成来了，华

244   桂林山水名胜与传说

良问道："成仔呀，你帮开渠的军队做饭，那活儿比在县衙里好做么？"秦成道："比在县衙忙一些，那里的人多嘛！"接着，华良向秦成了解那些士兵的身体状况。秦成告诉他，那些从北方过来的士兵们喜面食，现在供应不上了，就以大米掺红薯、芋头为主食，他们吃不习惯，加上活儿累，有的还受到

◇桂林米粉

监工的鞭打，多种原因综合起来，有些人就受不了了。华良听后沉思良久，他对秦成说道："那些士兵远离家乡父老，来这里守边劳作，的确辛苦，也挺可怜。"秦成道："那些士兵来开挖河道，沟通湘漓，既方便了水上运输，又可排洪，对我们这方百姓是大有益处的。""你上次讲了开渠兵丁病倒的事后，我就注意积累这方面的草药，本想去揭那榜，可又担心惹上麻烦。"华良叹了口气。"我们不要那什么赏金，恐怕就没什么麻烦了。"秦成道。华良想了想，点头道："嗯，有理，还是你心胸开阔。"这时，华良的女儿华萍从外采药回来，身背一大筐草药，她见到秦成，高兴地叫道："哎，成哥，好些天没见你了，你蛮忙吧？""嗯，是有些忙。你也蛮忙嘛，看，为了采药，把你累得有些黑瘦了，可要注意休息啊！"秦成爱怜地看着华萍。华萍给了秦成一个飞吻，满心欢喜地说道："谢谢成哥关心！"说罢，放下草药，进内屋房间去了。

华良一边在草药筐里挑拣草药，一边对秦成说道："你说那些士兵的面食供应不上了，他们又吃不惯我们这里的主食，恐怕要从这

方面想想办法才是长远之计呢。""我想了一个办法，不知行不行，要请您老指教指教。"秦城说。华良说："你讲讲看，老朽尽力参谋参谋吧。"

秦成道："他们北方人吃惯面食，我想，我们这里没种麦子，难以就地提供，还是要慢慢让他们转变习惯，能喜欢上大米、红薯、芋头才行。另外，作为过渡，我曾试着把大米磨成粉浆，然后制作成面条形状，加上配料，让一些要好的士兵吃了，他们都说挺好吃的。""这不成米条了？嗯，不错，不错。"稍作沉思后，华良接着说道，"我配的这几味药中，有花椒、桂皮、陈皮、甘草、草果、小茴、八角及罗汉果，既是良药，又是香料，若将它们与猪肉、猪筒骨、老霉豆豉一同熬制成卤，与你那米条配制，如此长期食用，就可强筋健体，岂不大妙？"

华萍由内屋奔出，欢喜道："哇，我爸和成哥的办法都好极了！"秦成兴奋起来："好，就这么办吧，我这就去揭那悬赏榜。"华良道："不必，你直接去告诉史大人吧。我加紧备料，力争三天之内，让士兵们尝到这卤水米条，同时让生病的士兵喝到药汤。"华萍说道："爸，米条不好听，不是成哥把米磨成粉么？就叫米粉吧。"华良、秦成一同拍手道："好，好，米粉，这个名字起得好！"

到了第三天早上，众多将士都吃上了米粉，大家吃得津津有味。这时，史大人和路豹、赵朗两位将军以及县令蒋仁、都头罗风也来了。秦成赶忙给三位大人及蒋仁、罗风各送上一碗热气腾腾、香喷喷的米粉，说道："请大人们尝尝。"史禄接过米粉，吃了几口，称赞道："嗯，不错，这米粉好吃，有味道。秦大厨，你算是立下一大功了。"赵朗将军边吃边点头："真的，色香味俱佳，我们此前都未吃过。好个米粉，真让我们开眼界了。好，过两天，若那些士兵的病好了，就让秦大厨到刘知县那里领取30两黄金。"

蒋仁赶紧三扒两咽,吃下一大碗米粉,对史大人及两位将军点头哈腰道:"史大人,两位将军大人,这米粉着实顶呱呱,想来定会让将士们身强体壮的。这秦成原来是我调教出来的,他能立下如此大功,全靠大人们栽培。这赏金,卑职到时一定如数发放。这里,我先替他向三位大人谢恩了。"说罢,分别向史大人及路、赵二将军深深作揖。

3天后的傍晚,蒋仁与罗风在县衙里密议。蒋仁道:"罗都头,那米粉真不错,华老头的药也厉害,开渠士兵的病都好了,史大人及两位将军大人催着要把奖金发给秦成与华老头呢。"罗风道:"30两黄金啊,那两个穷小子敢要?给他们各人3两算了。"蒋仁点头道:"嗯,可以。余下的我们各人一半,怎么样?"罗风急忙摆手道:"小人怎敢与大人平分?你赏我个零头,那20两归大人吧。"蒋仁满意地笑笑:"既然你谦让,就这样吧,给他们各人2两,你拿6两。不过,这事得封住他们的嘴,别让他们捅到史大人及两位将军大人那里才好。"

三、县衙领赏,惹淫祸上身

过了3天,秦成与华萍到县衙来领赏金了。蒋仁坐在太师椅上,罗风侍立一旁,县衙里的大黑狗恶狠狠地盯着秦成与华萍,时而呜呜两声,挺恐怖的。蒋仁两眼直勾勾地盯着华萍,口水不断地往下咽:"这位小姐想必是华神医的千金吧?"

华萍施礼道:"大人,民女正是。"蒋仁说道:"想不到哇,华神医竟有这么一个美若天仙的千金。嗯,嗯,你父亲为何不来?"华萍答道："父亲大人昨日上山挖药，扭伤了脚不能来，特让民女代替。"

蒋仁道："好，好。是这样，这次你们献良方立了大功，上面特奖赏你们30两黄金。本应全给你们，一来因数量大，怕你们遭贼抢，反害了性命；二来嘛，县库目下空虚，暂借一些来应付公务开支，所以先给你们各人2两，余下的日后慢慢发给你们，不知可否？"

华萍气愤地说道："悬赏榜上明明写的是现赏30两，如今却变成了4两，不行，我得告到史大人那儿去。"罗风大声吼道："你敢告！"秦成忙对华萍摇摇头道："华妹，我们不计较这些。""嗯，还是秦成老弟识趣些。"蒋仁生怕秦成变卦，又带夸奖地说道，"好，好，还是秦大厨见多识广，不愧是我栽培出来的好大厨。只要你听话，本县自有抬举你的日子。好，拿去吧。"说罢，将两小块金子递给秦成。秦成接过金子，不卑不亢地说道："谢大人！我们走了。"拉着华萍快步离去。蒋仁目送着华萍的倩影，赞美道："好一个美人儿，秀色可餐，秀色可餐呀！"罗风讨好地说："大人何不弄来做个五房姨太太？"蒋仁咽了咽口水："嗯，想是这么想，只怕是朵带刺的野玫瑰呢。"罗风道："大人若想，小人可做个红媒前去牵线。"

蒋仁笑眯了眼睛："好。若是成了，余下那20两黄金，再分一半给你。"罗风作揖道："这个不敢，小的只是想成全大人的美事，日后多提携小人，小人就感恩不尽了。"蒋仁摸摸稀疏的山羊胡子说："这个自然，这个自然。"

为了巴结县令，罗风从县衙出来，骑上快马，疾驰数里，满头大汗地进了华良家，见华良在铡草药，讨好地说道："华神医呀，听说你的脚扭着了，怎么还不好好休息休息？"华良瞅了一眼罗风，心知恶狼进屋没好事，警惕地问："噢，罗大都头啊，是哪一阵风把你吹到我这穷家小户来了？"

248

桂林山水名胜与传说

罗风强装笑脸道："我是无事不登三宝殿，有事急来抱佛脚。是这样，县父母蒋大人看上了你家千金，请我做媒，现送来黄金10两为聘，请笑纳。"说着，掏出金子。华良说道："真是天下奇闻，县太爷居然要与我这草民结亲？不敢当，不敢当，还是请县太爷另找门当户对的吧。"罗风强压住怒气道："华神医，你是明白人，和县太爷攀上了亲，你就不愁吃穿，下辈子就大富大贵了，这是可遇不可求的天大的好事呀！"华良觉得很厌恶，没好气地说道："罗都头，没事就请回吧，我还要铡草药哩。"罗风威胁道："哼，不要敬酒不吃吃罚酒，你可知道县太爷蒋大人不是好惹的。给你三天时间，好好想想吧，这10两黄金先放这儿。"说罢，将黄金放在药柜上，走了出去。华良怒道："草民无功不受禄，更不想高攀县太爷，只想清清爽爽、堂堂正正做人，这金子奉还！"说罢，将金子用力丢出门去，差点儿砸了罗风的脚后跟。罗风赶忙捡起金子，狠狠道："哼哼，华老头，你不识抬举，好戏在后头呢。"说罢，气冲冲而去。

约一个时辰后，华萍与秦成采药回到家，华良说道："今日罗风那恶狼到我家放屁，说要萍儿给蒋贪狼做小，你说气不气人？"华萍道："我是死也不从。"秦成更为愤怒："看我今晚去杀了那贪狼！"华良缓言道："成儿，不可焦躁，还是另谋良策为好。"华萍无奈地说道："他蒋贪狼权势大，一手遮了兴安的天，我们能拿他怎样？"秦成想了想，说道："要不就告到史大人那里去，如何？""也不妥，有道是官官相护，告不得。"华良摇摇头，稍加思索，"惹不起，躲得起，我们远走他乡，凭老朽的医术在身，也不至于饿死。"秦成赞同道："要得，你们先走两天，到桂林我姑妈家暂住，我随后赶到。"华良道："我们明天清早就走。"秦成说道："好，我雇辆车子来。"

第二天早晨，秦成叫来一辆带车厢的马车，华良父女俩上了车，与秦成依依惜别。赶车人为一中年汉子，将大鞭一甩，喝声："驾！"，那马车便在道上奔跑开了。路上，赶车人不时给马加上一鞭，催马快走。两边的树木、风景向后移动着。此时，太阳刚露脸，微风徐来，车夫颇感畅意，遂亮开嗓子唱了起来："哥难舍来妹难分，老竹难舍嫩竹根，田鸡难舍田中水，情妹难舍好心人。"

车厢里，华萍问道："爸，我们准备到什么地方安身？"华良道："我在平乐有个信得过的世交好友，去他那儿住一段时间再说。"华萍担忧道："我担心那两头狼会派人追上来。""不会，他们想不到我们会这么快就出走。"华良安慰道。"我们在桂林等成哥吗？""不能等，只怕夜长梦多，桂林离兴安太近，让贪狼知道了可不是好事。""那成哥怎么找我们呢？""把我们的去向告诉他姑妈就行了。"稍停，华良问道："萍儿，你觉得成儿怎么样？"华萍答道："挺好的。""成儿是不错，为人诚实，心肠热，有一技之长，武功也高，到了平乐，稍为安定了些，我就给你们把婚事办了。"

在华良父女俩的对话中，马车继续在路上行驶，车夫的歌声不时响起："想妹想得昏了头，凉粉摊子买酱油，纸张铺里去扯布，银匠铺里找锄头。想妹想得发了癫，拿起斧子去犁田，拿起簸箕当锣打，芋苗叶子当生烟。"这时马车进入一条弯道，前不见头后不见尾，两边是茂密的树林，路上除了马车，别无行人，风吹树林呜呜响，显得既空旷又阴森怪异。车夫仍然边赶马车边不时地哼唱："想妹想得发了癫，摸着瓦角当花边。睡到半夜当晌午，初一夜晚等月圆。"

突然，从树林里冲出几匹马来，马上坐着的是差役，他们横阻在大道上，人人刀剑在手，那为首的是罗风，只见他暴喝一声："咳！那唱歌汉子停车！"车夫吃了一惊，赶紧拉住快跑的马，那马立起来，车夫高声呵斥："吁、吁、吁，畜生，停下！"待车停稳后，车夫不

满地说道："我又不犯王法，为何拦我的车?"罗风恶狠狠地说道："少
啰唆! 与你无关!"接着对车厢内不无讥讽地喊道："华老先生，跑是
跑不掉的，还是打马回去认贵婿吧!"

华良打开车门，愤怒地说道："假若我们不回去呢？"罗风冷笑
道："哼哼，那就只好委屈你们啦，我就把你们押送回府。"说罢，对
赶车的吼道："车夫，把车转回去，不然我就劈了你的马，毁了你的
车，关你进大牢!"车夫吐吐舌头："哇，好凶的官差!"回头对华良
道："华神医，对不起，我只好听命了。"华良气愤地："回去我也不怕，
天理在上，难道恶人还敢把我父女俩吃了不成!"马车掉头而行，罗
风等随后紧跟。马车在罗风的指挥下，来到县令的高堂大屋前停住。
华良父女怒气冲冲下了车，被众差役簇拥着进入县令家的宽大堂屋，
众差役站立阶下两边。

蒋仁满脸堆笑地迎上前："啊，贵客，贵客，华老先生，快请坐，
请坐!"华良冷然道："我们穷家小户草民，坐不得县太爷的板凳。"
华良父女昂然而立，怒视着蒋仁。罗风帮腔道："这是县令家，也就
是县衙，叫你坐，你就得坐，这就是王法!"

华良傲视罗风："草民不懂这强逼人的王法!"蒋仁尴尬地："好，
好，这里先不讲王法。我今天请华神医父女来，是有紧要事相商。"
华良道："草民没什么事与县太爷商量，也不懂得与县太爷商量。"

蒋仁压住怒气："还是商量好，华老先生先不要一口回绝。"说罢，
对罗风使个眼色。罗风赶忙道："就是，就是关于贵府千金与我们老
爷的婚事，还望华老先生应允。"萍萍气愤难抑："我就是死，也不给
'贪狼'做小!"罗风怒吼："放肆，竟敢污蔑县令为狼，真想找死!"
华良冷然道："我们穷得有骨气，宁为玉碎，不为瓦全!"蒋仁微微一
笑道："看来华老先生父女一下转不过弯来，先送下去休息休息吧。"

罗风对县令作揖道："遵命。"转身对众差役道："带下去！"众差役将华良父女押走，直接带到牢房里。这牢房一排数间，全部以铁条为门，里面禾草为床，被囚之人衣衫破烂，面黄肌瘦，铁镣声声。华良父女被单独关进一牢房内。华良悲愤道："我们没干丁点儿违法之事，为何要被关进大牢？"罗风得意道："哼，你们违背县太爷心愿，就是违背了王法！等你们回心转意了，锦衣玉食、快活自在任你们享。"华萍道："我就是坐穿牢底，也不要你们的锦衣玉食！"华良气愤道："天理在上，恶人自有恶报！"罗风讥诮道："哼，榆木疙瘩，死不开窍！有福不享，活该！"率众差役转身往外走，对看守牢头燕飞说道："对这父女俩要好饭好菜招待，但绝不准跑了，否则，就是杀头大罪！"燕飞道："是，保证一个也跑不了！"

四、出逃路上得苍天佑助

当天夜里，秦成来到监牢大门外，对燕飞说道："奉蒋知县的令，来给华老先生父女送鸡汤。"燕飞道："这么晚了，来送什么鸡汤，别不是来劫牢的吧？"秦成怒道："放你的屁！看清楚点儿！"燕飞说："啊，秦大厨，好，我就来开门。"燕飞打开门后，秦成闪进门并迅速点了他的穴位，燕飞动弹不得了。秦成取下他身上的一串钥匙，用绳子将其捆好，然后快步走到关押华良父女的囚房，将二人放出。华良担心道："啊，成儿，这劫牢可是犯天条的大罪啊！"

秦成道："现在管不得那么多了，远走高飞再说。"华萍附和道："成哥讲得对，我们总不能在这里活受罪吧？""快走吧。"秦成然后压低声音，附耳对华良说道，"外面有车。"三人出得大门，秦成把大门反锁上，将钥匙带走。这时，天气阴沉沉的，北风刮得尘土飞扬，远处传来猫头鹰那令人心惊肉跳的阵阵怪叫声。秦成赶着马车摸黑往前走，一路无语，直走到东方露出鱼肚白，天空还是浓云密布。秦成边赶车边对车厢内说道："我们得加快速度，一怕恶狼追来，二怕下大雨。"华良叹气道："这两匹马够累的了，跑了大半夜，现在又接着跑。唉，人倒霉，连畜生都遭罪！"秦成道："这也是没办法的，日后再慰劳它们。"说罢，抖擞精神，举鞭打马，同时大声喝道："驾，驾！"于是，马车在大道上加速飞奔。

话分两头，却说罗风知道华良父女逃走后，便赶快率领众差役追赶。到了中午时分，快追上了，罗风高叫道："打马跑快点儿呀，追上了逃犯，每人赏5两银子。"众差役举鞭子打马，马奔如飞，尘土疯扬。罗风兴奋地叫起来："好，好，他们就在眼前啦，再加把劲啊！"众人双腿夹马，马鞭频举，一次比一次狠，把马屁股都打红了。终于能远远地看到秦成他们的马车了。"哈哈，终于追上了。"罗风得意扬扬地回头对众差役道，"再加一鞭，赶到他们前头拦截，赏银就进荷包啰！"秦成回头见罗风他们越追越近，40米、30米、20米……也赶紧加鞭打马。罗风狂喊道："秦成小子，快停下，你们跑不了啦！"眼看仅剩十来米的距离了，突然间狂风大作，乌云翻滚，电闪雷鸣，暴雨倾盆而下。说时迟，那时快，路边一棵大树轰然倒下，刚好砸在罗风一伙人的马上。

秦成高兴地叫道："砸得好，老天保佑，树公公保佑，砸死他们！驾！驾！"于是，快马加鞭，马车在暴风雨中飞驰而去。罗风被砸得一头脸的雨血，用手捧着头，痛苦地叫喊："这老天怎么也护着他们呀……哎哟，痛死我也！"几个跑得慢一些的差役没伤着，赶紧上来扶住罗风。仔细一看，大树当场砸死三人，另有三个不是断手就是断脚，痛得呼天叫地。追是追不成了，罗风只得带领众差役，驮着死伤者，垂头丧气地打马回头。蒋仁见到罗风一行残兵败将的狼狈相，极为恼怒，毫不客气地训斥道："俗话说：'养兵千日，用兵一时。'看看你们，这么多人去追他们三个，人没追着，自己反倒弄得七痨五伤，简直都是饭桶、脓包、尿壶！"罗风辩解道："大人，也不能全怪小的们呀，是天老爷不成全。"蒋仁气呼呼地拍着桌子怒骂："好啊，屙屎不出怪地硬。你，你就是个浓包头、尿壶嘴！告诉你，差役每人罚银3两，你罚五两，明天交来，不交的就下大牢！"一个差役硬着头皮申辩道："大人，大人，小的们没有功劳也有苦劳啊！还有，还有那伤的要药医，那死的要抚恤，大人，这些都要钱呀！你不赏还罢了，怎么能反倒要罚呢？大人，高抬贵手，可怜可怜我们吧！"蒋仁吹胡子瞪眼道："放肆，敢在我面前狡辩，滚出去，罚金半点儿不能少！"罗风率众差役退出，面呈恨色，心中怒道："哼，真是头贪狼！逼急了，小心老子们不认你这个主，宰了你！"

五、病魔再至，二求良方

一连几天，蒋仁都为没抓到华良父女而懊恼。一天早上，正当蒋仁恼恨之际，路将军奉史大人之命来到兴安县衙，蒋仁闻报，赶紧迎了出去，口中说道："不知将军驾临，有失远迎，万请恕罪！"路将军道："不必客气奉史大人之令，给贵县开示两件事：一是挖河兵丁又病倒了不少，责成贵县速将华神医请去救治；二是大厨秦成不见多日，米粉已无法制作，责成贵县速将其找回来，以免延误河工大事。以上二事，限三天内办好。"蒋仁听了，心中一惊，口中应付道："卑职知道，定照史大人的指令办事，绝不敢延误河工大事。只是，只是这时间是否可宽限几天？"路将军诧异道："这兴安有多大，

　　　　　　　　　　　　桂林山水名胜与传说

找熟门熟路的这么两个人，三天还不够？这其中有什么缘故？"蒋仁嗫嚅道："这，这，这两个人不知何故，竟搬家走了，个中缘由，卑职也正在打听。"路将军道："哦，这么说得赶快去找他们，但一定要快，力争三天解决问题。要知道，每拖延一天，就多病倒一些兵丁，史大人那里恐怕不好说话。"

蒋仁急出了汗，忙道："还请将军多多美言几句，卑职定有重谢。将军暂请再坐一会，我进去一下就来。"路将军道："贵县不必客气，我还有紧急军务在身，恕不多留，告辞了。"蒋仁挺尴尬地一路送出，至县衙门口，拱手道："将军好走。"

送走了路将军，蒋仁心中如打鼓，七上八下的，赶紧派人把罗风叫来商议。罗风一到，他便问道："罗都头，你看怎么办？现在史大人那边又病倒了兵丁，又来这里催要救治的人了。"罗风说道："那还不好，又得发财的机会了，他们给多少金子？"蒋仁没好气地道："你癞蛤蟆上轿——想得美！这次分文不给，还定要找到秦成和华良。"

罗风听了，也吃了一惊，叹息道："我的天，到哪里去找他们？"蒋仁也叹了口气："就是知道他们在哪，也绝不能去找回来，只能悬赏另请高明了。"罗风问："那赏金呢？"蒋仁打断他的话，咬咬牙说："只得先用县库里的。"

罗风不无忧愁地自语："如果请不到怎么办？"蒋仁苦恼道："怎么办？只怕你我都要脑袋搬家，那史大人手中可有尚方宝剑的。"罗风听了，舌头吐出老长，半天也缩不进去。

不久，第二次悬赏榜贴向各处，罗风带领两个差役亲自到大街热闹处的悬赏榜下大声吆喝："大家快来看啦，又有大好事了，悬赏30两黄金呀！"

一百姓在人群中小声咕哝："悬赏悬赏，赏得人家逃亡他乡。"一书生模样的亦悄然细语："言而无信，还害人，谁肯再上当？"围观的众百姓或摇头，或无语，或小声议论着，渐渐散去，悬赏布告下只剩罗风三人，活像风雨中的三条落水狗。罗风垂头丧气地去见县令，蒋仁问道："三天过去了，还没人应赏么？"罗风叹口气道："不要说人，连鬼都没有一个。"蒋仁焦急道："唉，那头又来催了，说再延长三天，如还找不到人，就要请尚方宝剑来了，到时，恐怕你我都不好受啊！"罗风点头道："那味道的确是不好受的。"心中却说："呀，到时老子还不得脚板底擦油——溜之大吉，谁愿陪你这个贪狼上法场挨一刀呀！"

六、为得美人，二"狼"设毒计

华良他们隐居在平乐县一小山村里，这儿有奇峰座座，柳暗花明，鸟语啾啾，池塘里群鱼游来荡去，一派美丽祥和的景象。这天上午，天清气朗，艳阳喜红了脸。秦成与华萍在一座山上挖草药，不时伸直腰擦汗，唱唱山歌。

华萍唱道："奇峰美景月牙山，回头相望七星岩。眼观花桥人来往，河水滔滔如戏滩。木龙腾云空飞过，渔翁垂钓伏波潭。独秀紫金王城坐，老君洞内炉炼丹。"秦成看着俏丽的华萍，听着她甜美的歌声，笑脸盈盈，不禁接唱道："漓江傍城弯又弯，江边饮水四座山。斗鸡伏波和叠彩，象鼻吸水永不干。"

两人正欢快愉悦地唱着，忽见华萍叔叔的儿子华冬找来了，他边走边喊："呀，你们在这里唱歌，害得我好找！"华萍惊喜地奔下山："华冬，你怎么来了？有什么急事吗？"

桂林山水名胜与传说

秦成也跑下山来，三人站在一块大岩石旁的大树下。秦成问道："有什么急事，快讲来听听。"华冬用毛巾擦擦汗，说道："是这样的，那挖河士兵又病倒了不少，蒋县令又出悬赏布告，还专门找到我们家，求我们把你们找回去呢。"

华萍把嘴一撇："哼，我们才不回去呢，让那两头狼去领赏算了。"

秦成附和道："是啊，我们若回去，肯定又上他们的圈套。"

正在这时，华良身背药箱走来，捋捋胡须，朗声道："为了那些兵丁们，就是上圈套也得回去。"华萍看了一眼父亲，说道："那两头狼可是吃人不吐骨头啊！"秦成说道："爸爸，我不赞成回去。"华良叹口气道："我也反对你们回去。"秦成、华萍异口同声道："啊，爸爸，你同华冬回去？我们也不同意！"

华良："放心，我也不回去。我的意思是将救治药及米粉卤水的配方教会冬儿，让他替代我们回去救人。"华萍点点头道："那还差不多，可华冬也得防着点儿，那两头狼挺黑心的。"华冬点头道："我一定记住。"

从华良他们那儿回来，华冬就去揭了悬赏榜。蒋仁和罗风万分高兴，当即召见华冬。蒋仁夸奖道："你叫华冬？好后生仔，看你就是个能人，你若能治好那些病倒的兵丁，并能调制好米粉卤水，除那30两黄金重赏，我还让你来县衙当差，吃官粮，拿官俸。"

华冬说道："小民当尽力而为，至于当差吃官粮，小民恐怕干不了，还是当我的小老百姓罢了。"蒋仁微笑道："好，我们先不谈这个，对于救治病倒兵丁的事，史大人催得很紧，怕你一个人忙不过来，我特地给派个助手。"

这时，罗风击掌向衙内叫道："张为，出来拜见师父！"张为由后堂出来，对着华冬下跪作揖道："拜见大哥，啊，不，拜见师父，还望今后多多指教。"华冬急忙作揖还礼，并一把拉起张为，说道："哪里，哪里，不必客气，我们还是兄弟相称为好。"

蒋仁道："希望你们合作努力，抓紧时间把事情办得又快又好。"罗风叮嘱道："最好是三天之内见成效。"蒋仁由座椅上站起来，说道："好，你们俩快去忙你们的吧。"华冬、张为二人告辞而出。

罗风等他们走出衙门后，说道："待张为学好那一套，我们就逼华冬讲出秦成他们藏身何处。"蒋仁好一阵得意忘形地狂笑："哈哈哈，到时让他赏金领不成，还得领我去见美人，哈哈哈——"罗风奉承道："大人，你真是赛过姜子牙呀！这一箭双雕，定然抱得美人归。"蒋仁道："到时我不会忘记你的大功的。"罗风卑躬屈膝道："那小的就先谢过大人了。"

花开两朵，话分两头。暂且搁下二狼的卑污事，先说华冬带着张为上山挖药的事。去挖药的路上，华冬告诉张为，先照他采的草药样子采挖，日后再讲它们的药效。张为一个劲地点头，表示一切听师父的。他们采药的地方叫猫儿山，这里是漓江的源头，山高林密，草茂物丰，山沟溪涧里形态各异大大小小的鹅卵石多如牛毛……二人饱赏了一顿美景，便开始采药。华冬不时拔出一棵草药给张为看看，张为采下一些草药又不时向华冬请教。在采药中，华冬嘱咐张为，山上采药，应注意避开有刺花草，以免划伤手脚，拉坏衣裤。还应注意避开毒蜂、蛇蝎、蜈蚣，免得被它们叮咬，中它们的毒。张为挺感激，连说师父见教的是。华冬诚恳地说道："我只比你大两岁，以后就叫我冬哥好了。"张为感激道："好，好，师父冬哥真好！"

两人边说边继续采药，突然，张为惊慌地叫了起来："哎哟，我的右脚二趾不知被什么叮了一下，胀痛胀痛的。"这时，一条黄色小蛇正从他脚下溜走。华冬迅速赶到他身边，急忙抬起张为的右脚来看，只见那二趾从布鞋破洞中露出，上面有一个小血点，脚趾已开始发乌、红肿。

华冬说道："不好，恐怕是被干芋苗（一种毒蛇）叮了一口。你别动，我给你服药、放血。"说着，急忙从背袋中拿出一粒丸药放入张为的口中，让他喝几口葫芦里的水，然后取出尖刀把那红肿的脚趾的皮肤划个"十"字，只见乌血缓缓流出。华冬将张为背到一块岩石上坐下，见他脸都白了，急忙安慰道："不怕，我懂蛇药，你就坐在这里别动，等会儿就会好的。"华冬边说边按住张为的右腿，一边从上至下按压，一边用嘴吸伤口的乌血，然后吐掉，再吸再吐掉，如此三番五次，慢慢地，那脚趾不再出乌血，而是出鲜红的血了。华冬用水漱口后，扯来一把草药放在口中嚼了一下，帮张为敷好药，然后用刀割下自己衣服的一片，撕成布条帮张为绑扎好，这才擦擦头脸上的汗，舒口气道："行了，没事了。"张为极其感动，试用右脚站地，惊喜道："嗯，一点儿不痛了，感谢你的救命之恩！"急忙跪下给华冬磕头。华冬扶起张为，说道："好兄弟，这点儿小事用不着这么感谢，快起来，快起来吧！"张为感激道："你的救命之恩，我永远记在心中。"

华冬与张为采够了药，榨米粉的东西也准备好了，在几个兵丁的配合下，煮药、榨粉同时在一个大工棚里进行。这边两口大灶上有两口大铁锅，灶内柴火熊熊，锅内热气腾腾，药气混合着香气升腾。那边石磨榨杆上下忙，榨成的米粉放到开水锅里煮，然后有人捞上来绕成团，再放到大竹篮里。热气腾腾中，众人一派繁忙。

华冬一边往灶里添柴，一边唱道："兴安米粉细又长，白白嫩嫩实心肠。一头搭在猫儿岭，一头伸到桃花江。"众人一边忙手中的活儿，一边接唱："白天打浆手推磨，三更榨粉把杆扛。衣裳湿透三五件，好比下河去洗凉。"华冬高声唱："他日谋生榨粉卖，兴安街上美名扬。猪排熬汤开胃口，牛肉配料满街香。"众人接唱："他日谋生卖米粉，桂林城里美名扬。猪排熬汤开胃口，牛肉花生满城香。"

熬好了药汤，华冬、张为二人手拿水瓢，一中年汉子挑对热气蒸腾的木桶走进伤病兵丁住的工棚。华冬说道："各位大哥，我们给你送药汤来了。"一士兵从地铺上撑起身，拿饭钵接送来的药汤，感激道："兄弟呀，真是太感谢你们啦！"华冬说道："不用谢，但愿你们早日康复。"说着，华冬、张为给兵丁们一一舀送汤药，迎来一片感激声。

又一个晴朗的早上，太阳刚升到东山顶上，河水金光万点，众多大小鱼儿在水面翻筋斗。一个大工棚前，兵丁们排队领取米粉。张为、华冬及数个帮忙的汉子正在分发米粉。兵丁们领到了米粉，或坐或蹲地大口吃了起来。一个士兵道："这米粉可比面条好吃多了。"另一士兵感叹道："那是，但愿天天能有这样美味的米粉吃。"

没几天，患病的士兵都好了。蒋仁传见华冬。他对华冬说道："你立下大功了，史大人很满意，所以今天准备给你赏金。"罗风一旁道："如果你听话，不仅有赏金，还让你做副都头。"华冬说道："乡民是小字墨墨黑，大字认不得的粗人，吃不得公粮，更当不得官，只是希望将那赏金给我罢了。"

蒋仁道："不是这么讲，本县要说你行，你就行，本县要抬举你，你就是个难得的人才。你不认识字要什么紧，我又不要你写文章，只要听我的话，忠实于我，你就是大能人、大人才了。"

罗风帮腔道："华冬，你可要识抬举，这当官吃公粮，好多人想疯了还得不到呢。"

华冬不为所动，不卑不亢："我还是那句话，干不了官家事。"

蒋仁顿时把脸一沉，语中带着威胁说："好，给你把话挑明吧。如果说出你伯伯他们现在的住处这么一丁点儿小事，我就把赏金给你，你就可大富大贵了。若不说呢，不仅得不到赏金，还得坐大牢，因为你知情不报，犯了包庇罪。"罗风进一步威胁道："是走阳关道，还是走独木桥，就看你的啦。"华冬气愤地说道："我不说，也不要你们的赏金了，以后再有修渠兵丁犯病，可别找我！"

蒋仁放声大笑："哈哈哈，哈哈哈，告诉你吧，那张为就是我安在你身边的一颗棋子，他已学会了你那套本事，我们也用你不着了。"华冬极其愤怒，说道："啊，原来你们是这样耍花招坑骗人的，可是你们也别得意得太早了！"罗风威逼道："你是明白人，还是快说了吧，免得今日下大牢。"华冬理直气壮地说道："我没犯法！"说着就大步往外走。

罗风吼道："给我把他拿下，关进大牢！"顿时，藏在内房的几个差役一拥而上，将华冬锁上铁链，带走了。

听说华冬不仅没领到赏金，还被关进了大牢，张为很是不平，正在生气时，听到舅舅罗风有请，便急忙赶往罗风家。此时，罗风正坐在家中一边品茶，一边得意地轻拍桌子哼唱着："一对新花红又红，新花来到我府中。左边一朵摇钱树，右边一朵万年红。"哼罢，自言自语道，"哈哈，那赏金又得了10两，待外甥来，就分给他2两，也算是奖赏他辛苦一场了。"

张为大步进屋，叫道："舅舅，叫我来有什么事？"罗风指板凳道："张为，你坐下，我跟你说个事。"张为耐着性子说道："舅舅请指教。"罗风瞅一眼张为，慢慢说道："那赏金，我跟蒋大人说了，给你2两，回去交与你妈。"

张为问道："那华冬哥哥，啊，华冬师父得了多少？"罗风不耐烦地说道："别讲他了，不识抬举的东西，他犯了包庇大罪，被关了进大牢，还有什么赏金不赏金！"张为气愤起来："舅舅，那不是推完磨杀驴么？这事做得也太黑了些！"

罗风开导道："哎，你真傻，想想看，他进了大牢，日后那些兵丁若再犯水土不服之病，不就是你发大财的机会么？舅舅可是一心为你好啊！"张为心情激动地说道："华冬哥对我实在太好了，不说我向他学到了一些本事，要是没有他，我早被毒蛇咬死了。我可不能忘恩负义，更不能昧良心！求你跟蒋大人说说情，放了他吧。"罗风教训道："你还在犯傻，有道是'无毒不丈夫'，你记他的恩，为他求情，这可是挺危险的事呀！"张为气愤地站起来，高声叫道："如果不放华冬哥，我就和你一刀两断，不认你这个狠心舅舅了！"罗风恼怒起来："你，你这个吃里爬外的臭小子，如此不识抬举，你给我滚！"张为气呼呼离去。罗风气得将杯子狠狠砸在地上，杯子碎了，他颓然坐下，口中连呼："反了，反了，简直是反了天了！"

过了两天，罗风向县令报告道："蒋大人，据副牢头陆边密报，牢头燕飞与犬甥张为准备里应外合救走华冬。"蒋仁怒道："简直是胆大妄为，不要人头吃饭了。罗都头，对你外甥可得看紧点儿，免得他与贼人一同犯法。"罗风点头哈腰道："这个自然。不过，在下这里有一个主意，叫将计就计。""哦，说来听听。"蒋仁说道。"明晚是陆边执守，明天下午我们就放出风去，说晚上要用药毒死华冬，引得他们赶紧采取行动。我们叫陆边暗中配合，然后让他将华良父女的逃亡住处密报上来，我再带人去将他们一并捉来，你看如何？"罗风献计道。

蒋仁大为赞赏，说道："此计甚妙！嗯，好样的，你也算得半个姜子牙了，不愧为我的得力助手。"罗风不无得意地："哪里，哪里，我都是向你学的呀，你永远是我的恩师。"蒋仁道："彼此。彼此，那么，我们就依计而行吧。"

七、误用奸邪遭暗算

第二天夜里，燕飞与张为从监狱外进来，张为留在狱门边放风。燕飞问陆边："陆弟，那有毒的饭换掉了吗？"陆边道："燕兄，放心，瞧，那不是活得好好的么？"边说边指向关在囚房内的华冬，华冬正坐在稻草上往这边看呢。燕飞赞赏地一拍陆边的肩膀："好，不愧为我的好兄弟！"陆边道："你再看看那边。"他指向一墙脚边，那里有一条死去的大黑狗，嘴里还流血呢。燕飞一惊："县令的大黑狗死了？"陆边把嘴一撇："是那碗毒饭的功劳呀。"燕飞恨道："罗都头心真歹毒！"陆边指向张为，说道："那不是罗都头的外甥么？"

燕飞："是的，我让他帮忙赶马车。"陆边："不行，不比我们俩是拜把兄弟，他毕竟是罗都头的亲外甥，一旦变卦，我们不是要被一锅端么？千万不能让他去，等会让他断后，并留在这帮打探消息算了，那马车我们三人坐。"燕飞稍加思考："好，就这么办，也算是以防万一吧。"陆边催促道："事不宜迟，动手吧，万一罗都头带人来了，就难脱身了。"

燕飞走去打开华冬的牢门，说道："赶紧走吧，我们是来救你的。"一行四人出门，陆边将牢门反锁，丢钥匙于地上，那些其他囚徒大眼瞪小眼，有胆大的喊道："把我们一起放出去吧！"陆边骂道："贼囚，做梦去！"燕飞支走了张为，三人消失在夜色中，只听得一阵马蹄声，车轮声，由近而远，渐渐一切归于沉寂。

多日后的一天下午，在平乐县令的家门口，陆边鬼鬼祟祟地东瞧西望了一阵子，然后一溜烟跑进去了。

又一个清晨，在华良他们隐居的小山村，太阳还没有露脸，一个池塘里荷花盛开，荷叶上露珠滚动，一只大青蛙似受了惊吓，"扑通"一声跳进水中逃走了。

罗风、陆边及众多手持刀棍的差役悄悄而至，陆边手指一民房，轻声说道："就是这里。"罗风对众差役命令道："你们快把前后门、窗口全堵上，不准让一个人跑了。"众持刀差役四下分散，将房子围住。陆边小声附耳对罗风说道："跟我来。"带着罗风及十来个持刀差役转到屋子后面，轻轻推开那虚掩的后门，众人一拥而进。

燕飞首先惊醒，一个鲤鱼打挺，跳将起来，准备搏击，两个差役举刀就砍，燕飞立刻倒地。当他看清其内有陆边时，气愤万分，骂道："姓陆的，好你个拜把兄弟，猪狗不如的东西！"罗风、陆边都不理会，只是四处抓人。待华良、华萍、华冬都被捆绑而至时，罗风这才冷笑道："燕牢头，我明人不做暗事，告诉你，好让你死得明白。你上次配合秦成，放走了华良父女，我已看出破绽，这次是将计就计，让陆牢头卧底，对你私放囚徒的两笔账来个一笔清。啊，对了，还有一事告诉你，你的位置已由陆牢头坐了。哈哈哈——"说罢，一阵仰天狂笑。燕飞手指罗风与陆边，恨声道："你，你们不得好死！"说着，喷出一口鲜血，顿时气绝身亡。陆边吓一大跳，起紧躲到一边去了。

华良悲愤地大骂道："你们都是杀人的强盗、土匪！"罗风冷冷地下令道："把他们的嘴全堵上。"陆边及众差役用毛巾将三人的嘴一一堵上。罗风遍扫众人，不见秦成，向陆边问道："陆牢头，秦成怎么不见？"陆边答道："他昨晚没回来。据在下打探，他去服侍一个病人

264　　　　　　　　　　　　　　　　　　　　桂林山水名胜与传说

去了，具体在哪里，实为不知。"

罗风恨恨道："哼，这次算便宜了他。不过，他会自投罗网的，只是要小心防备才是。"陆边赶紧道："是，我们一定小心在意。"罗风一挥手："把他们三个带走！"众差役押着华良三人出门而去。

秦成到哪儿去了？原来，秦成在另一个村上帮一老人按摩治病，此时，那老人屋里灶内正燃着柴火，上面是药罐，热气腾腾的。秦成边揉边问："老伯，身上舒服了些么？"老人答道："好多了。哎，年轻人，真难为你啦，为我忙前忙后，又是熬药、喂药，又是周身按摩，我这孤老头遇到了你，真是三生有幸啊！"

秦成道："老伯，不要这么说，你老没儿子，我就是你的儿子。过两天，我接你过去我们那儿住，以便更好地照看你。"老人感动得哭了："那可太麻烦你了，我下辈子当牛做马都要报答你。"秦成动情道："你看，你看，老伯，你又来了……"话没说完，一村民闯了进来，急煎煎地叫道："秦成，大事不好啦，华神医父女他们都被官府抓走了，还杀死了你们一个人呢！"

秦成大吃一惊道："什么？都抓走了？还被杀了一个人？谁被杀死了？"那村民道："你回去看看就知道了。"秦成道："好，我这就赶去。"忙起身，可看了看病中老人，又放心不下。老人焦急地拍着床板道："还站着干什么，快去呀！"秦成说道："好，我去，我去。"转身对那村民央求道："这里就拜托你先帮照看一下，行吗？"那村民道："好，你们都是好人，难道我就不是好人么？这里不用你管了，快去吧，只是要小心点儿，别中了他们的埋伏。"

秦成告别了老人，疾步如飞地赶回住屋，只见前后门大开。秦成先四下里查看了一会儿，见无埋伏，便飞身进屋细看，发现燕飞倒在血泊中，用手贴近鼻子，已没了气息，他极为悲愤伏在燕飞身上痛哭。一些跟着进来的村民也忍不住抽泣掉泪。秦成哭道："燕兄，定是蒋、罗二狼害了你。不为你报仇，我誓不为人！"稍停，他对身边的村民说道："我秦成来晚了一步，不然就要跟那伙贼人拼个鱼死网破。现在，我要去追赶他们。我这位兄弟死得好惨，求求你们帮忙将他掩埋，日后我再来立块大碑。"说罢，对众人打躬作揖。

一村民道："你们在这里住，对我们那么好，不少人的病都是华神医治好的，这点儿忙我们帮定了。"众村民都异口同声说道："我们一定让这位兄弟落土为安。"秦成感激道："那就谢谢众位高邻了，日后再行图报。"说罢，又对众人打躬作揖，再返身对燕飞下跪道："燕兄，我不能陪你了，你安心去吧，日后再来给你烧香化纸。"说罢，从屋内找到一把大砍刀提上，告别众人出门而去。

当秦成气愤愤、怒冲冲，大步流星奔到村口松林边时，只见有位老伯坐在一块大石头上，似乎正在等他。秦成见是阳老伯，忙停步招呼道："阳伯，您老好！我今日有要事，不能陪您，告辞了。"阳伯道："且慢，老朽专门等候在此，就是有要紧话对你说。"秦成道："有何见教？我这阵可是心急火燎啊！"阳伯招手道："心急坏事，火燎欠思量，来，先坐下，我跟你谋划谋划。"

秦成坐在土坎上："好，那就请老伯快说吧。"阳伯反问道："我与华良是数十年的生死之交，岂能见死不救？岂能不比你急？但急总是急不来的啊！说吧，你打算怎么办？""怎么办？"秦成快速从背上取下大砍刀，试试锋口，"我要取蒋仁、罗风的狗头！"阳伯道："能取得到么？他们打着官府的招牌，人多势众，且又对你时时严加提防，只怕你仇未报，反倒把自己送进了他们的罗网。"

秦成焦躁道："那这仇就不报了，这人就不救了么？"

"非也，这仇要报，这人更要救，可得想个好办法才行。"

266

"有什么好办法？我现在是头脑中让'报仇'二字占满了！"

"你不是说史大人以及路、赵二位将军对你还挺不错的么？"

"不错又怎么样，只怕他们官官相护呢！"

"据老夫所知，这史大人与那两位将军都不是奸诈贪鄙之人，且能体恤部下。若能据实反映，说出蒋仁与罗风的贪鄙之事，恐怕还是有效的。"

"好，那么我就先去求求他们。若不行，我再动刀枪！"

"善动脑筋的人比善动刀枪的人更强，更能办成事。记住吧，年轻人。"

秦成道："我一定记住老伯您的话。好，告辞了！"遂沿路飞奔而去。

八、机关算尽，到头反害己

且不提秦成在路上如何狂奔，也不提他如何告知史大人，却说华良他们三人被押至兴安县令家，蒋仁当即满脸堆笑地迎了进去，还假惺惺地说道："怎么这样粗鲁？我叫你们去请，你们倒好，把贵客给捆了，赶快给我松绑，看坐，上茶。"众差役有的给华良三人松绑，有的端凳、上茶，华良三人不坐不喝也不说话，一个个横眉怒目，凛然相对。

蒋仁打着哈哈："都是自己人，和为贵，和为贵嘛！"华良冷冷地："蒋大人，不必假惺惺，有话就快讲吧。"蒋仁笑道："好，爽快！是这样，只要你答应这门亲事，就皆大欢喜了。"华良把脸转向一边道："哼，我们高攀不上！"华萍气愤地："快拿刀来吧，看我死在你们这帮人面兽心的恶贼面前！"蒋仁劝诱道："还是从长计议，听从本县的安排为好。"

华良没好气地说道:"我女儿已与秦成结为夫妻了。""什么?已成婚?"蒋仁一惊,稍停,便接着说道,"这个,本县不计较,不计较,现在就马上判他们离婚,再嫁给本县。"华冬怒发冲冠道:"你放屁!"罗风咬牙切齿,冲上去一拳打倒华冬,狂叫道:"把他捆起来,押进大牢!"众差役一拥而上,捆住华冬,两个差役将他押了出去。

蒋仁捻捻山羊胡须,冷笑道:"看见了吧,还是顺从本县为妙。"华萍抄起凳子欲打罗风,罗风一把夺过凳子,叫道:"把她也捆起来!"两差役上前捆住华萍。华良悲愤欲绝,怒道:"老夫也跟你们拼了!"举凳子欲打蒋仁,被众差役夺下凳子,抓住不放。罗风发狠道:"也捆了!"蒋仁凶相毕露:"看看,这就是不顺从的结果,真是放着天堂不上,要下地狱!"说着,一步步逼近华萍,一对淫眼如饿蚂蟥般看定华萍,说道:"我看你是个孝顺女,如不同意嫁给本县,那么,"他咬牙切齿地说,"我叫他们现在就挖掉你父亲的双眼!"华萍拼命挣扎,怒视蒋仁:"我要挖掉你的双眼和贼心!"

蒋仁大笑道:"哈哈哈,小美人倒是挺倔强的,真是朵带刺的玫瑰啊!罗都头,准备刀和盆子,再过一会儿,她若不答应,就挖掉老东西的双眼!"蒋仁现出凶残丑陋的脸,眼睛充血,额上青筋暴出。

罗风点头哈腰道:"是,在下去拿刀和盆子来。"说罢,进后屋去了。不一会儿,罗风拿着牛角尖刀与小木盆出来,对蒋仁道:"蒋大人,东西都拿来了。"蒋仁得意扬扬而又凶残地逼视着华萍:"怎么样,小美人,你只要答应了,这里就是喜庆的酒宴之地;若再不答应,这会就要你父亲双珠落盆,血流三尺了。"罗风持刀逼近华良,凶狠地扭头看着华萍,"答不答应?老子要动刀了!"

华良猛然吸气,咳嗽一声,一口痰打在罗风脸上,同时抬脚向罗风裆下猛踢，随即大叫道："老夫让你凶狠去！""啊，痛杀我也！"罗风惨叫声声，刀、盆落地，人也如颠狗一般滚倒在地。几个差役手忙脚乱，有按住华良父女不许动弹的，有急忙扶持罗风的。

蒋仁恼怒万分，从地上捡起尖刀，逼向华良，咬牙瞪眼道："本县亲自来挖你的双眼，看你还凶蛮不凶蛮。"

正在这时，秦成带着路、赵二位将军及众护卫冲进屋子。秦成一个箭步冲到蒋仁面前，飞起一脚踢掉他手中的尖刀，其他护卫一一将众差役制服。路豹将军道："好你个蒋县令，竟敢如此行凶，真个强盗不如！"赵朗将军向护卫挥手道："把他们统统捆了。"众护卫齐动手，将蒋仁、罗风及众差役都捆了起来。

秦成赶紧给华良父女解开绳索，然后对路、赵二将军作揖致谢道："谢谢二位将军大人！"华良说道："二位将军大人，还有那管监狱的牢头陆边也是与他们一伙的，是个卖友求荣的无耻东西。"赵将军道："将他一并拿了。秦大厨，你带兵丁们去将他们关进大牢，待日后分别惩处。"

秦成道："是，将军大人。"说罢，随众兵丁押蒋仁、罗风及众差役到监狱去了。路将军对华良道："对这三个虎狼官吏必定严惩，还望你们继续协助我们，早日完成开渠大事。"

华良作揖致谢路、赵二位将军，说道："谢谢史大人与二位将军的搭救之恩，今后我们定当为开渠大事竭尽全力。"

龙蛇地奇案

南宋嘉定年间，桂北有个背靠大山的苏家村，村里有个少年叫苏雨蛇，在一个风高月黑的深夜，突然间就没了踪影。是被老虎叼走了，还是为仇家所劫掠，这把苏雨蛇的母亲急得哭了个天昏地暗，也把苏家村人急得团团转。他们四下里寻找了多天，仍是活不见人，死不见尸。这苏雨蛇为何失踪？究竟生死如何？莫急，待在下抽丝剥茧，慢慢道来。

一、少年玩镖　老人殒命

南宋嘉定年间，在桂北有两个素来不和的村庄，一个叫李家村，一个叫苏家村。这两个村子相隔着一个叫望城岗的大土岭，岭上树木茂盛，野猪、野兔、狐狸不少，算是物产丰饶之地。为争夺这个土岭的所有权，两个村子打了不少的官司，算是公说公有理，婆说理更长。可这如同家务事的官司，谁也拿不出有力的凭据来，所以历届官府都断不下来。官司了断不下，民间就常有争斗，闹得火起来，就用棍棒刀枪说话，搞得互有伤亡，那仇也就越结越深啦。

　　一个艳阳高照的晴和日子，李家村有几个人在望城岗一草坡上看牛。这里有一条小溪，长年潺潺流淌，那坡上的小草长得鲜嫩肥美，把那些牛儿吃得滚瓜肚圆，膘肥体壮。正当李家的几位看牛汉子躺在草坡上怡然自得地看着那可爱的牛儿时，忽然跑来一群十二三岁的少年，他们在练习飞镖。只见一镖起一镖落，空中往来，银光闪闪，有时飞镖相撞，少年们顿时欢呼起来；有时飞镖落空了，又是一阵叹息。这群少年奔跑跳跃，逐渐接近了看牛的汉子们。那李家汉子见是苏家村的少年，立即眼含敌意。可就在这时，只见白光一闪，一只飞镖刚好击中一位60来岁老者李从生的太阳穴。老人顿时扑倒在地，众人围上看时，老人已是满脸鲜血。从生老人恨声道："我让毛头小子暗算了……"言罢，气绝身亡。

　　那伙苏家村的少年一见出了祸事，一个个如野兔般发足狂奔，一会儿便了无踪影。这边李家村的汉子气愤异常，捞手舞脚要去追凶手，可哪里追得上。无奈，只好将死者抬上牛背，缓缓地驮回村去。

　　死者一回，李家村顿时如遭晴天霹雳，村民们怒火腾腾，马上要组织人马去苏家村报仇雪恨。李家村的当家叫李四虎，他跟几个老前辈商量了一下，便在人群中高声叫道："父老爷们，听我说一句。"待众人安静下来后，四虎说道："这个仇是要报的，这个血是要偿的。刚才我们商量了一下，由我领五个人到苏家村去索要凶手。杀人填命，他跑不掉的。"

　　"好，好，如果他们不交出凶手，我们就血洗李家村！"好多人在七嘴八舌地叫喊。于是，李家村这边一面安排丧事并找看地先生看地，一面着人去苏家村讨说法。

却说苏家村人听说少年苏雨蛇练飞镖失手打死了李家村一老人后，知道李家村人不会善罢甘休，村上的老前辈紧急商议，得出两点一致看法：一是村上当家的及几个顶尖的武功高手不在家，都已为别人护镖远行，需得半个月方得返回，所以不宜与李家人硬斗。二是急速重金礼请县衙马师爷来做中人，力争和平化解这一凶事。

快马加鞭请来马师爷后，众人簇拥着来到村头的大樟树下。此时，李家村李四虎一行六人刚好赶到。李四虎一见马师爷，知道对方已有准备，是想文了此事，当即赶紧给马师爷抱拳行礼。马师爷及苏家村众人还礼后，李四虎开门见山道："我等来此，就为从生老人被害之事讨要个说法。"苏家村的二当家苏五拳道："此乃我村小子苏雨蛇的极大不是，我们问过，实属玩镖误伤，愿赔大礼及金银，还望海涵。"李四虎道："误伤恐怕未必，少年小子心高气傲，有意为之才是。"

苏五拳道："真是失手，愿以金银赔大礼，并前往从生大叔灵前赔不是。"李四虎道："恐难服众。我村上人定要苏雨蛇前去披麻戴孝扶灵，若有不从，就要压他垫棺底！"

马师爷摸摸八字胡，慢悠悠地开口："常言道'杀人抵命'，本是应该，但念苏雨蛇年少无知，无意间失手伤了从生老人性命，实属大错，但垫底之说欠妥。依老朽之见，苏家赔银300两，再让苏雨蛇去守灵赎罪，不知可否？"

李四虎知道马师爷是刘县令的红人，得罪不起，况且这垫底之说实在太过，不如见好就收，给马师爷一个面子，日后有事好说话。李四虎稍加思索后，说道："既是马师爷发了话，我们也不再强求，但赔礼、守灵之事，定得兑现。"

二、龙蛇相争　风云陡起

李家村这会儿是全村大忙，有给李从生老人家布置灵堂、招待亲友来客的，有陪看地先生到村后土岭上看地的。在那岭上，看地先生时而孙悟空般手搭凉棚远瞅近看，四处巡视；时而奔到一处，放下手中的罗盘，瞄瞄山头，看看风水。一通奔忙之后，看地先生拿着一沓纸钱，伏下身子在一个地方烧了起来。那纸钱刚燃过，本是晴朗无风的日子，忽然头顶飘来一大朵黑云，突地一个炸雷响起，起一阵怪风，将那钱纸灰团团卷起，然后于一丈开外落下，成龙蛇相争形状。不一会儿，下来一阵豆大急雨，把钱纸灰冲洗得无影无踪。

这怪异的一幕把众人惊得目瞪口呆，只有那看地先生敏捷，早已一个箭步冲到那钱纸灰的落下处站定，然后叫人以立足处为中心，向四周开挖。待挖成一个一尺来深的长方形后，看地先生马上叫停，然后放下罗盘再细细看过，随即面向前方的高大石山，闭上眼睛，双手合十，口中喃喃数语，再拜伏在地。连拜三下后，看地先生方对四周瞪着惊奇大眼的人说道：“这里是龙蛇相争之地，面对凤凰山，叫飞凰来朝，乃大富大贵之地，就看下葬之人是否合适了。”接着，他问了李从生的生辰八字，合掌道：“好，属龙的，合适，合适极了。”然后嘱咐道：“现在就挖到这里，待到今夜子时再行深挖，七日后子时下葬。”

看地先生回到村上，对李四虎及村中老前辈讲了看地之事，众人皆惊奇不已。看地先生告诉他们，此龙蛇之地，万事俱备，只欠一样。大家忙问还欠什么。看地先生道：“如有属蛇之人同葬会更好。

葬时，将那属蛇之人捆住手脚，作为垫底，这样就停了龙蛇相争，龙就是主人，蛇就成护卫，那大富大贵不在王侯之下。"

内中一老人道："据老朽所知，苏家那小子正好属蛇，真是巧之又巧。"另一老汉道："此事好是好，但若要拿那小子垫底，只怕目下结仇更深，还会引起官府的追查呢。"

一中年汉子道："大活人怎能让尿憋死？我们何不来个明修栈道，暗度陈仓之计！"言罢，中年汉子如此这般地对众人一一说了，众人连连点头，都称此计大妙。李四虎道："此计虽妙，能否得手还很难说。再者，敬告各位，这事定得保密，谁泄露了，可是身家性命的大事。"众人都点头称是，当下杀了一只大公鸡，喝下血酒，誓言终身保密。

再说，李家村收了苏家的300两银子，又是请和尚念经，又是大酒大肉，风风光光、热热闹闹地给李从生老人把丧事办了。这几天中，苏雨蛇除了吃饭拉撒与睡觉，一直披麻戴孝地跪在李从生灵前，好不受苦，连膝盖都跪出血了，人也几近麻木。

出灵的头天下午，李家告之苏家带30两银子来领人，不然就要砍苏雨蛇一只手下来陪葬。苏家村人虽是大不服气，可赎人要紧，只好又送上银子，把跪得昏昏沉沉、浑身酥软的苏雨蛇领了回去。

三、少年失踪　官府查案

这天深夜，月黑风高。三个穿夜行服的壮汉，用黑布罩了头，只露出一对眼睛，各人身上背了把利剑，悄无声息，一路疾行，如黑蝙蝠般直奔苏家村而去。到了村口，三人在一棵树下稍加停顿，交头接耳一阵，便急速扑向苏雨蛇家。其中一人用利刃将大门门闩轻轻拨动，悄然而开大门。三人鱼贯而入，找到苏雨蛇的睡床，用大布袋一套，苏雨蛇来不及挣扎，便被装入袋中，让人背在背上，火速离去。

第二天早上，苏雨蛇在家中遭劫失踪的事传遍全村，苏家村人从村里找到村外，从岭脚找到岭背，硬是生不见人，死不见尸。看到苏雨蛇母亲哭得疯疯癫癫的，好不凄凉，一个个好不悲愤，大有拿到劫贼就要砍千刀、碎万段之势。痛定思痛，苏家村人将怀疑的眼光越过望城岗，射向了李家村，莫非是他们明放暗劫？一定要找他们要人去！

这个任务自然落到了苏五拳身上。他也有此一疑，当下叫上4个拳脚了得又善言语的汉子，迅疾赶往李家村。当他们来到李家村，正遇上从坟葬地归来的李四虎一行人。苏五拳强压怒气，施礼道："四虎兄及李家大小兄弟们，我这里有一事讨教。"李四虎道："请讲。"苏五拳道："我们村的苏雨蛇昨天深夜遭贼人劫走，不知贵处知晓否？"

李四虎把双手一摊："在下确实不知，你问问他们是否听说一二。"说着，手指划向李家众人。不待苏五拳动口，李家众人异口同声道："不知道，不知道！"

苏五拳扫视众人，大声道："这可是人命关天的大事，人若在你们村，最好让我领回去，若不然，告到官府可就惊动大了。"李四虎冷笑道："听你这么说，好像是我们劫了苏雨蛇？好，你就去搜吧，我们绝不阻拦。至于告官么，我们更不在乎，人正不怕影子歪，官府也得讲公道，总不会平白无故诬赖人！"苏五拳见多说无益，抱拳道："世间自有公道，告辞了！"苏五拳回村后，与村上的老前辈商议一番，决定到全县县衙击鼓告状。

全县刘县令接了苏五拳的状纸后，浏览了一遍，稍加沉思，便对苏五拳等人道："本县接了你们的状子，近日就派人下去勘查。"

告状的第二天，刘县令就派了两个捕快到苏家村了解情况，然后到周边村子进行巡查，重点查访了李家村，还到李从生的坟地上去仔细看过。可是，时间一天天过去了，始终不见破案。苏五拳按捺不住了，隔三岔五地就跑到县衙催问。有一次，苏五拳再次去催问时，恰逢县令遇到不顺心的事，被催问得烦了，怒了，就叫差役将苏五拳掀翻在地，打了几十大板，害得苏五拳躺了半个月的药床，气得苏五拳及苏家村的人大骂刘县令是昏官、饭桶官。

就在苏五拳遭打睡床养伤的时候，苏家村带队为人护镖的大当家苏帅拳一行六人回来了。当他们得知苏雨蛇失踪的事后，大为震怒，捞手舞脚，拔刀提棍，就要奔李家村讨说法。苏家村的几个老前辈劝住了他们，一老者说："有理走遍天下，无理寸步难行。这次先不必动武，应该来文的，全县告不下，我们就告到静江府去，听说那个主管刑狱的按察司方大人破案是蛮有两下子的。"苏帅拳点头道："也好，先礼后兵。若官府仍破不了此案，我们再动手不迟！"

四、真相大白　歹人被擒

静江府按察司的方大人接案后，很是上心，当下来一番精心打扮，乔装算命先生到李家村一带走动，终于从一老村民中得知龙蛇争地的事。方大人再一打听，进一步探知了李从生及苏雨蛇的属相，心中更有底了。

一日清晨，红日东升，方大人带领数十名捕快、差役，全副武装地来到李从生的墓地。得知方大人要在此破案，苏、李二村村民来了不少。方大人在近旁的松林里设一临时公堂，着人把李四虎叫到面前，说道："答案就在李从生的棺木里。你若自己叫人开棺，不劳官府动手，可罪减一等，不然，重罪加身。"李四虎先是一惊，周身抖了一下，但即刻冷静下来，叩头道："小民无罪，也不惧开棺。"方大人加重语气："真的无罪？到时可不要后悔！"李四虎稍加迟疑，答道："这，小、小民真的无罪。"

方大人道："真是不见棺材不掉泪，好，马上开棺查验！"说罢带众捕快、差役到李从生墓前，对手持锄头锹铲的差役道："准备开坟破棺！"

这时，李四虎率几位李家村老者，对方大人叩首道："开坟破棺是惊天地动鬼神之事，大人，万万不可啊！"其他人齐道："大人，万万不可啊！"

"开坟破棺为审案，就是天地鬼神也不会反对。"方大人毫不动摇。李四虎站直身子，圆睁怪眼，逼视着方大人，说道："如果开坟破棺而不见苏雨蛇，大人就不担心丢官及家人老小有性命之忧么？"方大人怒道："好个刁民，竟敢威胁本官，本官可不是吃吓长大的！来人，把劝阻者统统带开。坟一定要挖，棺一定要开！"听得方大人令下，众捕快与差役动手将劝阻者一一带开，开始挖坟。

经过好一阵子忙碌，终将坟墓挖开，现出棺木。方大人吩咐撬开棺材，并叫一差役细细查看。那差役先将浓香白酒喷向尸身，再用湿毛巾捂住鼻子，认真地看了看说："大人，棺中就是一个老人。"

方大人心中一惊，定了定神，用湿毛巾捂了鼻子，亲自走到棺木前，用一木棍左右挑动探看，真的就是一个人。"难道判断有误？难道真要毁我功名前程？"方大人离开棺木，正思索间，那边李家村人骚动起来，有好多人齐声大喊道："开坟破棺，诬赖百姓，欺宗灭祖，罪该万死！"

此时太阳已升到东山顶上，虽是凉风习习，但方大人内心焦急，额头上竟冒出豆大汗珠来。"怎么办？怎么办？"方大人暗问自己。一个年纪最长的捕快走近方大人，轻声提醒道："大人，何不看看棺下之土？"真是一语惊醒梦中人，方大人如醍醐灌顶，顿时醒悟，立刻叫差役将棺木抬出。看那坑底，平平坦坦，铺了厚厚一层禾草灰，不见什么异样。方大人叫两个差役下坑，用锄头挖挖，看是松还是紧。

方大人正指挥两个差役下坑，突然一道白光向着方大人的太阳穴飞来。说时迟，那时快，又一道白光同时闪现，"砰"的一声，两道白光相撞，两把细巧锋利的飞镖落在方大人面前。

"不好，有人暗算！"方大人心中一惊，差点儿跌倒在地。众捕快立马拔出刀来，护卫在方大人的周围。这时，六条汉子飞纵到方大人面前，为首的是苏帅拳，他对方大人抱拳施礼道："有小民保护，大人尽管放心。"原来刚才那飞镖是李四虎打来的，被苏帅拳击落了。

那边李家村人有不少已是刀枪在手，在那里大呼狠叫，要冲上来与方大人他们拼命。苏家村人也棍棒齐举，大有搏击之势。这可是几百号人呀，若动起手来，死伤不知会有多少。方大人临危不乱，大声喝道："都不准动手！"然后叫一捕快点儿燃一个大炮仗丢向空中。炮仗炸响了，顿时四下里涌出数百兵马。人群一下安静下来。方大人道："这是我事前请调来的军队，如果谁敢捣乱，就地正法！"方大人话音刚落，墓坑里的差役叫道："大人，挖出一具被捆绑的少年尸体。"

见事情败露，李四虎等人欲行逃离，早被众捕快围住，又有兵将上前协助，李四虎等人成瓮中之鳖，一个个被擒。

跌卦传奇（五篇）

一、跌卦师傅收徒

据老一辈人讲，过去的木工、泥水工（建房工匠），有的是会搞鬼怪的，所以千万怠慢不得，更是得罪不得。若哪个雇主招惹了他们，那个雇主就会倒霉，其家中或出现鬼怪吓人，或有人生怪病，或家庭不和睦，或做生意不顺，或流水似的接连破财……这些工匠搞鬼怪的邪门本事是怎么学来的呢？说起来，他们学这套害人的本事也是要付出极大代价的。什么代价？且听在下慢慢道来。

原来，这些善搞鬼怪的工匠是有师承关系的。此类师傅收徒一般有两大原则：一是为人较老实、本门手艺较好，且既不是那种火暴性子之人，又非奸诈之徒，以防徒弟学了邪功夫在身，无缘无故地到处害人。说到底，师傅的初衷是教会徒弟邪功夫，只能用于自己免遭欺侮，若遭欺侮了，对那或凶狠或傲慢或吝啬的主家，就可以进行惩罚性报复。二是无后，即最多只能生有女孩，绝对无男孩（过去认为无男孩传宗接代，即为无后），此为学这邪门绝技的最大代价了。

　　具体来讲，就是被师傅看上的徒弟，在他符合上述的第一个条件后，师父就问他愿不愿学做鬼怪的邪门功夫，并开门见山地对徒弟讲，学了这门功夫，第一不准乱坑害人，只准用于受欺负后的报复；二是没法生男孩，即便生了男孩，也会夭折。待徒弟一一应承后，师傅就会在一个月黑风高的深夜，把那徒弟带到较偏僻的路上。这时的师傅手拿刻成人形的桃木卦子，走在徒弟的前面。当见四下无人时，师傅就问徒弟："你后面有没有人？"徒弟回头看后，若回答"有人"，那么师傅就不会跌下手中的卦子。如是再三，那师傅就不会教这个徒弟学邪门功夫了。若徒弟回答"没人"，师傅手中的卦子就会应声跌落地上。当晚，师傅就会将邪门鬼怪的功夫教给这个徒弟。

　　据民间传闻，学会了做鬼怪邪门功夫的徒弟们，有的生有女儿，但绝对没有男孩；有的孤独过一世，甚是凄凉；有的则是遭人报复，或断手，或断脚，或瞎眼，没有好结果。这遭报复的第三种人，一般就是违反了师傅当初的第一项告诫，为了一己之私之怨，胡乱地坑害了待己不错的雇主，害人反害己。所以，这种邪门功夫还是不学为妙。据说这种邪门鬼怪功夫现在已经失传了，这当然是大好事。

　　二、食槽上方的老虎

　　江上村方二能家请人建了一个新猪舍，那食槽是用老杉木做成的，结实耐用。新猪舍建好后，方二能从圩上买了一对活泼健壮的猪仔回来，准备养到过年时，卖一个、腊一个，过个票子哗哗响、腊肉阵阵香的好年。

想是这么想，可是有点儿天不遂人愿。那对猪刚捉回来的个把月，一切正常，吃食也抢得蛮欢，膘也长得蛮快。可是后来有一天，猪舍瓦面漏雨，方二能请那工匠来翻修。其间，因言语不和，两人发生了争吵，闹个不欢而散。那工匠临走时丢下一句狠话："你待我不好，只怕你的猪越养越瘦！"此后不久，方二能发现那对猪不但不像之前那样抢食了，而且只要往食槽上方一看，便会夹着尾巴，嗷嗷地叫着往后倒退。如此三番五次的，小猪不敢吃食，肚子总是瘪瘪的，日渐消瘦，背两边的排骨也根根凸显。这究竟是怎么回事？方二能一边叹气，一边满腹狐疑地走进猪栏，用煤油灯朝那食槽上方照照，只见黑黑乎乎的一团，看了好一会儿，也没发现什么怪异。

　　一天，方二能的舅舅来了，闲聊中谈到猪不吃食的事，他舅舅觉得奇怪，当下点了煤油灯去猪栏查看。看了一会儿，他叫方二能拿把柴刀来，在那食槽上方狠砍了几刀。然后又叫方二能去市场向杀狗的人要了些狗血回来，涂在食槽上方。这一切做罢，他对方二能说："好了，从现在起，猪又会抢食了。"方二能不大相信，端了一大盆食来倒进食槽里，那两只猪跑过来，昂头看了看，又嗅了嗅食，立即点头扇耳地大吃起来，还不时用头冲撞对方，相互嗷叫着争抢着吃食。

　　不明原因的方二能闹了个一头雾水，忙问究竟是怎么回事。他舅舅答道："有人在食槽上方画了个虎头，一般人是看不出的，要懂行的人才能看见。因为猪也能看得见，所以他们不敢上前吃食了。"原来是这么回事，方二能算是明白过来了。接着，他舅舅又叮嘱道："不出三天，就有人会因这事来找你，是否放饶了他，由你决定。"

　　第二天清晨，东方天边刚现鱼肚白，方二能还没有起床，就有人来拍大门了。方二能起来开门一看，原来是那个与他闹翻了的工匠。只见他用布包裹着右眼，很是可怜地说："方大哥，我错了，你就放过我吧，我再也不敢做手脚害你了。"

方二能故意不解地问道："没有呀，你没有害我呀。"那工匠双脚跪下，哀求道："你家食槽上方的老虎就是我画的，我真的错了。你若再不放过我，我的左眼也要瞎掉。求求你啦，你大人大量，放过我吧！"

方二能心软，给他这么一求，顿起怜悯之心，说道："我可以放过你，但是你今后可不许再用这种阴招害人，否则逃不了天谴人罚的。至于这次怎么救你，你自己看着办吧。"

那工匠指天发誓道："我再也不敢了，若再干这事，天打五雷轰！"说罢，请方二能点燃三根香，与他一起进到猪栏里。工匠接过那三根香，对着食槽拜了三下，口中念念有词，然后用带来的刀片在食槽上方刮磨了一阵。"好了，现在那老虎走了，你我都没事了。"

方二能道："但愿如此，也愿你讲话算数。"那工匠连连点头道："一定，一定，谢你啦，方大哥！"说罢，转身离去。

从此，方二能家养猪一直很顺利。

三、大门头上的小戽斗

郑有财家是村上数一数二的大富户，其财产是从他爷爷开始一点一滴积攒下来的。到了郑有财这一辈，即使他全家都成天游逛不做事，也够吃三辈子还有余。郑有财恰好是个只讲吃耍，不干正经事儿的花花公子。当然他不是那种专干坏事的主儿，只不过是呼朋唤友吃喝玩乐外，喜欢赌赌钱，在输输赢赢中找乐子、混日子罢了。

一个夏天的夜晚，一阵狂风暴雨，一阵电闪雷鸣，搞倒了他家

桂林山水名胜与传说

旁边的一棵百年大樟树，不偏不倚，刚好把郑有财家的房子压垮了，好在没伤着人，算是不幸中的万幸。遭此一难，若是一般的穷人家，可是要吃三年苦蒿，勒紧裤腰带过勤俭日子，才能重建好屋子的。可郑有财不但不愁，反倒是高兴了，他说："好，天老爷帮忙，旧的不去，新的不来，我郑有财立马就有新房子住了。"于是，他找来泥瓦匠、木工匠嘱咐了一番，把要求讲明白，给了工钱，一家人另找地方住去了。

两个月后，郑有财的新房子拔地而起，比原来的房子更加高大宽敞，更加牢固美观，更加豪华气派。郑有财满心欢喜，请人择了个吉日良辰，搬进了新居。紧接着，大放鞭炮，大宴宾客，还请戏班子来唱戏，足足热闹了三天三夜。

可是，住进新居后不久，郑有财总觉得有哪些地方不大对劲。哪儿不对劲？原来，住进新屋后，他上赌场总是输，没半点儿赢的机会。郑有财倒不是心疼钱，而是心里不痛快，总想找出晦气的原因。一天，郑有财父亲的一个老朋友来玩，听他讲起近来赌钱总是输的邪门事，也觉得有些奇怪。这位年逾古稀的老者年轻时走南闯北，是个见多识广的人，心下揣摩，莫不是郑有财这小子得罪了建新房的某个工匠，被人暗中搞了鬼怪？就此一问，郑有财连连摇头道："我谁也没有得罪，不但工钱付足了，而且开工、竖大门、上梁和竣工的时候都好酒好菜地招待了他们，他们都挺满意的。"

老者听罢不再说什么，他在郑有财的新屋里这儿看看，那儿瞅瞅，最后，站定在大门前，指着门头对郑有财说："上去仔细瞧瞧，看有什么东西没有。"郑有财有些疑惑，心想大门头上有何看头。可想是这么想，他还是搬来楼梯，爬上大门头上仔细看了起来。他左看右瞧一会儿，发现东西了，是一个小巧如火柴盒般的犀斗，斗口朝屋外的方向，一颗小钉子钉在了一个不显眼的花格里。郑有财取下来交给了老者。老者翻看了一阵，说道："我就猜到有什么邪门东西嘛，你说近来老是赌输钱，就是这小东西弄鬼作怪。"

郑有财有些不明白，问道："老伯，此话怎讲？我还是不清楚。"

老者道："这戽斗在上面是口朝外放着的吧？"郑有财点点头："是的。"老者捋着银须慢悠悠地说道："这就如同戽水，不停地往外戽，你不输才怪呢。""那现在该怎么办？"郑有财请教道。

老者抚摸着小戽斗，说道："你现在照样把它放上去，但要将它的口朝屋里，再加上两个铜钱钉紧。"临走，老者对郑有财叮嘱道："见好就收，万不可太贪，否则坏大事！"

半个月后，郑有财不但赢回了先前输的钱，而且还捞了一大笔。一天早上，原先帮郑有财建新房的一个木匠一瘸一拐地找来了，他一见郑有财，就弓腰作揖道："郑大哥，那时是我不对，不该暗下手脚安了个戽斗，让您老输钱。现在您已经赚回来了，请您大人大量，不计小人过，高抬贵手，让我把那个小戽斗拿回去吧。"

郑有财冷笑道："你帮我建房子时，我不但没有得罪你们中的任何一个人，而且还好酒好肉待你们，想不到你竟然暗中搞我，这是为什么？若不讲个清楚明白，那可是不行的！"

那木匠下跪道："实在是那伙赌钱的心黑，想把你的家产搞干净，逼着我安戽斗害你输钱。如今，他们输钱多了，反怪我勾结你搞鬼，把怒气都发泄到我身上，这不，连我的腿都让他们打瘸了。郑大哥，救救我，求您放我一马吧！"

郑有财见他可怜，又想到那老者的临别之言，便对那木匠告诫道："害人终害己，记住了，以后不许再害人！"那木匠点头如鸡啄米，连连应承道："谢郑大哥！今后我再也不敢弄鬼害人了。"

郑有财这才取下那个小扇斗，丢给了那个木匠。看着千恩万谢离去的木匠，他心有所悟，从此断了赌的念头，改邪归正，干起正经事来了。

四、慷慨大方的主家感动工匠

据桂林乡村一位老人讲，他至今保存着一本民间奇书——《鲁班经》。这本书不但讲到了如何建屋造墙、如何打制家具的工匠技艺，而且告诉匠人如何运用跌卦的鬼怪手段，暗中惩治、戏弄那些瞧不起工匠，欺侮或怠慢工匠的恶人主家的办法。接着，他老人家讲了一个跌卦传奇故事。

那是很早以前，村上有一富户，请了一伙湖南工匠来建房造屋。这位富户是个为人慷慨而又细心的人，他见工匠们做事蛮卖力，做事又讲究质量，很是满意，于是，总是热情地、好好地用热饭热菜招待他们，还时不时地杀只鸡，砍下那些头脚翅膀，卤得香喷喷的，给工匠们下酒。虽然吃得不错，但是工匠们总觉得心里不舒服，他们背着主家人议论，说是主家还是小气，杀了鸡，从来不见把鸡身肉给他们吃，难道都是他们主家人吃掉了？这不就是轻慢瞧不起他们这些工匠么？工匠们心中始终窝着这样一个疑问，干了半年，到年底，新房子造好了，工匠们准备告辞。要走的那一天早上，主家富户蒸了一大蒸笼松糕，还有红蛋稀饭，让他们尽情饱吃一顿。待他们吃罢后，主家捧出一个箩筐，里面装了不少包裹严实的东西，还用红纸盖好，说是送给他们回家过年的礼物。工匠们吃饱喝足了，当时也不好意思拆看主家送的东西，就答谢着上路了。出村走了一程，他们抑制不住好奇心，要看看主家究竟送了什么好东西。打开一看，啊，里面是摆放得好好的香喷喷的腊鸡，这些鸡都是没有头脚翅膀的，数一数刚好每人4只，寓意着祝大家四季发财。这时候，工匠们才明白，原来是这么回事。想起当初他们暗下议论，说这位主家小气，瞧不起工匠，杀了鸡，只给他们吃头脚翅膀。于是，在那屋子竣工前，他们暗地在大门头上安放了一个口子朝外的小畚斗，算计要败那主家的财，想让那主家变穷。想到此，工匠们觉得心中有愧，错怪了好心慷慨的主家，应该纠正才对。于是，工匠们立即停下来，派出两位青年小伙子急忙转头赶回去。

那富户见有两位工匠急急地转回来，还以为是他们忘记拿了什么东西，要迎接进屋。那两个小伙子连忙摆手，说没有拉落什么物件，只是在大门头上钉错了一样小东西。于是，一个小伙子爬上大门头，取下那个小畚斗收好，才微笑着朝主家拱手道："您是一个待人厚道和气，慷慨大方的好主家，但愿我们后会有期。谢谢了！"

五、新娘的恐惧

王家村的王大河快要结婚了，请邻村的廖木匠做一张新床。廖木匠的木工手艺不错，做的床扎实耐用，外形也较为美观，很受附近村坊人们的喜爱。可是，廖木匠近来却有个怪毛病，就是吃饭时喜欢在菜盘里挑挑拣拣，还爱边吃边谈味道，有时就难免口沫纷飞起来。这就有点儿让人讨厌了。所以，有些雇主就不喜欢与他同桌吃饭，专门分出他的饭菜，或让他先吃，或让他后吃。王大河家就是这样。

廖木匠本来就是个喜欢吃饭时凑热闹的人，这么专门让他单独吃，他很是受不了，认为是瞧不起他。于是，他心生怨气，想办法要报复一下王大河家人。

怨归怨，事情还是得做。几天工夫，新床做好了。王大河家择了个黄道吉日，摆酒宴客，王大河就把媳妇春儿娶进门了。刚开始一切都好，夫妻恩爱，阖家欢乐。可是，有一天王大河到外村做客，喝醉了酒，晚上就住在别人家了。就在这天晚上，新媳妇春儿一个人睡到子夜一点钟的时候，被一阵呜呜哇哇的怪叫声惊醒了，她睁眼一看，哇，不得了，一个瘦骨嶙峋、披头散发、鸟嘴尖尖、舌头长长吐出的女鬼，正伸出枯枝似的双手，凶狠地向她扑来。

"啊，妈呀!"春儿尖叫一声，顿时吓昏了过去。

第二天，王大河回家时，心有余悸的春儿跟他说了这桩吓人的怪事。王大河不大相信，说道："准是你做了噩梦，才会疑神疑鬼。我们家向来干净，又没做什么亏心事，哪来什么披发野鬼?"

果然，夫妻俩当晚亲热了一番，一觉睡到大天光，根本没有什么鬼怪的影子。这一来，春儿也有点儿怀疑自己是不是真的做了噩梦。如此过了半个月，王大河准备进山砍竹子了，得要五六天才回来。就在王大河离开的这天晚上，那披发女鬼再次出现了，又把春儿吓得半死。由于王大河的母亲已过世，春儿只好把自己的母亲接过来陪睡。可春儿的母亲来了也没用，那披发野鬼照样现身，而且越发凶恶，那尖尖的指甲都快要戳到春儿的脸上了，把娘儿两个都吓得昏了过去。没办法，天亮后，春儿只得跟着母亲回娘家住去了。

王大河忙完砍竹子的事回来，听到妻子和丈母娘一同说到半夜里披发野鬼吓人的事，这回不得不相信了。可问题究竟出在哪儿?他也摸头不知脑，不晓得该怎么办才好。为此，他找到一个人称神算子的算命先生，请他破解这个谜。

神算子果然不同凡响，只见他微闭双眼，口中喃喃，两手十指来回掐捏了一阵子，再把山羊胡子捻了数次，然后睁开眼问王大河："这一两个月里，你得罪了哪个人没有？"王大河想了想，摇头道："没有啊。""再仔细想想看。"说罢，神算子又眯上了眼睛。王大河思来想去好一会儿，猛然一拍大腿，说道："莫不是得罪了帮我做新床的廖木匠？记得完工结账那天，他的脸色是阴沉沉的。"

"这就对了。我告诉你，回家去把那新床的脚都卸下来，若见哪个榫头空间里有烂布团、鸡脚鸭骨头什么的，你就统统取出来，用红布包裹，用红线扎紧，再用铁钉加两个铜钱钉在床脚上，那女鬼自然消失。"神算子说罢，就把手伸向王大河。王大河会意，赶紧给卦钱，还表示若真的消除了女鬼，再加倍付钱。

王大河刚要走，神算子叫住他，叮嘱道："老弟，记住老朽两句话：一是不可对任何人讲这方法是我教你的；二是得饶人处且饶人，治人太过反害己。"王大河点点头后，便急匆匆地往家里赶。回到家里，王大河找来锤子，把那新床脚一拆，果然在一处发现了一团烂布和鸡脚鸭骨头。王大河怒气陡升，一边骂廖木匠该死，一边按神算子说的方法，把这些破烂东西包好捆好，然后牢牢地钉在了床脚上。这天晚上，他故意不在家中睡，让春儿一个人睡，春儿很是害怕，说什么也不让王大河走。王大河就把她拉到大门对面的一棵树下，小声地讲道："那些鬼怪我已经拆除了，没事了，不怕了，而且我就在隔壁，如听到你的叫声，我立刻就会回来。"春儿虽然很不愿意，但是也想探个究竟，于是就同意了。

这一天夜晚，虽是春儿一个人睡，但一直安然得很，一觉睡到大天光，再也没见到什么邪门的鬼怪事儿了。

王大河回来听春儿一说，很是高兴，吃过早饭后，去谢了那个神算子。返来刚进屋不久，却见廖木匠急急忙忙地走来了。只见他右手提了两只大肥母鸡，左手包扎着吊在胸前，还隐隐见有血迹。

廖木匠见了王大河，一边小心赔不是，一边把两只鸡送上，恳请王大河把那破布和鸡鸭骨头还给她，还指天发誓，说以后再也不敢弄鬼害人了。王大河是个性子火暴的人，见到廖木匠，就想起妻子半夜里的恐怖遭遇，气得咬牙切齿，怒骂道："滚，滚！你不仁，我不义，你狗胆包天，竟敢恐吓坑害我老婆，我就是不放过你！"

廖木匠再三恳求，王大河始终不答应。春儿见了，有些心软，就叫丈夫把东西给人家算了。可王大河正在气头上，就是得理不饶人，当下把那两只母鸡丢得远远的，还要打廖木匠。

廖木匠见苦求无效，凄冷地阴笑道："好，好，大不了鱼死网破！"春儿听了，不由得打了个冷战，再次感到了深深地恐惧。过了半个月，廖木匠的左臂坏死被截肢，成了生活困难的独臂人。

两个月后的一天早上，人们发现喝醉了酒的王大河被人砍死在一棵大樟树下。接着，又传出廖木匠服毒自杀的消息，在他的床前赫然摆放着一把锋利的斧头，上面血迹斑斑。

五爪猪异事

　　一般的猪，其脚都是4个蹄爪。但也有例外，偶尔有的猪很奇怪，脚上就有5个蹄爪，民间谓之"五爪猪"。据老一辈人讲，五爪猪是人转世投胎的，所以才会和人一样，手有五指，即五爪。这种猪是乱杀不得的，弄不好，就有可能引来大麻烦和大祸患。

　　话说六合镇刘家村的刘老爹家就养了这么一头五爪猪。这五爪猪长到七八十斤的时候，有人就劝刘老爹赶紧把它卖了，免得日后惹大麻烦。因为一般的人是不敢杀五爪猪的，历来认为杀五爪猪就好像杀人，那是要遭报复的，所以就是惯于杀猪的专业屠户，若没特殊能耐，一般也是不敢杀五爪猪的。刘老爹听从了乡邻的劝告，就把那五爪猪拉到圩场上去卖。这圩场每三日一圩，逢到圩日，圩场上三教九流、各色人等络绎不绝，呼朋唤友声及叫卖声、讨价还价声此起彼伏，还有对山歌耍把戏的，好不热闹！圩场上，吃喝、日用、耕种、饲养的器材物品多得很，生猪行上待售的大小生猪也很多。来得早的刘老爹就蹲坐在生诸行的显眼处摆卖。因为这五爪猪长得壮壮实实，架子好，膘也不错，刘老爹喊的价钱较别的猪便宜，所以前来看货的的确不少。遗憾的是，一直到散圩了，也没能卖掉。为啥？因为买主初看猪的身架，都很满意，可再一细看，见是五爪猪，价也不还，一个个都眼神怪怪地摇头离去。没办法，刘老爹候了大半天，盼星星盼月亮般的祈盼，竟没盼来一位买主出价。刘老爹一筹莫展，脸苦心更苦，看看偏西的日头，看着逐步散圩离去的人群，心中怅然，不由得叹了一口长气道："唉，算我霉气，养了这么头怪货，脱不了手，只好由天打发了。"于是，刘老爹无可奈何地踏着夕阳，身心疲惫地把五爪猪拉了回来，忧心忡忡地继续喂养着。

到了年底，这五爪猪长成了200多斤重的壮大肥猪了，不但脚粗膀圆，走路顿地有声，而且脾气暴躁。嘴巴上露出两颗锐利的獠牙，凶蛮威猛，若有生人接近猪栏边，它就怪眼圆睁，咆哮大怒，还要气昂昂、恨赳赳地张开大嘴，那粗壮有力的前脚搭在猪栏围墙上，作势要去咬那生人。为此，吓怕了不少的人，它的凶猪名称也就传开了。可是，猪养大了，样子再凶恶，再脾气暴躁，再孔武有力，总也是要杀的啊。更何况春节快到了，凡稍有点儿家底的，谁不杀头猪来过年？刘老爹家没人懂杀猪，就请乡邻中会杀猪的人帮忙。尽管他求爷爷拜奶奶，好话讲尽，还许诺以一个大猪头一对大猪脚当酬谢，可是乡邻们没有一个敢答应的。没办法，刘老爹只好去圩场上请那专业杀猪的屠户。刘老爹是个老实人，请屠户时总是首先言明是五爪猪，这样敢于接手的屠户就没了。刘老爹求三告四，好不容易才请到了一位胆子特大、人也彪悍的赵屠户。赵屠户答应是答应了，可他有一个要求，叫刘老爹回去告诉村坊上所有的人，若日后有人问到是谁帮他杀了五爪猪，千万不可讲是他赵屠户，只讲是不认识的外地人就行了。同时，还向刘老爹特意交代了杀猪那天早上的特殊喂食用料。

时间过得飞快，到了约定杀猪的这一天，赵屠户来了，只见他头戴破毡帽，穿着也很怪异，不但黑衣黑裤，而且衣服只穿了一个袖子，另一只袖子吊在胸前，露出的手臂和脸都用墨水涂得黑黑的，猛然一看，好像是长有三只手的黑包公一样。到了刘老爹家门口，赵屠户先燃了三炷香插在大门边，又焚了一小沓纸钱，同时双手合十，低头弯腰，口中喃喃数语，极虔诚、极恭敬地拜舞着祷天告地一番。进得屋来，他先用锅底灰抹黑了脸，再让刘老爹用买来的3斤水古冲（一种乡村白酒）拌上甜稀饭，杂以烂熟的红薯芋头给五爪猪吃。那五爪猪倒也精灵古怪，见到这与往日大不相同的酒香甜味的美食，抬头大睁怪眼望着主人刘老爹，似乎在问："老爹，还没到过年，就提前请我吃美食了？莫不是有什么诡计，想害我性命？"刘老爹见五爪猪不像往日那样埋头迅猛大口地吞食，也猜到了五爪猪的心思，便抚摸着它的宽大脊背，说道："快吃吧，我这是沤坏了一坛甜酒，所以就倒给你吃了。"这五爪猪到底是畜生，好哄，听主人这么一说，不再怀疑，更不知末日降临，就放开心高高兴兴、狼吞虎咽地吃完了这顿特制的美餐。不久，五爪猪就大腹便便醉醺醺地倒地呼呼大睡了，还打着很响的酒香呼噜，那咽喉一起一伏，正好向着猪栏外。

这自然是动手的最佳良机。赵屠户悄悄走近五爪猪，说时迟，那时快，一把锋利的闪着寒光的特制长柄杀猪刀已然出手。谁知就在这紧要关头，那五爪猪突然一个翻身，面朝栏里了。赵屠户没法，只好提刀在手，小心翼翼地跟着跨过去，提神灌注好一会儿，再气沉丹田，运力刀尖，对准五爪猪的咽喉凹陷处迅猛戳过去。这下得手了，只听得五爪猪发出尖利的长号声，那眼睛瞪得又大又圆，泪中带血，满是怨恨，怒视着赵屠户。它那嘴里的獠牙上下翻动，"咯咯"有声，粗壮的四脚乱踢，几欲站起来拼命。无奈赵屠户尽管心惊肉跳，手中的尖刀却死死地插住它的咽喉。再加上刘老爹拼尽全力用一块门板死死地压住猪身，那畜生尽管力大似牛，势猛如虎，竟也挣扎不起来。一时间，五爪猪血流如注，还溅得赵屠户一脸一身的猪血，地上流了一大摊血，挣扎抽搐了好久好久，五爪猪才在大口大口的倒气中心有不甘地魂归西天，眼睛则始终瞪得大大的、圆圆的，把赵屠户的形象定格了。

　　这五爪猪被杀后3个月，有个手持明晃晃的长柄尖刀，喝得有些醉态的高大的中年壮汉来到刘家村，他见人就打听："见没见过一个三只手的黑人，他家住何处？"因为刘老爹替赵屠户事前给众村邻一一打过招呼，所以村人都回答说没见过什么三只手的黑人，更不知他住什么地方。

　　那汉子又问道："就是那个帮刘老爹家杀五爪猪的脸黑手黑如包公的人呀，你们不知道他叫什么名字、住什么地方？"村人都还是摇头，有的还说是外地人。那汉子见打听不到长三只手、脸黑如锅人的消息，气得圆瞪双眼，手舞脚乱跳，飞舞着寒气逼人的三尺尖刀，狂怒地吼道："哪天若叫我撞到那个三只手的黑家伙，非搞死他不可！"吼罢，他雷霆般厉声怪啸着，脚卷狂尘，踏地有声地飞也似的往前跑了。这事让村人都吓得脸青、心抖、脚颤、舌头咋，一个个都在猜想，莫不是那个五爪猪死不甘心，它的魂魄依附在恶人身上，来找杀它的人报仇啦？

　　尽管刘家村的人众都遵守诺言，个个替赵屠户保密，可是有一个与赵屠户不卯（方言，即闹不和，有矛盾，或仇家）的屠户在知道这事后，千方百计地找到了那中年壮汉，将赵屠户如何如何杀死五爪猪，又如何如何挖心吃肝的事，"有也三百，无也三百"，添油加醋地和盘托出，还给他指明了赵屠户的住处。于是，在炎炎夏日的一天清晨，那中年壮汉手持利刃，雄赳赳、气昂昂地来到了赵屠户的家门口，抬起粗壮有力而又有坚硬锐利的脚，只一踢，那厚重结实的大门便被踢出了一个碗口大的洞，第二脚下去，大门就轰然倒下了。中年壮汉在门口挥刀狂吼："赵屠户，滚出来，你小子狗胆包天，敢杀老子，还敢吃老子的心肝，老子今天就要让你见阎王！"

赵屠户也料到了有这一天，早做了防备，把家人老小都安排到邻村亲戚家去住了。他独自一人在家，白日提杀猪刀走四方，夜里总是伴着根沉实坚硬的木棍睡觉。此刻，赵屠夫因昨天过于劳累，回家太晚，睡眠不够，在这凉爽的黎明时分，正躺在床上，想睡个回笼觉，忽然听到如此凶悍的吼叫与破门声，赵屠户知道，该来的终于来了，且是极为凶恶蛮横者。他不敢怠慢，一个鲤鱼打挺，急速跳下了床，手提棍棒，口中朗然道："你既然变猪于人世，总是该杀的，何必来此报仇叫嚣？劝你速速退去，方可保命，再投来世，不然休怪棒下无情！"那中年汉子高大结实，长相丑恶，但见他上下嘴唇肥大外翻，露出两颗獠牙，口中磨牙声声，绿眼莹莹，手握三尺利剑，直指赵屠夫面门，凶狠地叫道："杀人偿命，谁有功夫听你啰唆腌臜！"吼罢，身到剑到，直刺赵屠户胸前。赵屠户是个会家子，有道是"棋逢对手，将遇良才"，再加上早有防范，自是不慌不忙，抖擞精神，在曙光晨曦中沉着应战。好一阵刀来棒去，"乒乒乓乓"地好一番激烈搏杀，一时间两人斗得难分难解。那壮汉进击沉猛凶狠，躲闪腾挪亦有序，看来是个功夫了得的家伙，那把利刃的弧光不时罩住赵屠户周身上下。赵屠户胆气在身，毫无惧色，且越斗越勇，一时杀得性起，他猛然暴喝一声："孽畜，无情棒在此，还不受死，更待何时！"那手中的木棒顿时如泰山压顶，狠狠向对方劈落下去。中年壮汉如野猪般号叫道："吾剑锐利无比，岂怕一木棒！"利剑奋力相迎，"咔擦"一声，那结实坚硬的木棒已然断成两截。赵屠夫手握余下的木棒，大为惊骇。就在这分神的片刻，壮汉的三尺利剑已刺向他的胸膛。在这利剑即将刺中的一瞬间，说时迟，那时快，但见一道黑影如疾风飞箭，迅疾射向壮汉，一口咬住了壮汉的大腿，壮汉的利剑顿时向上翘起，指向天空，人也轰然倒地。

绝处逢生的赵屠户见是爱犬在紧要关头前来相助，顿时大喜，同时也不敢稍停，立刻丢了断棒，人如猛虎叼羊，双手似铁钳，迅疾扑向那壮汉。壮汉也不简单，毫不慌乱，只见他来了个狡兔蹬鹰，力聚两腿，凶狠地踢在了赵屠户胸口上。着了这千钧之力的迅猛一踢，直痛得赵屠户眼冒金星，浑身颤抖若散架，趔趄着似醉汉倒退三丈开外。壮汉看看那护主心切的黑犬健壮如牛犊，凶猛赛虎狼，害怕再遭攻击，也不敢趁势进击，而是来个鹞子翻身，赶紧后撤，边跑边吼叫："听着，黑鬼，我不会放过你的！"不一会儿，那壮汉消失于黎明中，只有黑犬仰天咆哮。

三天后的一个上午，有一身穿黑绸衣裤、头戴草帽、斜罩眼眉的汉子找到赵屠户，说愿出50两银子的重价买它的黑犬。赵屠户打量了一下那人，并不相识，于是摇摇头道："哼，莫说50两银子，就是给座金山银山，我也不会卖！"子夜时分，月明星稀，有人从赵屠户家的矮围墙外丢进一对香喷喷的肥猪耳朵。不一会儿，一壮硕的黑犬由屋内窜出，它东张西望了一下，咬住猪耳朵大嚼了起来。不久，黑犬倒在地上，口吐白沫，四肢抽搐，气息奄奄。趴在矮墙上的黑影"嘿嘿"冷笑道："敬酒不吃吃罚酒，这下活金山银山变成一钱不值的臭死山了。"言罢，疾速离去。

　　三天后的半夜，皓月当空，了无丝云。那凶神恶煞的中年壮汉又来了，但见他横眉怒目，咬牙切齿，一脚踢开了赵屠夫家的大门。卧床以待的赵屠户手持一根粗铁棍，立马跳将出来。壮汉往后一纵，跳到门口空坪上，剑横胸前，虎视眈眈。赵屠户也不打话，急将铁棒向那汉子劈头盖脸狠狠地打过去。壮汉举刀相迎，相交处但见火星乱溅，两人都被震开五步之远。就这么的，一个棒挥如蛟龙出海，招招生风，追魂取魄；一个剑舞如白雪凌空飘洒，闪闪透寒，舔血夺命。两个正缠斗得紧，赵屠夫忙中偷闲地大叫一声："黑虎！"凶猛的黑犬如利剑出鞘，疾速飞奔而出，直扑中年壮汉。中年壮汉一愣，不由诧异道："这畜生不是被毒死了么？怎么又复活了？""哼，它根本没中毒，更没死，现在是要你死了。"赵屠户边挥舞铁棒，边恨声道。原来，那天夜里，赵屠户的表弟住在他家，还带来了一条一样大的黑犬。那中毒而死的黑犬就是他表弟的黑犬。而赵屠户的黑犬是不乱吃陌生人投放的食物的，因此得以躲过一劫。

　　这会儿，赵屠户来了得力帮手，那铁棒更是舞得精精神神、虎虎生风，一招比一招更威猛夺魂。那壮汉则显得有些手忙脚乱，上面要对付招招取命的铁棒，下面要防着凶狠勇猛的黑犬的偷袭。如此斗了几个回合，中年壮汉败象显露，只有招架之功，无还手之力了。赵屠户看得真切，趁着对方一招疏漏，如炸雷般大吼一声："孽畜，快死吧，看棒！"这千钧万力的劈头一棒，打落了壮汉的利剑，也打爆了壮汉的脑袋。那壮汉颓然倒地。随即，一股黑风狂飙而去，传来阵阵凄厉痛楚的猪的哀号声。不久，这声音渐渐随风消逝了。

　　赵屠户不敢大意，双手仍紧握铁棒，瞪大眼睛，警惕地就着皎洁的月光细看四周及地上，却不见了中年壮汉，眼前地上只见利剑一把、黑血一摊、粗壮猪蹄一对。原来，那五爪猪托身的中年汉子虽然气壮如牛，但是他再凶狠、再善斗，也只不过是借猪蹄而来的一团气血鬼怪，一死便现了原形。

汗手奇人

　　事情发生在民国初年，有个惯偷，人称赖皮，一次因偷窃失手，被一老者教训了一顿，心里觉得很是不爽。回到家后，和几个难兄难弟喝酒解闷。可一瓶三花酒尚未喝完，赖皮突然头冒虚汗，脸色发白，手脚抽搐，张开嘴痛苦地大叫一声，从坐凳上摔倒在地。见此情景，他的难兄难弟及父母都大吃一惊，急忙上前探视，见情况不妙，赶紧抬往医院抢救。

　　到医院不久，赖皮就死在了病床上。

　　赖皮20岁不到，平日游手好闲，偷摸成性，惹得父母恼恨、邻里侧目。但毕竟是娇宠惯了的独身仔，对于他的突然死亡，父母自然是不肯善罢甘休，认定是仇人所害，所以请医生进行了尸检。

　　尸检后，发现赖皮体无外伤，但体内肝、胆皆破裂，不排除外力所为。这一来，赖皮的难兄难弟和父母认定是哪老者下了毒手，一把鼻涕一把眼泪地到街头热闹处哭天喊地，口口声声要找那老者讨说法。

　　果真是那老者下了毒手么？此事一时间成了居民们的街谈巷议

298

的热点。有认为干得好的，说是为地方除了一害。也有说那老者出手也太狠毒了些的。一些好事者还趁机乱起哄，唆使赖皮的父母到警察局告状。

警察局接到报案后，也觉得事情有些蹊跷：这么年轻力壮的赖皮怎么会突然肝胆破裂而死呢？

带着几分好奇，也有几分责任，更为了表明警察局是保一方平安的，是重视命案的，警察局决心要把此事弄个水落石出。

事情还得从赖皮上次行窃说起。那天，赖皮和另外两个同伙一起在热闹的路边菜市干三只手的勾当。当他刚从一中年妇女的提袋中夹出一个钱包时，被一路人发现。在那路人的提醒下，中年女子迅疾返身大吼一声："你干什么偷我的钱包！"当即一把夺下自己的钱包。赖皮见到手的钱被夺了回去，顿时恼羞成怒，反咬一口，恶狠狠地对中年妇女吼道："放屁，老子什么时候偷了你的钱包？"言出脚到，下狠力踢倒了中年妇女，同时迅速拔出一把匕首，快速冲向那个路人，咬牙切齿叫道："让你尝尝多管闲事的味道！"那路人顿时血染肩背。赖皮的两个同伙也一拥而上，拳脚相加，将那路人打倒在地。

当赖皮举着带血的刀子准备再次戳向那路人时，一位60多岁的老者怒吼道："光天化日之下，竟敢如此凶狂，真是没了王法！"言到身到，老人一掌斜劈向赖皮的右侧。赖皮顿时疼痛难忍，叫声："哎哟！"刀子掉落地上，人也歪倒在一边。见此情景，赖皮的两个同伙同时拔出了尖刀，凶狠地叫骂着："又来了个老不死的，老子们放你的血！"二人如狼似虎，气势汹汹地一同扑向老者。一旁围观的众人脸都青了，泼水似的一忽儿散开，有的还害怕得尖叫起来。

那老人却是会者不忙，他冷笑道："不知死活的恶贼，看我教训你们!"只见老者右掌横劈,出手如电,蜻蜓点水般一晃,瞬间,那两把小刀已然稳稳砸向了各自主人的脚面,那两个贼子同时大叫:"哎哟,好痛!"一起蹲了下去。

就这么的,那三个宵小之徒都如落水狗一般,凶焰不见了,一个个向老者叩头求饶。那老者捋捋银须,在赖皮肩上拍拍,说道:"小子记住,作恶者是没有好下场的!"接着,向众人一抱拳,朗声道:"对待恶人就得如此,不必怕。"说罢,拍拍衣袖,飘然而去。在围观众人纷纷赞叹老者神勇的话语中,赖皮等三个贼子灰溜溜地一瘸一拐地溜走了。

这感动众人、惊倒众人、羡煞众人,同时也让警察局充满疑问的老者是谁、家住何方,一时无人知晓。

经警局探员多日奔波探寻,终于有了下落,得知那老者住在城东郊一个乡村里。警局探员急忙驱车赶去,可惜没见到那位老者,村人说他到千里外的女儿、女婿家去了。

那老者究竟会些什么武功,警局探员向村人进行了了解。知情的村人说,他是有些武功,但从未在村人面前显露过,也从未跟人较量过,具体会什么武功不大清楚。但众口一词的是,说他平日与人交往极和气,为人极热心又疾恶如仇,是很得村人尊重的前辈之一。他的女儿、女婿,听说在外地当武术教练。

有个村上老人讲了这么一件事,说那老者的爷爷,相传是个汗手行家,旧时有一年,一只猛虎进村咬牛,只见他爷爷赤手空拳冲上前,将披着的衣服甩出罩住虎头,然后迅疾纵至虎旁,在老虎腰背上狠拍三掌,那老虎顿时趴下不动了。过后,村人将那老虎开膛破肚,一看,不禁吓了一跳,老虎的肝胆尽皆破裂。

警局探员深感惊奇,问道:"汗手武功有什么特点?"那老人说:

"威力极大，若出重手，中招者立毙；若发力轻些，不伤皮骨，但损肝胆，大多中招者也活不了几天。汗手的另一个特点是发力时，掌上微微有汗，所以叫汗手功。"

警局探员想，赖皮之死，恐怕与那老者大有关系了。可这事处理起来却不简单。首先是赖皮偷窃行凶在前，且那受重伤的路人至今还躺在医院里，生死未卜。老者是为了救人，是剪除恶贼。更何况，经警局探员进一步了解，得知那老者的女儿、女婿是在冯玉祥的西北军里当武术教练，很得冯玉祥的器重，这个老虎屁股谁敢去摸啊！赖皮若真是死于其手，那也是该死，谁还去追究？

不久，老者会汗手功夫的事在民间传开了，绝大多数人称赞老者是武松式的老英雄，说那小偷死得活该。更有人到处打听那老者的去处，说要拜他为师，做一个令坏人心惊胆战的豪杰。

至于那些小偷，他们对那老者是又怕又恨，暗地里互相告诫：今后得小心，千万别撞上这汗手神，免得丢了小命。

爱捆腰带的老人

听老辈人说，西塘村从前有一个爱捆腰带的老人，姓李，人称李老爹。其腰带为黑色，长约四五尺，不分春夏秋冬，也不管严寒酷暑，天天扎在腰间。有人问起此事，李老爹呵呵一笑，答道："腰带是个宝，冷天可以暖腰，热天可以擦汗，不冷不热捆在腰间，人就精神爽朗些。"

其实，李老爹喜欢捆腰带另有更重要的原因，就是他会武功，那腰带既是他寻常练武的器具，又是防身的武器。老人的武功十分了得，一般来说，以空手相搏，三两个棒小伙子合力围攻，也不是他的对手。若是抡起腰带来，那腰带功更是出神入化，能把条腰带舞得虎虎生风，让人眼花缭乱。但见那腰带在他手中，柔时似软软飘带，但柔中有刚，变化多端，能将对手瞬间捆住，拉至眼前；硬时如钢钎疾出，能洞穿墙壁。老人舞起的腰带还能将地上的一碗水缠起，然后抛向空中，再用腰带接住放下，那碗中的水竟然一点儿也不洒。

李老爹不但武功了得，而且是舞狮的高手，是村中舞狮队的老

302

师，经常带领村中的小伙子习练舞狮兼练武功。有道是"名师出高徒"，由于操练得法，再加上有武功底子，西塘村舞狮队不但舞得刚劲有力，善腾善跳，而且神奇多变，不论是在外表演，还是以狮会友，总是得第一名，真是墙头吹喇叭——名声在外。

有一年正月初一，城里有一富户给舞狮的出难题，将一个大红封包挂在一棵高约三层楼的大树枝丫上，还用竹竿挑出两米远，周围还有四串长长的电光炮，要求在鞭炮声中取下红包，成功者还可得一头200来斤重的喷香的大烤猪。那日也是天公作美，丽日高照，蓝天白云，北风微微，好不爽神。前来争夺的舞狮队很多，红狮、黄狮、青狮、紫狮……各色狮子或伏地，或打滚，或跳跃，都在认真地操练着、预备着，都想一展雄姿，一举夺魁。上午9时，那四串鞭炮同时炸响，顿时火光四射，烟雾腾腾，还有锣鼓声争先恐后、热热闹闹地响了起来。各色狮子齐奔树下，各展雄风与神奇，腾挪跳跃有之，顺杆直上有之，爬树攀枝有之，真是八仙过海，各显神通。可是，经过紧张而激烈的角逐，第一轮鞭炮响过之后，却无一成功者，众狮都垂头丧气地铩羽而归。另行挂好四串鞭炮后，在火光、硝烟和锣鼓声中，众狮再次腾跃而起，直奔目标。这一次，最抢眼的是一只矫健的黄狮，只见它腾跳有力，敏捷如猿猴，勇猛似出山虎，穿行胜巨蟒，第一个沿树快速而上，眼看接近那封包了，只见它口中吐出黑色的长舌，准确无误地将那红封包卷进口中。看那烟雾中的四串鞭炮，都刚刚响至一半。顿时，树下观看的众人都爆发出一片欢呼声，齐齐喊道："黄狮成功了！黄狮赢了！黄狮夺魁了！"得了红包的黄狮，三窜两跳，蹦下树来，先向四周拜伏作揖，再连翻18个空心跟斗，接着直奔那富户家门口，朝那富户先是摇头摆尾舞蹈一番，然后面向富户连磕三下头，接着口吐红对联一副：

"福如东海深，寿比南山高。"富户见了欢喜万分。再一看，那狮子已取下头套，为首的竟是精神矍铄的李老爹。富户见是名震一方的李老爹，更是大喜，连连拱手道："原来是李老爹亲自出马，难怪神勇夺魁，佩服佩服！"说罢，连忙对下人吩咐道："赶快将烤猪抬出，敲锣打鼓，直送到李老爹的村上去。"

就在这一年的三月初五半夜，天空雾蒙蒙的，月亮时隐时现。两个贼人趁着雾气，来偷李老爹的耕牛，正要牵走的时候，那老牛认出是陌生人，不由得"哞"的一声大叫起来。这一声大叫惊醒了李老爹，他赶忙翻身起床，拉开门就冲了出去，恰好见到那两个贼人拉扯老牛。李老爹很是愤怒，双眼圆睁，大吼一声道："大胆蟊贼，竟敢来偷我的牛，还不快快放手！"那两个贼人见是一个瘦而矮小的老人，又赤手空拳的，根本不把他放在眼里，冷笑着威胁道："你个老鬼，不想活了？再喊，就打断你的腰，抠下你三根肋骨！"

李老爹取下腰带，讥讽道："两个不知死活的恶贼，竟敢口出狂言，看老朽怎么教训你们。"两个贼人相视一笑，"哈哈，这老骨头还蛮硬呢。好，看是你的骨头硬，还是老子们的东西硬。"言罢，一个亮出大刀，一个舞出三节棍，一左一右，逼向李老爹。李老爹不慌不忙，指东打西，手中的腰带如游龙似巨蟒，忽上忽下，忽左忽右，搅得两个贼子眼慌慌、气吁吁、手忙忙，知道遇到武功高手了，不由得心虚胆寒起来。李老爹的腰带却是越舞越精神，越舞越寒气逼人，不一会儿，就把贼人的刀和棍绞到自己的脚下。两个贼人知道不是对手，赶紧转身要逃，却被李老爹的腰带绞住，反而被拉回跪倒在李老爹的面前。李老爹看清不是本地人，对他们喝道："看你们两个年轻力壮，不好好劳作，却干偷盗之事，祸害他人。今天本想废了你们，但又不忍心。这次放了你们，但愿能悔过自新，若不然，下次再见你们偷鸡摸狗，绝不轻饶!"两个贼人磕头如捣蒜，连连说道:"小人下次再也不干偷盗的事了，谢谢您老的宽宏大量!"说罢，刀和棍也不敢要了，如丧家之犬，狼狈地逃跑了。

酒爷爷轶事

　　酒爷爷极好酒，他喝的虽然是极便宜的乡村土锅白酒，但一日三餐不可或缺：早上，就着米粉，多添汤水，细细喝；中午，炒上一把黄豆或花生米，再配一碗白菜，眯着眼睛慢慢喝；晚上，若有点儿猪肉或漓江的穿条子干鱼仔等荤菜，那是红着脸，笑眯眯地、有滋有味地品着喝，还啧啧有声，挺幸福、挺陶醉的样子。酒爷爷还喜欢时常在身上挂个小酒瓶，遇上高兴事，抿两口；遇上忧愁事，抿两口；愤怒时，也要抿上两口。真是酒不离身、酒不离事。

　　酒爷爷还极喜欢热闹，若村中有什么红白喜事，他是一定要到场的，有时也帮煮饭、炒菜。帮煮饭时，他叼着一尺来长的铜嘴旱烟管，边吸烟边守着灶门添柴火。灶膛里火光熊熊，他的脸上红光油亮。炒菜时，他拿个特大的锅铲，勤翻勤捞，待要起锅时，铲一点儿进嘴尝尝，品品咸淡味道如何，合味了，就拿个大盆舀起。酒爷爷最拿手的是做荔浦芋扣肉，这是桂林城乡酒席上必不可少的压轴名菜。他做出的荔浦芋扣肉，色香味俱全，芋头透着豆腐乳香，酥而可口，块块诱人；肉是恰到火候，软而不烂；皮是酥滑脆嫩。

整道菜热气蒸腾、香喷喷的，极受村民们的喜爱与称赞。看到酒桌上的客人边吃边赞菜好吃、有味道，荔浦芋扣肉更是爽神时，酒爷爷在一旁笑眯眯地品酒吃菜，硬是有点儿飘飘如仙了。

酒爷爷还有个特点，就是春夏秋冬都不穿鞋。几十年走来，他的脚板底老茧极厚极硬，如同牛皮，既不怕冷，又不怕热。别人赤脚怕走的碎石路，他踩上去，就像在沙泥地上行走，神态自若。若踩上棘刺之类的利物，别人的脚下就要出血，而他如无事一般，只是在地上擦擦，继续健步往前走。

酒爷爷虽然好酒，但极少喝醉，更不喝烂酒，为人也一点儿不糊涂，好坏忠奸分得一清二楚。闲时，他常爱听人说书讲板路，听了《说岳全传》，他就大骂秦桧"老奸贼不得好死"；称赞岳飞是顶天立地的英雄，流芳百世，值得学习。听人谈《水浒传》，他就说高俅父子无廉耻，淫人妻女，猪狗不如；称赞林冲有骨气，杀贪官污吏，上梁山，是好汉。酒爷爷不但嘴上仗义，而且路见不平，更是学英雄好汉，该出手时就出手，扶弱惩强绝不含糊。一天，有三个小流氓在圩场上围着一个漂亮妹子，一边乱哼着下流山歌："靓妹子你好嫩和，哥哥我要与你合。合到床上滚被窝，暖暖和和做一坨。"一边手舞足蹈、嬉皮笑脸地推搡着，弄得那女子无处躲，害怕得连眼泪都出来了。过往的人都知道这三个小流氓不好惹，所以有的看热闹，有的敢怒不敢言。正在小流氓连推带拖，拥着那女子要走的时候，酒爷爷来了，见此情形，不由得怒火中烧，大声喝道："青天白日，朗朗乾坤，你们要干什么？"三个小流氓见有人敢喝止他们，先是一愣，见是一个瘦老头子发声，一个冷笑道："这老鬼大概是骨头痒了，想讨打！"另一个就握紧拳头逼上前，恶狠狠地说道："让这老不死的先尝尝我的拳头！"

酒爷爷不慌不忙道:"慢点儿,待老朽喝点儿酒先,再和你们玩。"边说边摸出小酒瓶,抿上两口。三个小流氓看着好笑,一个道:"哈哈,酒疯子也来管闲事,真的是活得不耐烦了!"酒爷爷擦擦嘴巴,然后从近旁一摊子上扯出一根长约3米、拇指般粗的新麻绳,看定三个小流氓,说道:"不是小看你们,先拔拔河,你们三个一起动手拉我一个人。若拉动我半步,我立马走人,再不管此事。你们若拉不动我,立马滚蛋,莫让我伤了你们的嫩骨头。"三个小流氓相视一笑,一个道:"哈哈,这个酒疯子,还是个大炮鬼呢!"又一个道:"哥们的拳头上还能站人呢,老酒疯吹什么大牛皮?先拉过来再说。"于是,绳子拉直了,那三个小流氓铆足干劲,憋红了脸,咬紧了牙,用力地拔呀拔,连吃奶的劲儿都使出来了,可是酒爷爷竟然纹丝不动,如生了根似的。不一会儿,只见酒爷爷一使劲,那三个小流氓就被拉得向前走。正当三人奋力往后时,酒爷爷突然一松手,三个小流氓都来了个仰面八叉,跌痛了后脑壳,好不狼狈。这一来,三个小流氓晓得遇到功夫高手了,一个个闷声不响,拍拍屁股溜了。酒爷爷朗声道:"三个小子记住了,若以后再干坏事,莫怪老朽手下不留情!"

酒爷爷见义勇为、行侠仗义的事可不止这一件。有一年冬天,北风呼呼地猛吹,人穿了棉衣还嫌冷。可小孩不怕冷,在外面玩官兵捉贼,跑得热火朝天。不知怎么的,一个男小孩跑着跑着,脚下一滑,竟然跌到一个水塘里。这个水塘又大又深,塘底成铁锅形,到了中间有十来米深。说到这个大水塘,据传水中还有一个吓人的怪物,名叫水猴。据见过的人讲,有一天,天刚蒙蒙亮,在烟雨迷蒙中,他起早走近那水塘时,朦胧中看到一只小猴子蹲在水塘边做洗脸状。等他再走近一点儿,那猴子不往别处跑,却"扑通"一声

桂林山水名胜与传说

跳进了水中。估计，那就是水猴了。听说水猴在水中游起来飞快，好像射出的箭一般，但又悄无声息，到了人面前人都不知道。水猴之所以叫人害怕，是因为据说这小东西接近水中的人后，专叮人的脚板心，然后用它那尖利的嘴戳破脚板，狠命地吸血。被吸住的人往往是逃脱不了的，先是脚抽筋，然后就沉到水下了。所以，尽管这个大水塘很适合游泳，但是本地人是没有谁敢下去游泳的。也有那胆子大而又好奇心强的，用牛皮包扎好脚板，将十几张大网连起来，下水塘来回兜捞，大大小小的鱼是得了不少，可就是没网到什么水猴。可见，这小东西鬼得很，是无法捕捉到的。

小孩掉进这么一个有水猴的大水塘，虽说看见的人不少，可就是没谁敢下水相救。人们不仅怕冷，最怕的还是那传说中的鬼魅般的水猴呀！所以，男女老少只是一个劲地拍手大喊："有小把爷（小孩）掉下水了，快来救人啦！快来救人啦！"闻声而来的酒爷爷如同一阵疾风赶到，只见他边跑边脱棉衣，到了塘边，看看小孩在水中乱抓，离岸边越来越远，而且快要沉下去了，酒爷爷"扑通"一声扎进水里，凭着他的好水性，再加上救人心切，三扑两划，如一条特大的乌草鱼，迅速接近了那小孩，接着抓住小孩的腰带，把小孩举起，踩着水，稳稳地游着，不一会儿就将小孩带到了岸上。这时，落水小孩的父母赶来了，接住小孩，马上就跪拜在酒爷爷的面前，连声说道："谢谢救命之恩！谢谢救命之恩！"。

酒爷爷一边穿上棉衣，一边摇手道："小事一桩，不必谢，只是以后告诉小把爷（小孩）要注意安全就是了。"接着，从棉衣口袋里拿出酒瓶来拧开盖子，送到嘴边，"咕嘟咕嘟"地大口喝了起来，一气就干了个底朝天。那边的人早已烧起了一堆大火，拉着酒爷爷烘衣服去了。

烘衣服时，有人问酒爷爷："难道你不怕水猴吗？"

酒爷爷微微一笑道："我怕那小畜生？笑话，应该它怕我才是！"

"这是为什么？"又有人问。

"第一，我脚板厚，它怕难对付；第二它嫌我酒气重，怕醉翻了它；第三么，只要它敢来挨近我，我就用两个手指掐死它。你说它怕不怕？"说罢，酒爷爷哈哈大笑，拿起落水小孩父亲帮他重新灌满酒的酒瓶，豪爽地喝了一大口又一大口。

最近，笔者与友人在一座名为五通大王庙的古庙门前，听到了几位乡村老人讲的几则奇闻轶事，觉得很是有趣。其中一个故事，讲的是王家里村清末武举人王岗武老爹的奇闻轶事。老人告诉我们，那王老爹是个很有武功也很有力气的人，一人能击败十来个小伙子的围攻。平时，王老爹每天除了坚持练武，还要背手提举100多斤的石锁锻炼多时，所以他身上肌肉多而强健有力，能摔倒大水牯。王老爹还喜欢在腰上扎一条三尺多长的布带子，他说这带子不但能暖和身子，而且可以做武器防身拒敌。他还当众做了一次表演，就是把那布带子用水弄湿，跟另一持长棍的武者比试。只见王岗武手中的那长布带子被舞得呼呼生风，不久就把对方的棍子缠缴了下来。据说，某年秋收后的一天，有两个官差下到王家里村催收官粮。他们来到王老爹家时已是傍晚时分，王老爹说要请他们吃饭。接着，王老爹抱来一大堆坚韧的、硬邦邦的老竹兜，以手为锤，一一将老竹兜捶瘪捶烂，然后叫妻子煮饭弄菜。那些官差吃了饭后，临走时，拍拍王老爹的肩膀，拱手说道："老爹，佩服佩服，那官粮以后再说。"

那时，各乡村喜欢以武会友，也喜欢扎擂台比武。有一天，在村坊的比武擂台上，王老爹手持7斤的棍棒，对擂手握70斤巨棒的高大壮实的武者。王老爹并不为他的气势压倒，而是沉着冷静观察，灵巧应战，心手结合，与之斗智斗勇。数个回合后，王老爹瞅准时机，以四两拨千斤的巧力，借力打力，将壮实高大的对手连人带棍撞飞下台。尔后不久，跳上来一个壮汉，声称站着不动，先让王老爹出拳击打。王老爹估计对方是个会气功的汉子，运好气后，会浑身如铁，所以不但不怕打，还会让击打他的人受伤。王老爹稍加思索，向对方打拱手道："师傅且慢，待在下喝口水解解口渴先。"转身下台后，他含了一口冰凉的井水上得台来，立马做出进击出拳的动作，迅速挨近对手面前，猛然朝其脸上喷水。对方猝不及防，周身打了一个冷战，运好的气功顿时消退下去。王老爹把握时机，迅疾出猛拳，一下将对手击败。

　　王老爹武功高强，很让一些有武功的人嫉妒与恼恨，他们总想暗中出手，搞垮王老爹，或者最起码让王老爹出出洋相，煞煞他的威风。有一天，王老爹在河边搓澡。趁他面朝河里，不大注意的时刻，忽然轻手轻脚跑来一个壮汉，朝王老爹的背后狠命地打出一拳。王老爹头也不回，只是就地趴下身去，那壮汉收脚不住，飞身越过王老爹，一头扎进了河里，成了水鸡仔，好不狼狈。就在王老爹刚刚起身站直的时候，又一个壮汉手持棍棒，迅即从背后打来。王老爹仍是不回头，只是闻风反手接住打来的棍子，顺手奋力一抬，将袭击者摔进了河中。从此，人们风传他脑后长眼睛，再也没有人敢对他进行暗中袭击了。

"马"字破了秀才的状元梦

桂林东面一村村口立有一块厚重古朴的长方形的村名碑。此碑高约2.5米，宽约1米，厚约0.2米，其下座子上书三字村名的繁体大字，很有劲道。说到这块村名碑，你说它是新碑吧，的确，那村名的三个字是新刻上去的；你说它是旧碑吧，也不错，因为这块碑很早以前就有了，据知情人讲，该碑被埋在地下也有数百年了，是蛮旧了。这是到底是怎么回事？

据说，在很久以前，搞不清楚是清代还是明代，或者是更早一些的朝代，该村出了一个很聪明、很有才华的秀才，他读书很刻苦，每天鸡鸣即起，点亮油灯读孔孟的书，除了一日三餐，他基本上都是手不离书，还时常写些诗文，去与同窗文友交流交流。说他聪明，那没假，凡是读过的书，堪称过目不忘，"之乎者也"的经典文章，篇篇倒背如流。说他有才华，那真是"学富五车，才高八斗"。他能出口成佳对，指物立就锦绣文章，颇得赞誉，堪称桂林一带秀才中的人尖子。因为才学好，他为人也蛮自负，常自比东汉末年、三国时期著名文学家曹子建。他不仅文才高，一手毛笔字写得相当漂亮，还可以一心二用，左右手同时落笔书写对联，都写得龙飞凤舞，惊呆乡亲，倾倒众人。所以，每到春节前夕，四周远近来求他写对联的人，那是如同鲢鱼咬尾、蚂蚁归巢，络绎不绝。如此一来，这秀才就很有名气了，连当地知府、知县老爷也都以能与他交往、能得到他的亲笔对联为荣。

到了大比之年，这位秀才多次对乡人和同窗说："我这次进京，即使不夺魁，也要进前三甲。"到了启程日，这秀才就踌躇满志、志在必得地上路进京城赶考去了。这里的村民们，除了家家放鞭炮预祝他夺个头名状元，大家也信心满满的，凑钱叫有名的石匠打制了一块大石碑，只等这秀才高中之后转回来时，亲笔题写，然后竖在村头，这叫荣耀乡里呀！可是，两个月后，出人意料的事发生了，京榜一放出来，该秀才竟然榜上无名，名落孙山了。这秀才自觉羞愧，半年后才灰溜溜地回来了，人也瘦得如同大烟鬼，似乎风一吹就要倒地，好不可怜。这秀才一回到家，就躺在床上唉声叹气，再也不肯踏出家门一步，不管谁劝也没有用。家里的人，问他落榜的原因，他不讲；村里老前辈去看望他，问他失败的缘由，他也不讲，就这么终日郁郁寡欢。

后来，有人打探到了这位秀才落榜的原因，据说是因为写错了一个字，这个字就是平平常常、普普通通的"马"字。"马"字的繁写体，下面是四点水，而他居然写成了一横，变成了繁体不繁、简体不简的怪字，他不仅落榜了，还受到了一些人的责骂与奚落，说他本身就是一个怪人，狂妄自大，吹牛无边，连个"马"字都写错了，还有脸来京城赴考。秀才的乡亲们则是人人顿足叹息，不少人连连说道："可惜呀可惜！"说那个"马"字害人，真是一颗耗子屎，搞坏了一锅鲜美的汤，真是太可惜了！

按理，这么一个饱读孔孟经典、熟览诗书又才学不凡，且书法了得的秀才，绝对不会那么离谱地写错一个"马"字的。于是，人们对此事就有了三种不同传说：一是说阅卷官员或是与这秀才有仇，或是嫉妒这秀才的才学，见他的文章写得花团锦簇、字字珠玑，再加上那些字个个颜筋柳骨，美得令人不由得拍案叫绝，由此嫉妒他不但文章写得好，而且字也了得，于是故意涂改了那个"马"字。二是说这位秀才的仇家是一同参考的富家秀才，怕他夺了头名，挡了自己进榜求取功名的仕途，于是花银子买通阅卷官，暗下做手脚，改写了那个"马"字。三是说这位秀才虽然极有才学，但是不懂得低调做人，光芒太甚，惹怒了天上的文曲星。文曲星心想："我还没有点你为魁首呢，你就狂了？"于是说动阎王派牛头马面暗下使坏，让他在考场里一时神魂颠倒、意识模糊，不知不觉中就写错了那个"马"。但是，不管怎么样，可惜也好，叹息也好，埋怨、猜测也罢，这位秀才归根结底是名落孙山，铩羽而归了。那块提前打制好的石碑不但没用了，而且成了附近十里八乡的笑话，而且越传越远。这秀才的乡亲们只好在唉声叹气中将那块石碑埋在了地下。想不到的是，这一埋就是几百年，直到早几年修马路，被挖掘机挖了出来，才得以重见天日该村村民见这块大石碑古朴大方，挺不错的，就请书法家题写上村名，再由石匠刻石，就这的成了如今的村名碑，落落大方地竖立在村口。这就是旧碑新用的一段故事，让人听了，慢慢回味、慢慢思索那过去的悠悠岁月。

桂林古代傩戏趣闻

　　傩戏的前身是傩舞，是古代祭仪式中的一种舞蹈。傩祭是原始社会的图腾崇拜，到商代形成了一种固定的用以驱鬼逐疫的祭祀仪式，周代叫作傩。傩戏是在傩舞的基础上发展而成的戏剧形式。

　　傩戏种类蛮多，有宫廷傩、京傩、诸侯傩、军傩、官府傩、官家傩、寺傩、民间傩等；依据表演形式及内容来分，有教傩、愿傩、游傩、壮傩等。傩戏剧目一般可分三类：一是正本戏，多属巫师作法事必须唱的，如《仙姑送子》《梁山土地》等，多唱巫腔。二是傩堂小戏，在傩坛或高台演出，如《采香》《造云楼》《陈州放粮》《青家庄》等。这类剧目的表演有一定的程式，唱腔也有板式变化。三是一些称为"外台戏"的剧目，如《孟姜女》《庞氏女》《柳毅传书》等，此外还有一些取材于《三国演义》《西游记》故事的剧目。

　　宋时的桂林，最时兴静江诸军傩与乡村民间傩。桂林乡村民间傩中包含了傩的特有建筑令公祠、武婆庙、愿厅、调堂等，祭神仪式有请神、祈福、还愿、巡游等。

　　傩戏表演的主要特点是每个角色都要戴特制的假面具。为何要戴假面具？因为人的外表太和善，不足以震慑妖魔鬼怪，所以要借助威武有煞气的面具。就面具来看，傩戏面具有"三十六神"与"七十二像"。"三十六神"多取材于民间传说和历史故事中的人物，"七十二像"多取材于市井人物众生相。每个面具都带有浓厚的个性特色。譬如说"三十六神"中的土地公和土地婆是慈善老人的化身，都是慈眉善目的；雷公是一人有怒、喜、奸三面，人物形象复杂，表现了人间百态，个性鲜明，瞬间变化，入木三分；木匠鼻祖鲁班是挤着眼睛、咧着嘴、扭曲着脸的形象，生动逼真地还原了木匠弹墨斗线时的面部表情的变化情形；唐代战神令公李靖，他的面具分为3层，每层0.5厘米，首层是不怒自威的平常状态，第二层是和颜悦色，第三层怒气冲冲，甚至嘴有獠牙。

宋朝时桂林已经是傩戏的中心，在那时就闻名于京师了。当时的桂林人制作的傩具是很值钱的，特别是高手制作的精品，就更值钱了，一副要价10 000钱。京城的皇帝知道了，就来了好奇心，特地颁旨要桂林进贡些傩戏面具给他看看。随后，桂林地方官上报说进贡了一套面具，皇帝初时很是不高兴，责怪桂林的官儿太小气，不会办事。但是，当那套面具送到时，皇帝惊讶了，原来这一副就有面具800枚之多，而且颜色艳丽，奇形怪状，各不相同，很是耐看，顿时把皇帝逗乐了。

说到傩戏的功用，据说是古代请神、驱鬼、镇邪、避疫的一种表演仪式，在发展过程中，又带有一些民间的观赏娱乐色彩。而王家里及邻近吴家里村的村民，很久以前，在节日里也是有戴鬼怪面具跳傩戏的习俗传统的。据老人讲，那时的节日里，特别是在农历六月初一、八月十五及春节里，大伙儿戴着傩戏面具，在五通大王庙的庙门前，手舞足蹈地敲鼓击锣，有的还要吹傩笛（一种竹笛），村民尽情地跳大神，还要给庙里奉上敬神的供品还大愿。演出的目的是祈盼新的一年风调雨顺、灾害不生、五谷丰登，世道安宁。其中主要的节目是"捉黄鬼"，这是一个劝诫人们尊老爱幼的节目。

　　傩戏中往往还有傩技表演，如喷水画符、捞油锅、捧炽石、滚榨刺、过火炕、过火海、踩火砖、吞火吐火、咬铧口、踩刀梯等。所以，在表演之后的村人吃众饭前，会有一些功夫深的武术高手现场表演惊人的艺技，有的走到煮饭弄菜的地方，赤手伸到那滚烫的油锅里，从从容容拿取锅中的油炸食品，而那手竟然丝毫无损这种捞油锅的功夫，真是令人咋舌！

桂林话的板路

百里漓江千幅画
桂林山水甲天下

　　桂林话是蛮丰富的，也是蛮有趣的，同时又是蛮富有情理的。这里，仅从关于天气及语言形象方面来讲讲桂林话的板路。比如预测天气晴雨的"东杠日头，西杠雨，犟不过日头下暴雨"，是讲若在东方天边出现了彩虹（即"杠"），就会天晴；西边天上有彩虹，就要下雨；而天气闷热，甚至有时现点儿阳光时，就有可能要下一阵暴雨了。"早下夜晴，饿死懒人"是说早上下了雨，有的人就不愿出门干活了，直至20世纪五六十年代，一些专门靠砍柴卖柴为生的人，往往是早出晚归，一旦早上因雨犹豫而耽误了时间，这天砍柴的营生就会被耽误了；假如一连几天都如此，就得挨饿了，这种人就被叫为"懒人"。

　　以月份讲气候冷暖的桂林话，更加形象生动。比如"正月犁头雪，二月剪刀风，三月寡婆子哭老公"。正月即农历的一月，是桂林最冷的月份，早些年往往会白雪飘飘，所以农家放在院子里墙边的犁头上就积满了白雪，可知那时桂林的冬天是多雪寒冷的。桂林二月的剪刀风，可不是唐代大诗人贺知章《咏柳》中剪出优美柳叶、有着柔柔温情的暖春之风的剪刀，而是寒冷凌厉的早春北风，吹刮

桂林话的板路

在人的耳朵上，犹如无形的剪刀在狠狠地铰割着耳朵，生痛生痛的，有的人就这么的在耳朵上生冻根了，这也突出了一个"冷"字何等了得！"三月寡婆子哭老公"怎么讲？原来旧社会，农家春耕田、耙田等繁重的累活都是男人家的事。若丈夫没了，女人家就得自己去耕田、耙田啦，此时田里的水那可是冰冷刺骨的，不但冷得牙齿打战，而且硬是把脚冻得红萝卜似的，脚后跟还会被冻得开裂渗血，日夜疼痛如针扎，可怕吧？加上犁田技术差，牛也不大听使唤，使尽了全身的力气，深一犁浅一犁，左一歪右一晃，一块田不知何时才能犁完。天黑了回到家，腰酸背痛不敢歇，还得急急忙忙煮饭弄菜，侍候老小，累得团团转，晚上睡觉又没得老公暖脚，辛苦啊，凄冷啊，能不哭老公么？

又比如"五月五冷死老黄牯，六月六（桂林读音 lu）冷得哭"。本来，桂林农历五六月，一般来说已进入夏天了，天气也相当热了，为什么还要冷死老黄牯，还要把人冷得哭呢？原来，五六月虽然已入夏，但是五月有时夜里突然变冷，大刮老北风，瘦弱多病的老黄牛经不起这"南转北，了不得"的天气的突然变化，被冷死也是有的。而六月呢？那时的人喜欢赶圩，或买卖，或玩耍。就有这么几个人，在红日高照的早上，穿着薄飞飞、浪浪飘的点点纱（当时最时髦的夏装），摇着大蒲扇，高高兴兴地、有说有笑地去赶圩了。他们在圩集上畅快地玩了老半天，下午转回家路上也是蛮高兴的。可是，在那前不着村后不着店的半路上突然变了天，霎时间风起云涌，北风呼呼，暴雨倾盆而下。这几个点点纱们顿时淋得透湿，寒风苦雨中，直叫他们冷得牙齿打战，浑身起鸡皮疙瘩，一个个弯腰缩背，都由笑脸盈盈变成了哭脸凄凄。这就是冷得哭的夏日图了。

几大不过芭蕉叶

　　在桂林，就树叶来讲，芭蕉叶算是最大的，是树叶中的巨无霸了。芭蕉叶不但又长又大，而且大有用处，除了在炎夏可以挡太阳晒，逢年过节要蒸个什么米糕粑粑之类，尤其是七月半中元节，桂林人做那种长条形的裰裰粑粑，更少不了芭蕉叶。所以，桂林城乡不少人家都喜欢在屋子的周围种些芭蕉树。芭蕉叶成了桂林人最喜欢、最熟悉的东西。不晓得从哪朝哪代开始，有那富有正义感又不信邪恶、不畏强梁的汉子，在对抗强恶霸道之人时，就雄赳赳地喊出了"几大不过芭蕉叶"这一气昂昂的话语。由于这句话喊出了老百姓的心声，所以一经出口，便一个传一个、一代传一代，一直流传到了今天，成了桂林人对抗恶徒时最爱讲的口头禅。考察这句话的含义，就是讲："叶子最大的不过是芭蕉叶，恶人再凶恶，也没有什么了不起的，我今天就和他拼了。"这话语里充满了敢斗邪恶的英雄胆气。

　　讲到这句话，想起有位老前辈说到的一件陈年旧事。在早些年，桂林花桥下旱桥部分是个农贸市场，叫作花桥菜市。花桥东西两头有不少住家，还有摆卖东西的铺面。那时，在花桥东头那有名的一树遮山的芙蓉石下，住有一个叫李二武的无业游民。他成天无所事事，东游西逛，常爱在花桥菜市溜达。此人仗着会些三脚猫的打斗功夫，身上又有些肌肉与力气，自夸"胳膊上能站人"，为人很是霸道，经常干些欺负弱小的勾当。时人不屑其为人，背地下贬称他为"二五浑"。

有一天，正是秋高气爽的日子，"二五浑"穿着浪浪飘的褐色府绸衣裤，摇着一把白色的大纸扇，慢慢逛到了花桥菜市。这里正是热闹的时候，有摆卖各色时鲜蔬菜的，有卖猪牛羊鲜肉的，卖各色各种干杂的，卖扫把、干柴的。此外，还有玩杂耍的、讨钱的、赌牌的、算命的、唱山歌的……总之是一应生活用品及玩乐的都有，可谓是琳琅满目。菜市场上，买东西的、闲逛的来来往往，络绎不绝，很是热闹。"二五浑"闲得无聊，一边走一边东瞧西望，看到碗糕、油粑粑，随手拿起就吃，一个钱也不给。摊主晓得他是个无赖，敢怒不敢言，更不敢向他要钱。不一会，"二五浑"看到一个半大的乡下小子在卖柴火，那是上好的石山柴。想到自己家没柴火了，他便叫那小子将柴送到他家。不一会儿，柴火送到家里了，乡下小子问"二五浑"要钱。"二五浑"故意这里摸摸，那里搜搜，然后两手一摊，大嘴一张："没钱了，过两天再来要吧。"那小子也不讲什么，转身挑起那柴就要走。"二五浑"的浑脾气来了，拦着不让走。那小子即愤怒道："莫过（桂林话，意为'难道'）你想抢不成！""老子就是要抢，看你敢拿老子炸汤！""二五浑"根本不把乡下小子放在眼里，把牛眼一瞪，凶声恶语起来。

乡下小子气愤地走到"二五浑"家门口的街道上站定，指着"二五浑"骂道："青天白日，你敢抢我的柴火，滚出来，今天有你好看！""哟嘿，乳臭没干的腥毛小子，敢和老子顶牛？看老子不放你的血！""二五浑"气呼呼地跑出来，冲对方当胸就是一拳。这时候看热闹的有不少，有人担心乡下小子吃亏，喊道："娃仔，当心啊！"也有人高声劝道："娃仔，算了吧，你懒闷子（'怎么样'的意思）都搞不过他的。"那小子高声道："几大不过芭蕉叶，哪个怕哪个？"就这个样子，围观的人说管说，挥拳的只顾挥拳。起先，那小子如同猴子般腾挪着躲闪了一阵，三五个回合后，忽见他猛然如猴子般跳起老高，挥拳如疾风，准确地打在"二五浑"右边太阳穴上，打得"二五浑"顿时昏倒在地。那小子指着"二五浑"道："叫你尝尝耍浑吃白食的味道。"讲罢，挑起那担柴火走了。这时，围观者中有个内行人讲道："那小子打的是猴拳，蛮了得的，'二五浑'这次算是偷鸡不成反折一把米了。"

岩伯伯遇着岩伯娘，岩岩合适

遇到刚好合适的衣物或者正巧解决了的事，高兴之下，老桂林人最喜欢讲的话就是"岩（桂林话读'俺'）伯（桂林话读'博'）伯遇着岩伯娘，岩岩（桂林话意为'刚好，恰好'）合适"。这是为什么呢？作为一个老桂林人，我认为有两个原因。一是桂林岩洞多，这就成了桂林人打比方时信手拈来的依托。二是伯伯与伯娘是两口子，当然就合适了。由此，这个具有地方特色的比喻就成了桂林人表达最好、最合适的一个具有代表性的打比方的巧妙用词了。

说到"岩伯伯遇着岩伯娘，岩岩合适"这句桂林方言，其中有个传说故事。讲的是早年修建桂林花桥的时候，当初定的时间是当年的春节前完工。开工了，总监工雇了100个工匠，弄来了很多大大小小的石块及其他材料。于是，工人们甩开膀子干了起来，凿石的凿石，和浆的和浆，砌石的砌石，小东江边花桥下一派繁忙景象。就这样，繁忙的日子易过，眼看新年春节快到了，一座牢实耐看的石拱桥也差不多完工了。这时传来消息，说皇帝派遣的一个大臣南下视察，春节时要到山水甲天下的桂林玩玩，还特别说要过新建的

桂林山水名胜与传说

花桥到七星岩看看，还要去栖霞寺进香礼佛。主政桂林的官儿急了，亲自到花桥工地，传唤来总监工，说是如果不能按期完工，不但所有的工匠不准回家过年，而且要将工钱减掉一半。这一来，总监工也紧张了起来，督促工匠们加油下老米（"努力"的意思）干。就这么的，在工匠们加班加点苦干下，腊月二十九早上，花桥差一点点儿就建好了，唯独就是桥中间道上的一块方料石还没有着落。不晓得哪闷（桂林话，读第一声）子搞的，那些打凿成的方料石块不是大了就是小了。小了的不合用。把大块的凿小吧，又搞怪了，捶打轻了，凿不动；锤打重了，那石块就断裂得不成方形。眼看着太阳由尧山东升转到南边的七星山头顶，又准备要溜向西边的侯山了，这一天，在场的人都尝到了光阴似箭、日月如梭的紧迫味道，大家都急得头顶冒汗，两脚乱跳，却又个个都束手无策。

正在大家焦急地冥思苦想的时候，夕阳中有个洪亮的声音传来："看看我这块石料合适不合适？"众人随声看去，只见一个精瘦却鹤发童颜的白须老者扛着一块方料石，步子沉稳、有力地走来了。大家正在惊叹老家人的神力，老人已走到欠石料的地方，大吼一声："着！"那三四百斤重的方料石随声而下，众人急急往下看时，乖乖，那方料石不偏不倚已经牢牢实实塞了进去，而且严实合缝，一点儿不差。"哇，哪凯（里）来的神匠，真是'岩伯伯遇着岩伯娘，岩岩合适'。"不少人异口同声地欢呼起来。那总监工及众工匠惊喜之余，正要感谢神力老人，抬头四下里一看，却不见了那位老人的踪影。众人又是大吃一惊。这时，一位年老的工匠感慨道："莫不是鲁班仙师来帮我们了？"一句话惊醒了众人，大家都点头称是，都感谢鲁班仙师的救助大恩。

桂林话的板路

后记

　　笔者生长于桂林东郊有名的蔬菜生产地，这里又是桂林山水故事传说之乡。吾之父辈兄长，皆为勤劳朴实者，劳作之余，常爱扯些板路，其中包括桂林山水传说及民间故事等。我是幸运的少年听众之一，颇感大有趣味，又大有收获。参加工作后，爱读书，喜作文，尤爱民间文学，业余时间遂有意搜集整理相关的民间故事，喜有成果。为感谢、报答父兄师长的教养，为感谢、报答桂林山水的滋润，余奋拙笔，书山水、记传说，历数十年日积月累而成书，新作终于面世。本书内容主要为两大部分，一为桂林山水名胜之简介，二为桂林山水之传说故事。吾之文友，桂林市文联副主席、桂林电视艺术家协会主席、广西著名资深电视人钟毅先生在百忙之中为本书提供了宝贵建议，并写了序。吾友，桂林"桂海碑林"石刻拓片专家（第二代传人）、书法家、摄影家何恒光先生欣然提供了多幅珍贵山水照片及拓片图。对此，本人皆甚为感谢！同时，本书的问世，还得到不少朋友的大力帮助，在此一起表示感谢！

　　本书于2018年11月14日在桂林七星岩下之灵剑溪畔完成初稿，

2019年8月8日修改定稿。因作者水平有限，书中或有遗珠之憾，或有记叙不当之处，还望读者及有关专家赐教并指正。

最后，特别感谢桂林文学院对本书的出版提供了大力支持。桂林文学院近年来扶持桂林文学创作、助力地方文化的发掘发扬，本书纳入其"桂林文学院书系"，是对本土文学创作的认可和鼓励，笔者深表感谢！

2019年8月8日